Erdmann Graeser
SPREELORE

ERDMANN GRAESER

SPREELORE

Altberliner Roman

arani

CIP-Titelaufnahme der Deutschen Bibliothek

Graeser, Erdmann:
Spreelore : Roman / Erdmann Graeser.
[Ill.: Ursula Wendorff-Weidt].
[Nachdr.] d. Ausg. Berlin, Verl. Das Neue Berlin,
1955, 3., verb. Aufl. – Berlin : Arani ; Berlin :
Verl. Das Neue Berlin, 1990
ISBN 3-7605-8619-8

ISBN 3-7605-8619-8

Neuausgabe der im Jahre 1955 erschienenen Ausgabe
im Verlag Das Neue Berlin
Illustrationen: Ursula Wendorff-Weidt
Schutzumschlag: Jens Prockat
unter Verwendung einer Zeichnung
von Ursula Wendorff-Weidt
Printed in the German Democratic Republic

Erster Teil

I

Die große Stadt singt ihr lautes Lied vom Morgen bis tief in die Nacht hinein. Über viele Brücken tost das Leben Berlins. Unten aber, auf der Spree und auf den Kanälen, gleiten lautlos große Frachtkähne dahin, bringen Holz und Ziegelsteine, Sand und Mörtel, Kohlen und Torf. Einige haben einen kleinen Dampfer als Vorspann, aber die meisten werden mühselig vorwärtsgestakt. Die Frau des Schiffers, den Strickstrumpf in der Hand, steht am Steuer, ein paar Kinder spielen bei der Kombüse. Aus dem Schornstein steigt dünner Rauch, ein Spitz jagt kläffend auf den Planken hin und her.

Die Menschen auf der Brücke, die eben hinuntergeblickt hatten, als der große Kahn mit dem grünen Vordersteven unter der Wölbung verschwand, diese Menschen, deren Stadt sich von Jahr zu Jahr wandelt, haben vor sich ein Bild, das seit alten Zeiten unverändert ist. Was Berlin auch durchzumachen hatte und was es noch erleben wird, die Schiffer mit ihren Kähnen kamen und werden kommen, nach wie vor. Immer werden sie zu dem steinernen Ungeheuer hinüberstarren. Sie bringen ihm, was es braucht, und dann ziehen sie wieder davon, langsam, gemächlich, bis sie draußen, auf den großen Seeflächen oder der Elbe, den Mast aufrichten und die Segel setzen können.

Aber zuweilen geschieht es, daß jemand von solch einem Frachtkahn in der Stadt zurückbleibt und sogar seßhaft wird. Dann sucht er sicherlich die auf, die schon vor ihm heimisch wurden, nicht zuletzt in den Gäßchen nahe dem Spreeufer, und dort findet er wohl ebenfalls Unterschlupf.

So kommt es, daß hier am Wasser Menschen zusammenwohnen, die sich mitunter schon von ihrer Jugendzeit her kennen und nun ebenso zu der großen Stadt gehören, wie alles andere, was in ihr lebt.

In solch einer Straße nahe am Wasser, der Friedrichsgracht, die mit ihren kleinen, schmalen Häusern in den siebziger Jahren noch ganz unberührt von baulichen Veränderungen war, hatte auch die Witwe Anna Lorenzen mit ihrem Töchterchen Zuflucht gefunden. Nach dem spurlosen Verschwinden ihres Mannes, der vom Kahn unbemerkt ins Wasser gestürzt und wohl ertrunken war, hatte sie damals den »Spreewinkel« aufgesucht. Zumal nicht weit davon, in der Breiten Straße, der steinreiche Ziegeleibesitzer Semper wohnte, in dessen Haus sie früher in Stellung gewesen war. Für Herrn Semper hatte ihr Mann in den letzten Jahren Steine nach Berlin gebracht, und zwar auf seinem eigenen Kahn, den er schon vom Vater her besaß.

Nun wusch und plättete Frau Lorenzen für Sempers und andere wohlhabende Leute. Auch heute, an diesem schönen

Frühlingstag, war sie damit beschäftigt. Die kleine Küche, die beinahe der auf einem Frachtkahn glich, war von feuchtem, warmem Dunst erfüllt. Ihr Mädelchen, Lore, ein blondes Ding mit schmalem, feinem Gesicht, saß in der Nebenstube, in der das Bemerkenswerteste das Bild des Vaters war, das über dem Bett hing. Freilich nur eine verblaßte Photographie, die noch aus der Bräutigamszeit stammte. Lorenzen, der ebenso blondes Haar gehabt hatte wie seine Lore jetzt, stand breitbeinig vor dem Beschauer, eine Ziehharmonika in der Hand, und lachte über das ganze Gesicht, er schien zu singen ...

»Juvivallera!« hatte er unter das Bild geschrieben und es seiner Braut geschenkt – damals, als er noch Matrose war auf Käpt'n Gundermanns Vollripper. »Juvivallera!« war sein Leitspruch, bis sich, ja, bis sich das Kind gemeldet hatte ... Damals, da mußte er schleunigst das hübsche Dienstmädchen von Sempers heiraten, und mit dem lustigen Matrosenleben in Hamburg war es ziemlich plötzlich zu Ende; er wurde Spree- und Elbschiffer. Doch sein ungestümes Blut war damit nicht zur Ruhe gekommen, und wenn er zur Feierabendzeit auf Deck saß und seine Harmonika spielte, ging ihm so manche prickelnde Erinnerung durch den Kopf: Wie ihn der Vater damals aus Schönfließ zur Tante nach Berlin in Pflege gegeben hatte, damit er endlich eine ordentliche Schule besuchte, und wie er dann eines schönen Abends auf einem Frachtkahn nach Hamburg durchgebrannt und Schiffsjunge geworden war ... Wie ihn später Käpt'n Gundermann geheuert, der Schwiegervater des reichen Semper, der ihn schließlich auch zur Heirat zwang, als sich die Geschichte mit der Anna nicht länger verheimlichen ließ. Ja, natürlich, der Abend in Stralau war schuld gewesen, sonst wäre er, Lorenz Lorenzen, doch noch, wie er es so gern gewollt, nach Südamerika, an den Äquator, gekommen. Aber solch ein Tanzvergnügen am Tage des »Fischzuges« hatte schon so manchem lustigen Burschen Fesseln fürs ganze Leben angelegt, doch daß es nun auch

ihm so ergehen mußte, ihm, dem »Juvivallera-Lorenz«, wie man ihn nannte, das war ihm eigentlich immer noch unfaßbar. Dem alten Vater Lorenzen war es wie ein großes Glück erschienen, daß der wilde Junge nun doch gebändigt war, eine ebenso tüchtige wie hübsche Frau bekam und – das war ihm die Hauptsache – Schiffer wurde, wie es alle Lorenzens gewesen waren, so weit man zurückdenken konnte. –

Von der Küche her kam der Geruch der feuchten Wäsche, durch das Schlafstubenfenster aber wehte von draußen herein der Dunst, der dem Spreewinkel so eigentümlich ist: ein Gemisch von Holz- und Torffeuerrauch. Und wer eine so empfindliche Nase wie die kleine Lore Lorenzen hatte, der spürte auch noch, daß es nach Teer, nach Fischbottichen und nach den vielen Katzen roch, die überall vor den dunklen Kellerluken hockten.

Auf der Straße spielten die Kinder die uralten Frühlingsspiele, mit Murmeln und Trieseln oder das geliebte »Himmel und Hölle«. Unter den Spreewinkelkindern waren auch ein paar fremde von den Zillen, die an der Fischerbrücke gerade vor Anker lagen. Auch der große Junge mit den roten gestopften Wollstrümpfen war wieder da, Gustav Holzer hieß er, der Kahn seines Vaters kam aus dem Schifferdorf Marienwerder.

Lore mochte den Gustav nicht, er starrte sie immer so an; und dann diese häßlichen, roten, dicken Strümpfe, die ihm so locker um die Beine saßen, so »Wasser zogen«. Als er heute in die Gasse kam, war sie sofort ins Haus gegangen, mit ihm wollte sie nicht weiterspielen ...

Nun saß sie mit einer dicken Schmalzstulle in der Hand auf dem Bett, starrte die verblaßte Photographie ihres verschwundenen Vaters an und dachte angestrengt nach. Kaum, daß sie den Sonnenstrahl bemerkte, der in der Glasscheibe aufblitzte.

Ja, wenn sie fünf Groschen hätte ... Da könnte man zu Lili Sempers Geburtstagsfeier gehen ... Die fünf Groschen brauchte man dazu, denn man mußte doch ein Geburtstagsgeschenk kaufen.

Der gleichen Meinung war auch Mutter Lorenzen. Sie hatte, als sie vor acht Tagen die frischgewaschene und glänzendgebügelte Wäsche ablieferte und Frau Semper dabei die Lore einlud, sofort an das Geburtstagsgeschenk gedacht. Freilich hatte sie zu Lore gesagt, eine kleine Stickerei oder Näherei werde es auch tun – das Mädel hatte ja so geschickte Finger –, aber sie war sehr nachdrücklich belehrt worden, daß es eine Blume sein müsse.

Ja freilich, eine Blume! Vielleicht so eine schöne rote Tulpe, wie sie der Gärtner im Schaufenster hatte. Aber solch ein Tulpentopf kostete fünf Groschen – hatte der Gärtner gesagt –, und das sei noch billig; denn in der vorigen Woche hätte er zehn Silbergroschen dafür bekommen. Aber weil es Frau Lorenzen sei und die Tulpenzeit beinahe vorüber, so wolle er nur fünf Groschen haben.

»Selbstkostenpreis, für den Topf allein und die schöne bunte Seidenpapiermanschette – die Tulpenzwiebel gar nicht gerechnet!«

Seitdem spielte die Möglichkeit des Tulpenkaufs eine große Rolle bei den beiden. Lores Überlegung bestand darin, daß sie sich »bestimmt« vornahm, ihre Pfennigausgaben einzuschränken. Wenn sie die Wäsche fortschaffte, dann bekam sie von Frau Drogist Bertram jedesmal einen Sechser und von Fräulein Lohr, der Modistin, einen Groschen. Die Groschen waren bisher regelmäßig in die Sparbüchse gewandert, die Sechser oder Pfennige aber hatte Lore ebenso regelmäßig in Johannisbrot, Süßholz oder Naute umgesetzt. Nun aber war der Geburtstag nahe herangekommen. Beim Konditor sprach man schon davon, daß er von Frau Semper den Auftrag erhalten habe, eine Schokoladentorte – man bedenke: eine Schokoladentorte! – zu liefern. Lore erfuhr es, als sie gestern die von Fräulein Lohr geschenkten Pfennige in Zuckererbsen verwandelte. Sie hatte zwar etwas gezögert, aber na, mit dem Sparen war es ja doch zu spät!

In den letzten Tagen war sie mit einer wahren Gier in den Straßen umhergelaufen. Konnte es denn nicht leicht sein, daß sie etwas fand . . .? So viele Leute verloren täglich Geld, nicht nur Pfennige und Groschen, sondern sogar Goldstücke, ganze Geldtaschen, konnte sie also nicht noch im letzten Augenblick zu Reichtum kommen? – Aber Lore fand nichts.

Nun saß sie also auf dem Bett und überlegte. Plötzlich stand sie auf, schlich in einen Winkel und begann laut zu heulen.

»Ja, heul man zu!« rief die Mutter aus der Küche herüber und rieb die Wäsche, daß ihr der weiße Seifenschaum nur so um den Kopf flog. Als das Mädel gar nicht wieder aufhörte, ja offenbar absichtlich mehrmals mit der Stirn gegen die Bettkante stieß und sogar mit den Nägeln auf der Diele kratzte, da wischte Frau Lorenzen den Seifenschaum an der blauen Schürze ab und ging hinüber. Gleich darauf hörte man es klatschen . . .

»Nu biste aber stille, verstehste!« sagte die Mutter.

Es hatte geholfen; das Heulen verstummte, nur ab und zu

gab Lore noch einen hohen, langgezogenen Ton von sich, dem Jaulen eines Hundes nicht unähnlich. Frau Lorenzens Nerven waren ziemlich robust, man konnte sogar mit einem harten Griffel auf einer Schiefertafel quietschen, sie vertrug alles, aber dieser Ton da aus der Stube war ihr doch zuviel. Sie wischte sich deshalb nochmals die Hände an der blauen Schürze ab, ging wieder hinüber, nahm kurzerhand den großen Kamm, der seinen Platz unter der Kommodendecke hatte, zog die entsetzte Lore mit einem Ruck aus ihrem Winkel und begann, ihr das blonde Haar zu strählen. Dann wurde ebenso energisch der braune alte Kattunfetzen heruntergezogen und das weiße Sonntagskleidchen übergeworfen. Mit einem feuchten Lappen fuhr die Mutter dem Kinde über das verheulte Gesicht, schließlich ging sie zum Schrank, schloß die Sparbüchse auf, nahm fünf Groschen heraus und sagte: »Nu lauf man zu, aber wehe dir, wenn du mir Schande machst!«

Lore wußte eigentlich nicht, wie ihr geschah. Wie verstört ging sie in den Laden des Gärtners, zeigte wortlos auf die Tulpe und legte das Geld hin.

Der Mann strich erst mal die Groschen ein, dann holte er die Tulpe, befestigte eine feine Manschette aus rosa Kreppapier an dem Topf und schlug zum Schluß noch einen Bogen Seidenpapier darum, den er oben mit einer Stecknadel verschloß.

Aber trotz all dieser Herrlichkeit war es Lore, als sie nun das Geschenk wie eine zarte Seifenblase vor sich hertrug, doch nicht so ganz wohl, und als sie dann in Sempers feinem Haus auf der Treppe war, konnte sie es vor innerer Unruhe nicht mehr aushalten und mußte erst einmal die Tulpe betrachten, denn es war ihr vorgekommen, als ob sie nicht mehr so ganz frisch wäre. Sie öffnete behutsam das Seidenpapier und sah etwas Entsetzliches: Eins der sechs roten Blütenblätter war abgefallen und hing an der rosa Papiermanschette. Und die Tulpe zeigte an jener Stelle eine Lücke, so – als ob jemand einen Zahn verloren hatte. Was machen ...

Vielleicht, wenn man das Blatt vorsichtig wieder dazwischen schiebt? Aber mit den zitternden Fingern konnte das nichts Richtiges werden. Man versuchte es zwar trotzdem, aber – es wurde nur noch schlimmer. Denn nun lösten sich rechts und links die nächsten beiden Blätter ab, und Lore hatte plötzlich nur noch eine halbe Tulpenblume.

Wenn man jetzt die Stecknadel nähme und alle drei zusammen mit einem geschickten Stich an dem dicken grünen Stiel befestigte . . .? Das war sicherlich ein sehr guter Gedanke, nur durfte man eben nicht so aufgeregt sein wie das Mädel. Denn als nun diese drei Blätter glücklich festsaßen, gingen, wie auf Kommando, die anderen drei ab . . . Das Ganze sah wieder nur aus wie eine halbe Tulpe.

Lore suchte an sich herum. Ja, wenn sie in ihrem alten braunen Kattunkleid gekommen wäre, hätte sie wohl noch eine Stecknadel gefunden. Das aber, was jetzt notgedrungen gemacht werden mußte; sechs Blätter mit einer einzigen Stecknadel zu befestigen, das wäre eines Hexenmeisters würdig gewesen. Ein Wunder nur, daß der Stiel nicht ganz und

gar entzweiging, zerstochen sah er nachgerade genug aus, und die roten Blütenblätter wurden schon etwas schwärzlich.

Da überkam Lore dasselbe merkwürdige Gefühl wie damals, als sie den kleinen Sperling gefunden hatte, der durchaus nicht mehr hatte fliegen wollen, so oft und so hoch sie ihn auch in die Luft geworfen hatte – weil er tot war. Sie hatte ihn schließlich auf einen Zweig gesetzt, daß es aussah, als ob er etwas picke . . .

Sie bog die rosa Papiermanschette herunter, bis man die Erde sah, und legte die sechs roten Blumenblätter wie die Strahlen eines Sterns rund um den grünen Stengel. Eigentlich sah es nun beinahe noch schöner aus, als wenn die Blätter oben am Stengel saßen, so fand es wenigstens Lore. Dann stellte sie den Topf vor Herrn Sempers Tür, zog an der Messingklingel und wollte die Treppe hinunter- und davonlaufen. Aber das Mädel hatte in seiner Aufregung gar nicht bemerkt, daß hinter dem Fenster des Wintergartens jemand war, der alle Bemühungen mit den Tulpenblättern beobachtet hatte, und in demselben Augenblick, da Lore klingelte, wurde die Tür aufgemacht, und Herr Semper selbst hielt sie fest, ehe sie entwischen konnte.

»Nein, was ist das für eine schöne Tulpe!« sagte er. »So eine habe ich noch nie gesehen – da wird sich Lili aber freuen!« Ehe Lore etwas erwidern konnte, hatte Herr Semper sie in sein Arbeitszimmer geführt und redete weiter: »Warte, ich bringe dich gleich zu den anderen.« Er ließ sie allein und nahm die Tulpe mit. Doch es dauerte keinen Augenblick, bis er zurück war. Er trug den Tulpentopf im Arm, aber das Seidenpapier hatte er wieder hoch darum geschlagen: »Denn es soll eine Überraschung geben«, erklärte er.

Als Lore gleich darauf unter all den anderen geputzten kleinen Mädchen stand und Herr Semper das Seidenpapier auseinanderschlug, saßen die sechs Blütenblätter wieder oben am Stengel und sahen frisch und rot aus . . . Lili war ganz entzückt – gerade über diese Tulpe, die sie für die schönste hielt von allen, die sie erhalten, weil es genau solch eine war, wie sie ihr Papa in seinem Wintergarten hatte.

Seitdem glaubte Lore an höhere Mächte, die sie sich dienstbar machen könnte.

Das wurde ihr erst recht zur Gewißheit, als sie auf dem Heimwege, statt des Blumentopfes nun ein großes Stück Schokoladentorte für die Mutter in der Hand, erstaunlicherweise in ihrer Kleidertasche etwas klimpern hörte und beim Hineinfassen einen ganzen Taler und zwei blanke Groschen fand.

Aufgeregt erzählte sie ihr Erlebnis der Mutter, die so fassungslos über den unerwarteten Reichtum war, daß sie gar nicht näher fragte, wer denn alles an Gästen dagewesen war.

Lore drängte sich mit solcher Berichterstattung auch nicht weiter auf, sie wußte ja, daß die Mutter über manche Dinge merkwürdig andere – verkehrte? – Ansichten hatte als sie selbst, die »Lore Lorenzen, geboren auf einem Spreekahn an der Fischerbrücke«, wie auf dem großen, steifen Papier stand, das die Mutter in der Bibel aufbewahrte.

»Gottes Sonne scheint über Gerechte und Ungerechte«, hatte sie bei Lehrer Klaus in der Religionsstunde gelernt – nun, sie war wohl eine Ungerechte, kam es Lore jetzt wieder in den Sinn. Denn, warum durfte sie nicht auch in die »Schule für höhere Töchter« gehen, wie die feinen, kleinen Mädchen, die als Geburtstagsgäste bei Lili Semper gewesen waren?

Es war kein Trost für sie, daß Agnes Bertram, die Tochter des Drogisten, auch zu Lehrer Klaus in die Gemeindeschule ging. Das sollte nur »so was heißen«, so hatte selbst die Mutter gemeint, denn Herr Bertram wollte damit beweisen, daß er, wie er stets betonte, »ein strammer Mittelständler« sei. Auch Mutter Lorenzen wußte nicht genau, was dies bedeutete, Lore aber erklärte es sich damit, daß Herrn Bertram die Weste immer so furchtbar stramm auf dem runden Bäuchlein saß.

2

Hinter der Glasscheibe des kleinen Küchenschrankes stand noch immer das Stück Schokoladentorte, das Lore gestern mit heimgebracht hatte. Nur ein schmaler Streifen war bisher »zum Kosten« abgeschnitten, der Rest aber sorgfältig weggeschlossen worden, denn Frau Lorenzen hatte es »in den Gliedern«, daß »Pelters« heute kommen würden.

Und sie kamen auch wirklich. In einem der Zillenbeiboote ruderten sie herüber und legten unten an der Ufermauer an, unweit von Lorenzens Haus.

Mit Händeschütteln und Kopfnicken, ohne viele Worte, begrüßte man sich, denn die Bekanntschaft war alt. Die Pelters waren schon zu der Zeit auf die Zille gekommen, als Lores Vater noch gelebt hatte. Sie wußten stets alle Neuigkeiten, die das Schiffervolk angingen, übernahmen Bestellungen von Abfahrenden und Kommenden – aber das war nicht die Hauptsache. Nein, Frau Pelter konnte mehr. Sie konnte Gliederreißen und Warzen besprechen, wußte wirksame Mittel gegen Zahnschmerzen und Bandwürmer, und – das war wohl das Merkwürdigste an ihr – sie konnte in die Zukunft sehen. Dazu brauchte sie keine Karten, sondern nur eine große Tasse starken schwarzen Kaffees. Und wie schnell wußte sie »Bescheid«. Ein Blick in den »Satz« – das genügte, und der Fragende kannte seine Zukunft.

Auch Lorenzens Verschwinden hatte sie prophezeit, ganz genau. »Sie werden«, so hatte sie kurz vorher zu der jungen Frau gesagt, »bei nächstem Vollmond viel Geld zählen!« Und so war es eingetroffen. Frau Lorenzen hatte, als Vollmond war, das Geld für die nach dem Verschwinden des Mannes verkaufte Zille gezählt und auf die Sparkasse getragen. Das war jetzt noch immer der Notpfennig, von dem sie mit ihrem Mädel lebte, wenn der Verdienst knapp war.

Frau Pelter saß am Herd, goß sich den Kaffee aus der Ober- in die Untertasse und schlürfte behaglich. Die Schokoladentorte war verzehrt, und Herr Pelter hatte sich den

Tonpfeifenstummel zwischen die Eckzähne geklemmt und paffte.

Ja – jeder hat seine Sorgen, darüber war man sich einig geworden, nachdem man sich erzählt hatte, wie es in der Zwischenzeit dem und jenem ergangen war.

Nach einer Weile nahm Frau Pelter die braune Kaffeekanne von der Ofenplatte und goß den schwarzen Satz in Frau Lorenzens Tasse. Als sie da so hineinsah, war sie ganz betroffen vor Überraschung – kopfschüttelnd betrachtete sie die Witwe. »Aber Lorenzen«, sagte sie beinahe vorwurfsvoll, »Sie werden doch nich!« Die Witwe bekam rote Wangen und einen trotzigen Zug um die Mundwinkel. Doch gleich darauf verdüsterte sich Frau Pelters Miene, und sie starrte mit einem Gesicht in die Tasse, als ob es um ihre eigene Zukunft ginge. »Zwee sind da – zwee kommen«, murmelte sie endlich. »Aber der zweete kommt viel später als der erste . . .!«

Wie erschlagen von diesem Orakel saß die Witwe da. »Zweie?« stammelte sie.

»Nu – wollen Se denn noch mal wieder . . .?« erkundigte sich nun Herr Pelter sehr interessiert und stocherte mit einer Haarnadel seiner Frau in seinem Pfeifenstummel.

»Man is ja noch nich alt«, sagte Frau Lorenzen leise und mehr zu sich selbst.

»Nu – denn man immer zu!« ermutigte Herr Pelter, »aber dann nehmen Sie nur den Richtigen!«

Seine Frau nahm inzwischen das wollene rote Tuch, das sie bei ihrem Kommen abgelegt hatte.

»Adschüs«, sagte sie und nochmals: »Adschüs, Lorenzen. Ich bin ja selbst neugierig, welcher es nu werden wird!«

»Ich nicht weniger«, pflichtete Pelter bei. »Adschüs! Halten Se nur die Ohren steif . . .!«

Damit waren sie bereits auf den Flur hinausgetreten.

Es war Abend geworden, und der Schein der Gaslaterne am Hause tanzte im Wasser. Irgendwo auf einem der vor Anker liegenden Kähne wurde Harmonika gespielt; Mutter

Lorenzen summte leise die Melodie des alten Volksliedes mit. Wie oft hatte sie dieses Liedchen und manches, manches andere gesungen – damals, als sie selbst noch auf solch einem Kahn fuhr ...

Sie hörte im Geiste ihre frische Stimme, hörte, wie sie über das Wasser klang, vielleicht bis hinüber zum Kiefernwald, dessen Stämme im Abendsonnenlicht so ergreifend rot aufglühten. Ja – und dann war jener schreckliche Unglückssonntag gekommen. Die Zille lag am Ufer von Moabit vor Anker, und sie – die junge Frau – saß auf Deck und strickte. In einem Korb zu ihren Füßen schlief das Mädelchen, der weiße Spitz kläffte vom Dach der Kombüse nach dem Ufer, von wo der Wind Tanzmusik herübertrug ... Da war Lorenzen heraufgekommen – in seinem Sonntagsstaat, die silberne Uhrkette auf der blauen Weste. Er hatte wieder einmal den Blick gehabt, vor dem sie sich heimlich fürchtete, denn dann war nichts mit ihm anzufangen, und er schien von allen guten Geistern verlassen zu sein.

Unbeweglich stand der breitschultrige Mann da, sah die Frau an, dann das Kind, den Hund, sagte aber nichts. Und Anna hütete sich, den Mund aufzutun, denn sie wußte ja, daß sie dann verlorenes Spiel hatte. Er suchte doch nur Streit, um vor sich selber einen Grund zu haben, an Land gehen zu können – zum Tanzvergnügen. Der dünne blaue Rauch aus dem Schornstein der Kombüse war plötzlich dick und schwarz geworden, der Spitz mit erschrecktem Aufbellen in den leeren Laderaum gesprungen, sie selbst aber war eilig das Treppchen hinuntergestiegen. Denn das Abendbrot stand ja auf dem Feuer. Daß sie das ganz vergessen hatte ...

Und wirklich: Alles war bereits angebrannt! – Von Deck her hörte sie Lore schreien ... Aber der Mann war ja bei dem Kinde. Jetzt kam es vor allem darauf an, dem Schaden hier unten abzuhelfen. Gut nur, daß da noch genügend geschälte Kartoffeln in der Wasserschüssel lagen. Sie brauchte also nicht ganz von vorn mit der Kocherei anzufangen. Als Anna nach einer kleinen Weile schuldbewußt wieder an Deck kam, war Lore still, sie schlief. Doch – ihr Mann, wo war ihr Mann ...?

Das Laufbrett zum Uferrand lag noch eingezogen an Deck, die Entfernung zu der steilen Böschung war zu groß, um vom Kahn ans Ufer springen zu können. Aber auch die nächste Zille lag so weit weg, daß es ganz unmöglich war, daß Lorenzen etwa drüben sein könnte.

Der Spitz stand plötzlich am Kahnrand und blickte ins Wasser. Winselte er etwa kläglich? Aber dort war doch auch nichts zu sehen, obwohl sich das Tier anscheinend nicht beruhigen konnte. Herrgott – hatten denn die anderen Schiffer nichts bemerkt? Sie rief hinüber und fragte nach ihrem Mann. Aber keiner hatte etwas gesehen oder überhaupt etwas Auffälliges beobachtet.

Mit dem Rettungskahn war stundenlang das Wasser abgesucht worden – vergeblich! So war Lorenzen damals verschwunden, spurlos. Denn selbst seine Leiche war nicht zum Vorschein gekommen, wie sonst andere Wasserleichen ...

Anna Lorenzen stand etwas schwerfällig auf, ging zur Kommode und nahm aus der Bibel den Zeitungsausschnitt. Beim Schein der Laterne las sie – ach, zum wievielten Mal? –: »Da der von hier gebürtige, frühere Matrose, zuletzt Schiffseigner, Johann Friedrich Lorenz Lorenzen, ehelicher Sohn des weiland hiesigen Schiffseigners Carl Theodor Lorenzen und der Auguste Maria Rentner, seit fünf Jahren abwesend von hier ist, ohne daß von ihm oder seinem Aufenthalt irgendeine Nachricht eingegangen wäre, so wird auf Antrag seiner Ehefrau Friederike Anna Lorenzen, geb. Stiege, dieser abwesende Johann Friedrich Lorenz Lorenzen hierdurch geladen, sich im Termin, den 18. Mai n. J., vormittags 11 Uhr, vor dem Königl. Preußischen Stadtgericht allhier entweder in Person oder durch genügend Bevollmächtigte zu melden oder den Ort seines Aufenthaltes anzuzeigen, widrigenfalls der vorstehend benannte Johann Friedrich Lorenz Lorenzen für tot erklärt wird.

Berlin, im November

Königl. Preußisches Stadtgericht«

Nein, Lorenz hatte sich nicht gemeldet, obwohl diese Vorladung in allen Hafenplätzen angeschlagen worden war, und an einem schönen Maitag hatte ihn das Gericht »für tot« erklärt. Seitdem war sie, Friederike Anna Lorenzen, geb. Stiege, eine Witwe.

3

Die kleinen Häuser des Spreewinkels mit ihren schrägen Ziegeldächern und ungewöhnlich tiefen Kellern waren wie alte, zähe Invaliden, die dem Tod schmunzelnd ein Schnippchen schlagen. Die Bewohner lebten bei kümmerlicher Beschäftigung von heute zu morgen, zufrieden schon, daß es überhaupt weiterging.

Die Fischer allerdings, die waren eine Gilde für sich, die

ihr gutes Einkommen und lohnende Arbeit hatten. Ihr stets etwas lautes Treiben erfüllte die Uferstraße bis zum Mühlendamm hinunter, dort, wo die Kleiderhändler vor ihren mit alten Uniformen, Pelzen und Anzügen vollgestopften Buden saßen oder standen.

Aber die seßhaft gewordenen Schiffer und ihre Angehörigen, soweit sie nicht in ihre märkischen Dörfer zurückgekehrt waren, schlugen sich eben doch nur mühsam durch mit allerlei Gelegenheitsarbeit. Katzen saßen überall und beobachteten blinzelnd die im Pferdemist hackenden Sperlinge. Auf dem Wasser zogen Zillen gemächlich dahin; aus dem Schornstein auf dem Bäckerhaus stiegen Rauchringel empor und erfüllten, zuweilen vom Winde niedergedrückt, die Gegend mit ihrem Geruch. Auf den Blumenbrettern vor vielen Fenstern oder hinter den Scheiben Myrten, Kakteen oder Oleanderableger, auch in Bierflaschen – so bot sich das Bild des »Spreewinkels«, in dem sich manchmal die Bewohner anderer Stadtviertel einfanden und dann Menschen und Häuser anstarrten, als wären sie in eine absonderliche Welt geraten.

Wenn sie dann wohl die Lore erblickten, die in ihrem blauen Kleidchen auf den steinernen Treppenstufen wie die anderen Kinder hockte, so stießen diese und jene sich an – das hier war etwas Besonderes. Dann aber zog die Kleine ihre Holzpantoffeln unter das Röckchen, denn sie fühlte sich unbehaglich.

Heute saß sie einsam da und blickte den großen weißen Wolken nach, die so schnell dahinsegelten. Sie war aufgeregt, denn sie hatte erfahren, daß die Tochter des Drogisten Goldkäferschuhe bekommen hatte! Sie grübelte nun: wie bekomme ich ebenfalls welche, und wenn es irgendwie anging, noch ein bißchen schönere? Freilich, Agnes' Vater war wohlhabend, er hatte wunderbar große Gläser voll Zuckerkand und Pfefferminzplätzchen. Aber ihre Mutter, so sagte sich Lore, war zwar jetzt bloß Waschfrau und früher Dienstmädchen, doch sie hatte eine ganz feine rote Korallenbrosche und eine Tigermuschel, wenn man die ans Ohr hielt, dann hörte man das Weltmeer brausen.

Wenn das auch alles sehr schön war, so half es Lore doch jetzt nicht darüber hinweg, daß Agnes Goldkäferschuhe besaß und sie nicht. Das eine war sicher, hier mußte etwas geschehen, und zwar bald, sonst erstickte sie ja an dem Knoten, den sie im Halse spürte, sobald sie an die Drogistentochter dachte. Das war doch eine ganz Schlaue! Sie hatte sich an Lili Semper herangemacht und war seit dem Geburtstag alle Tage bei ihr. Wenn man nun mal starb – ob die Mutter einem dann vielleicht Goldkäferschuhe in den Sarg mitgeben würde? Lore wäre unter diesen Umständen bereit gewesen, sofort zu sterben. Aber jetzt war es erst einmal nötig, die alten, schweren Holzpantinen loszuwerden. Daß man einen davon verlieren könnte, das ginge schon – aber beide? Und lügen durfte man nicht, das war Sünde. Aber wenn man nun sagte, Lehrer Klaus habe angeordnet, daß alle Kinder von morgen ab mit Goldkäferschuhen in die Schule kommen müßten? Dann würde freilich die Mutter wohl zu Frau Niclas in den Gemüsekeller gehen und sich erkundigen, wo denn sie für ihre Marie solche Goldkäferschuhe kaufen werde? Nein – das lieber nicht, denn es war ja nicht sicher, was Marie von den Goldkäferschuhen gehört hatte.

Nein, es mußte schon etwas sein, das jedermann sofort glaubte. Was tun?

Mal probieren: »Verflucht und verhext!« Manche sagen doch, das hilft immer.

Und siehe da – es half sofort.

Um die Ecke kam Briefträger Pankraz mit einem großen schwarzgeränderten Brief gerade auf Lore zu. Sie sah ihn mißtrauisch an und schnüffelte unwillkürlich. Wenn der hagere Mann sonst meist nur nach Leder und Schnupftabak roch, heute duftete er ganz bestimmt tüchtig nach Pech und Schwefel, und wer weiß, was das außerdem noch für ein besonderer Geruch war, den er da um sich verbreitete. In dem schwarzen Brief, den er Lore mit der Weisung in die Hand drückte, ihn sofort der Mutter zu geben, steckten ja nun ganz sicherlich keine Goldkäferschuhe, das konnte man fühlen. Die Mutter war jetzt nicht zu Hause: wenn man mal ein bißchen nachsah, was in dem Briefe drin stand? Nein, da war nichts zu machen, denn hinten auf dem Umschlag klebte ein Siegel, schade! Frau Lorenzen wusch heute bei Sempers, zur Aushilfe, denn Frau Palmer, die Waschfrau, konnte es diesmal allein nicht schaffen. Wenn Lore nun hinginge und der Mutter den Brief brächte? Daß sie nicht gleich auf diesen Gedanken gekommen war!

Den Brief in der linken, die Pantoffeln in der rechten Hand, lief sie in Strümpfen in die Breite Straße. In Strümpfen! Das war nun ungefähr das Schlimmste, was sie tun konnte.

Die Mutter dachte wahrscheinlich, es brenne zu Hause – denn das war stets ihr erster Gedanke –, als Lore in die Waschküche stürmte. Sie mußte sich erst einmal setzen und starrte den Brief fassungslos an, wollte ihn gar nicht öffnen. Aus solchen versiegelten Briefen kam ja doch immer Unglück.

Aber schließlich ging sie damit zu Frau Semper, um sich Rat zu erbitten, und als sie zurück in die Waschküche kam, hatte sie rotgeweinte Augen. Sie hörte auch gleich mit der Wäsche auf und sagte Frau Palmer, daß sie ein paar Tage verreisen müsse, denn ihre Schwester Amalie in Brandenburg sei gestorben. Gleichzeitig zeigte sie ein paar Geldscheine, die in dem Briefe gesteckt hatten, damit sie zum Begräbnis kommen könne.

Lore hörte zu und sah mit großen Augen von einer zur anderen. Es tat ihr leid, daß Tante Amalie der Goldkäferschuhe wegen hatte sterben müssen ... Denn es war ja ganz klar; das »Verflucht und verhext« vorhin hatte der Teufel gehört, und nun hatte er gleich Tante Amalie sterben lassen. Warum wohl?

Und der so furchtbar geizige Onkel Christian hatte der Mutter Geld geschickt?

Ob die Mutter wohl merkte, wofür das Geld bestimmt war? Natürlich für die Goldkäferschuhe, denn Reisegeld hatten sie doch; für so etwas war immer ein Notgroschen im Kommodenkasten.

Frau Lorenzen dachte nur an ihre Schwester Amalie – wie gut die immer gewesen war. Plötzlich blieb sie mitten auf der Straße stehen, zählte die Geldscheine und ging in tiefem Sinnen weiter. Nach einer Weile sagte sie: »Lore – du fährst mit, aber da muß ich dir erst noch ein Paar neue Schuhe kaufen!«

Na – endlich! Lore war schon nahe daran gewesen, noch mal leise für sich »verflucht und verhext« zu sagen.

Schuster Kranold freute sich, daß Frau Lorenzen, oder »Madam Lorenzen« – wie er sagte, denn er war ein galanter Mann, der die Witwe immer für eine stattliche Frau gehalten hatte –, daß also Madam zu ihm kam. Als er aber hörte, daß es sich nur um Lore handelte, bedauerte er, daß nicht auch Madam sich ein Paar neue Schuhe kaufen wolle, denn er habe schon seit langem etwas ganz Feines für sie zurückgestellt. Lore wurde ungeduldig, weil er so viel redete und nicht gleich die Goldkäferschuhe brachte, die dort in dem Glasschrank standen. Wie lange dauerte es doch, bis er merkte, worauf es eigentlich ankam. Wohl ein gutes Dutzend Schuhe stand nun schon um Lore herum, und es war für das Mädel wahrlich keine Kleinigkeit, bei jedem Paar zu beweisen, daß es nicht paßte. Hinkend war sie jedesmal um den Ladentisch herumgegangen und hatte dann gemeint, daß sie in diesen Schuhen auch nicht einen Schritt mehr weiterkäme. Schuster Kranold hatte schon einen roten Kopf bekommen und schwitzte. Schließlich sagte er, nun wolle er doch einmal die Probe machen und sehen, ob es nur an dem Leder oder an der Fasson läge. Und damit ging er an den Glasschrank und holte endlich die Goldkäferschuhe heraus. Merkwürdig, wie gut die paßten. Freilich, hinten drückten sie ein klein wenig, und von dem linken Fuß hätte eigentlich die große Zehe abgeschnitten werden müssen, weil sie nicht recht Platz finden konnte, aber das verschwieg Lore. Sie sagte, die Schuhe wären so weich wie Filzpantoffeln, und wirklich – die Mutter kaufte sie. Sie hatte auch nicht länger Zeit, und Schuster Kranold, der ein gefälliger Mann war, ließ sie ihr obendrein so billig, als wenn es nur ein Paar ganz gewöhnliche Schuhe gewesen wäre.

So hätte alles also in schönster Ordnung sein können. Kaum aber war Lore aus dem Laden getreten, da mußte sie vor Schmerzen hinken, das Schlimmste war, sie durfte es nicht einmal verraten. Ohne Strumpf, den Schuh nur auf dem bloßen Fuß, war es, wie sie dann zu Hause heimlich probierte, mit den Schmerzen nicht ganz so schlimm, da hätte man nur die kleine Zehe abzuhacken brauchen – aber immerhin, auch das war nicht gerade sehr angenehm. Sie mußte immer wieder denken, daß sie eben kein feines Mädchen sei, weil ihr die Goldkäferschuhe nicht paßten. Sie hatte nun mal nicht so kleine, feine Füße wie Agnes Bertram – daran lag es! Die Zehen mußten wohl oder übel dranbleiben, das sah Lore nach und nach ja ein ... Sonst konnte man später auch nicht tanzen, und das wollte Lore auf jeden Fall. Aber wenn man nun ein Stück von der Ferse absäbelte? Wenn man es mit einem Ruck machte, dann war es sicherlich nicht so schmerzhaft. Am besten mit dem kleinen Beil, das sich damals Steuermann Jens ausgeliehen hatte, als er den jungen Hunden die Schwänze abhacken wollte. Und ehe es ihr etwa wieder leid werden konnte, nahm das Mädel das Beil vom Nagel, setzte das Bein auf die Fußbank, machte die Augen zu, damit sie es nicht sähe, und hackte zu.

Na, das war eine schöne Geschichte! Frau Lorenzen wußte ja, daß ein Unglück niemals allein kommt, aber gleich zwei so große – womit hatte sie das verdient! Weder Spinnweben noch Essigumschläge hatten genutzt. Der Doktor hatte geholt werden müssen, um das Blut zu stillen, und dann hatte er sogar die Wunde zugenäht. Und nun lag Lore im Bett und war nicht mit zu Tante Amalies Begräbnis gefahren, und die Goldkäferschuhe konnte sie auch nicht anziehen.

Es gefiel ihr gar nicht, von Marie Niclas aus dem Kartoffelkeller gepflegt zu werden, denn die roch immer nach Salzheringen und hatte stets eine verstopfte Nase. Ach, Lore hatte gehofft, ihr Unglück würde sich herumsprechen, und die feinen Mädchen von Lilis Geburtstagsfest würden sie nun besuchen und ihr Blumen und Schokolade bringen ... Nein, niemand ließ sich sehen, nur die Waschfrau Palmer erschien einmal mit zwei Apfelsinen und einem Kristallfläschchen »Maiglöckchenduft« – die Lili schickte es ihr und wünschte »baldige Genesung«.

Na ja, so waren eben die »feinen Mädchen«! Wenn man bei ihnen eingeladen war, taten sie so, als wäre man ebenso fein wie sie selbst, taten es aus Artigkeit und Falschheit. Doch wenn sie es nicht gerade nötig hatten, dann ließen sie ihre Feinheit nur riechen ... An Kristallfläschchen mit Maiglöckchenduft. Es war ihnen ganz gleichgültig, ob man Goldkäferschuhe hatte! Man mußte eben noch etwas ganz Besonderes haben, um sie zu übertrumpfen und zu wirklichen Freundinnen zu bekommen.

Lore dachte angestrengt nach, was das Besondere wohl sein könnte, um das selbst eine Lili Semper sie beneiden würde. Ob sie es noch mal mit dem Teufel versuchte? Und auf einmal, als hätte es ihr der Böse eingegeben, wußte sie, was es sein mußte. Eine Uhr, eine kleine goldene Uhr mußte sie haben. Wie die ganz feinen Damen sie am schwarzen Samtband um den Hals trugen. Eine Uhr, und wenn sie auch nicht tickte, die man aber dafür aufmachen konnte, um ein Bildchen hineinzustecken.

»Verflucht und verhext!« Hatte sie das bloß gedacht oder laut gesagt? So oder so. Ja, der Teufel hatte es gehört ... Da war doch jemand vor der Tür! Aber ach, nur Marie Niclas kam herein und brachte das Mittagessen, weiße Bohnen mit Speck. Und der Teufel ...?

4

Zwei Tage vergingen, da erlaubte der Doktor, daß Lore wieder aufstehen durfte. Ja, er verlangte sogar, daß sie auf der Straße Gehversuche mache. »Aber vorsichtig, liebes Kind, ganz vorsichtig, sonst platzt die Wunde wieder auf!«

Lore hatte sich bis an die Fischerbrücke geschleppt, hockte nun auf dem Ufergelände und sah dem bunten Treiben zu. Von irgendwoher hallte das helle Pinkpank aus einer offenen Schmiede – Karrenräder quietschten, Holzpantoffeln klapperten. In den Läden dort drüben in den schmalen Häuschen gab es leider nichts für Lore. Nur Bedarf für Schiffersleute: Ölmäntel, Mützen, »echten Hewimsa-Waterküken«, Kentucky-Kautabak, Tonpfeifen. Aber dann war auch noch ein Laden dort, in dem die Schiffer für ihre Bräute bunte Kopftücher, weiße Schürzen oder Korallenketten kaufen konnten.

Davor standen ein paar Schiffer, die kurze Pfeife im Mundwinkel, und besahen sich lange die Herrlichkeiten. Dann stapften sie mit ihren schweren Schuhen weiter und suchten das Makler- und Vermittlungsbüro auf, in dessen Fenster ein kleines Schiffsmodell ausgestellt war.

Ein paar alte, verwitterte Kerle lehnten sich müßig ans Brückengeländer, spieen ab und zu im weiten Bogen den überschüssigen Priemsaft in das glitzernde Wasser und schauten dann wieder in gelassener Ruhe der schweren Kärrnerarbeit im Hafen zu. Von der Nikolaikirche hallte noch mal der Schlag der Uhr herüber. »Ja, was war denn nun eigentlich mit der Uhr? Verhext und verflucht!« schoß es Lore in den Sinn. Als die Mutter vom Begräbnis ihrer Schwester heimkehrte, brachte sie, außer den Kleidern der Verstorbenen, auch eine kleine goldene Uhr mit, die sie ebenfalls geerbt hatte. Es war eine richtige Medaillonuhr, wenigstens hatte die Mutter sie so genannt, als sie das kostbare Ding den Frauen im Kartoffelkeller zeigte. Inwendig war sie mit blauer Seide gefüttert und hatte Fächer, gerade wie ein Portemonnaie.

Und diese kostbare Uhr gehöre ihr nun, behauptete Lore in der Schule, die Mutter habe sie ihr geschenkt – jawoll! Keines der Mädel wollte es ihr glauben, auch nicht Agnes Bertram, ja selbst nicht mal die dumme Marie Niclas. So war Lore schließlich nichts übriggeblieben, als zu prahlen: »Also morgen bringe ich meine Uhr mit, bäh!« Aber – wie sollte sie dieses Kunststück nun fertigbekommen? Die Mutter um die Uhr bitten? Ach, wie die unter Tränen versichert hatte, war ihr dieses Andenken ja lieber als sonst irgend etwas, und darum hatte sie es auch nicht Lore gegeben. Die Uhr lag in dem Kästchen, in dem die Mutter auch ihre rote Kette und die Tigermuschel als Andenken an den verschwundenen Vater aufbewahrte. Und dieses Kästchen wieder war in der Kommode tief unter wollenen Strümpfen versteckt. Bisher hatte die Mutter jeden Abend vor dem Schlafengehen nachgesehen, ob das Kästchen auch nicht gestohlen worden war.

Als Lore am nächsten Morgen das Quietschen der Kaffeemühle in der Küche hörte, kletterte sie aus dem Bett und schlich zur Kommode, und als Frau Lorenzen eine halbe Stunde später ihr Mädel wecken wollte, wunderte sie sich, wie fest es heute noch schlief. Sie ahnte nicht, daß ihre kostbare Uhr, in ein wenig ansehnliches Schnupftuch geknüpft, in Lores Kleidertasche steckte.

Keines der Mädchen hätte es für möglich gehalten, daß Lore wirklich die Uhr mitbringen würde. Zuerst, als sie so langsam und ganz feierlich an der um den Hals geschlungenen Seidenschnur zogen, hatten sie geglaubt, daß sicherlich nur ein Knopf zum Vorschein kommen werde und daß Lore nachher behaupten würde, irgendeine böse Hexe habe die Uhr verwandelt. Aber nun hing da wirklich eine Uhr an der Schnur. Eine Uhr, die sich richtig öffnen ließ und inwendig himmelblauseidene Fächer besaß. Alle hatten diese Uhr wie ein Wunder angestaunt – am meisten aber Bertrams Agnes. Fein! Von ihr würde es ja jetzt Lili Semper erfahren. Na, und dann; vielleicht kam Lili schon morgen aus dem feinen Hause in der Breiten Straße in das Häuschen in der Friedrichsgracht und wollte Lores Freundin sein. Plötzlich stoben sie alle auseinander, denn die Tür hatte geklappt, Lehrer Klaus trat in die Klasse – oh, wenn er nur nicht heute ein Diktat schreiben läßt! Glücklicherweise kam es anders. Agnes Bertram, die er immer vorzog, weil er in der Drogerie bei dem »strammen Liberalen« alles billiger erhielt, sollte aus der »Biblischen Geschichte« vorlesen. Die anderen Mädchen aber mußten kerzengerade dasitzen, die Hände gefaltet, und Herrn Klaus unverwandt ansehen. Wer das nicht tat, mußte zu Hause als Strafarbeit hundertmal aufschreiben: »Ich bin ungehorsam gewesen.«

Nachdem sich die Klasse von ihrem Schreck über diese Anordnung erholt hatte, saßen alle wie versteinert da und hörten bald darauf, von Agnes fein säuberlich vorgelesen, daß Lots Frau, nur weil sie sich einmal umgedreht hatte, zur Salzsäule erstarrt war. Das war übrigens eine Geschichte, die Lore schon kannte. Sie fand sie gar nicht so wunderbar, denn nach ihrer Ansicht waren doch alle Menschen inwendig salzig – man merkte es doch an den Tränen, die ganz salzig schmeckten. Ja, wenn die Frau eine Pfeffersäule geworden wäre!

Das mußte sie gleich mal ihrer Nachbarin Marie sagen, und sie tat das auch trotz des strengen Verbots, nicht zu sprechen. Marie aber saß selbst wie eine Salzsäule da, regungslos und rührte sich auch nicht, als ihr Lore mit den Holzpantinen – die Goldkäferschuhe zog sie nur sonntags an – auf die Stiefelspitzen trat. Daß Marie solche Angst vor Lehrer Klaus hatte! Fürchtete sie sich denn wirklich so sehr? Dies festzustellen, schien Lore jetzt viel wichtiger, als zu erfahren, was da schließlich aus den Leuten von Sodom und Gomorrha wurde. Flugs tauchte sie hinter dem breiten Rükken Berta Dieters ihren Bleistift ins Tintenfaß und wischte ihn sodann an Maries gefalteten Händen ab.

Marie tat, als merke sie gar nichts, und starrte beharrlich

den Lehrer an. Nun aber zog Lore die kostbare Uhr vorn aus dem Halsbündchen und ließ sie an der Schnur dicht vor Maries Nase hin und her baumeln – wie ein Perpendikel. Da geschah etwas Furchtbares! Wie alles geschah, konnte Lore auch später nicht recht begreifen. Wie ein Habicht fuhr plötzlich eine große rote Hand nach der Uhr, umkrallte sie und riß sie weg. Im nächsten Augenblick stand Lehrer Klaus selbst in seiner ganzen Größe vor der entsetzten Lore. Genauso mußte es Lots Frau zumute gewesen sein, als sie zur Salzsäule erstarrte. Aber Lots Weib hatte damit genug und konnte nun bleiben, wo es war. Lore aber, der das Entsetzen in die Beine gefahren war, wurde von ihrem Platz weggezerrt und vor den Katheder geführt. Vierzig Augen sahen zu, was Lehrer Klaus jetzt weiter tat. Er sah sich die Uhr an, machte sie auf und zu und – einige der kleinen Mädchen hätten beinahe laut aufgeschrien! – legte sie in sein Pult. Fast gleichzeitig verabreichte er Lore einen »Katzenkopf«. Das hatte gar nicht so schlimm ausgesehen, aber Lores Kopf hing, wie bei einer geknickten Butterblume, plötzlich nach der rechten Seite. Nun faßte Herr Klaus Lore wieder ganz sanft an. Und da schrie das Mädel, das bisher keinen Laut von sich gegeben hatte, plötzlich so schrill auf, daß man es sicherlich bis unten im Zimmer des Rektors gehört haben mußte – jeden Augenblick konnte der also heraufkommen.

Lehrer Klaus wußte genau, daß Lore Lorenzen sich verstellte. Aber immerhin, sie war imstande und hielt den Kopf schief, bis die Schule aus war, ging wohl gar so nach Hause. Da würde man viele gute Worte geben müssen, damit die Witwe Lorenzen nicht zum Rektor lief. Soweit durfte es nicht kommen. Man sollte nicht sagen, er habe sich hinreißen lassen und ein Kind womöglich zum Krüppel geschlagen.

Obwohl Lehrer Klaus nun so tat, als sähe er Lore gar nicht mehr, wie sie da vor dem Pult stand und den Kopf schief hielt, merkten es die Kinder doch, daß er heimlich nach ihr schielte, während Agnes Bertram jetzt die Geschichte vom Turmbau zu Babel lesen mußte. Tat ihr denn der Hals noch immer nicht weh? So etwas von Trotz und Eigensinn war dem Lehrer wahrhaftig noch nicht vorgekommen. Freilich, er ahnte, was das Mädel damit bezweckte: Es handelte sich um die Uhr. Die würde er wieder herausrücken müssen. Nach einer Weile war er sich im klaren. Er befahl Agnes Bertram, auch gleich noch die nächste Geschichte zu lesen, und rief den übrigen zu, ganz still zu sitzen. »Ich komme gleich wieder, gehe nur einmal hinunter, um nachzusehen, ob der Herr Rektor da ist.« Er ging. Zur Sicherheit lehnte er die Klassentür nur an.

Nur wenige Minuten blieb Herr Klaus fort, aber inzwischen hatte Lore es fertigbekommen, unter den Blicken der vor Entsetzen starren Klasse den Kathederdeckel hochzuheben, die Uhr herauszunehmen, sie in die Tasche verschwinden zu lassen und sich wieder vor das Pult zu stellen. Als Lehrer Klaus hereinkam, sagte er Lore ganz freundlich, daß sie sich jetzt auf ihren Platz setzen dürfe.

Als wäre nichts geschehen, ging die Stunde zu Ende, schließlich auch der Vormittag. Lehrer Klaus war glücklicherweise nicht auf den Gedanken gekommen, im Pult nach der Uhr zu sehen.

Endlich war die Schule aus. Wenn nun der Lehrer aber morgen oder übermorgen die Uhr suchen würde? Was dann? Das war heute das Gesprächsthema auf dem Nachhauseweg. Merkwürdigerweise war Lore weniger besorgt als alle anderen, sie hatte nur den einen Gedanken, die Uhr wieder in Mutters Kommodenschublade unterzubringen.

Und das glückte ihr gleich nach dem Mittagessen.

Hm – die Kopfnuß! Was tat die schon! Viel schlimmer wäre es gewesen, den Kopf so lange schief halten zu müssen, bis Lehrer Klaus doch endlich mürbe geworden wäre.

Auf alle Fälle wußte nun wenigstens die ganze Klasse, daß sie, die Lore Lorenzen, eine feine goldene Damenuhr besaß. Doch – wo blieb denn die Lili? Der Pankraz brachte nicht einmal ein Briefchen mit einer Einladung in das feine Haus. Oder hatte Agnes der Lili gar nichts von der Uhr erzählt? Es wäre ihr schon zuzutrauen.

Nun, das nächste Mal, wenn Lore bei Sempers die Plättwäsche abliefern würde, bot sich vielleicht eine Gelegenheit, Lili selbst zu sprechen.

5

Endlich war die Mutter mit dem letzten Stück fertig, und Lore konnte gehen und die Kragen und Oberhemden abgeben. »Eine schöne Empfehlung von meiner Mutter, und hier ist die Plättwäsche, bitte nachzählen!« sollte sie wie immer sagen. Es wurde ein Paket, das sie auf beiden Armen tragen mußte, kaum, daß sie darüber hinwegsehen konnte. Deshalb sollte sie auch hübsch langsam gehen. Das tat Lore und kam glücklich mit ihrem Paket an. Aber sie mußte erfahren, daß Frau Semper mit Lili weggefahren sei, auch Herr Semper! Warum sie denn die Wäsche nicht dem Mädchen geben wolle?

»Nein, das darf ich nicht. Aber kann ich sie vielleicht dem Herrn Käpt'n Gundermann, dem Großvater, abliefern?«

»Ja, gewiß, wenn du so genau bist!« sagte das Mädchen erstaunt.

»Es ist man bloß wegen meiner Mutter«, erwiderte Lore überlegen.

Das Mädchen wollte also einmal nachsehen. Und dann bekam Lore Bescheid, daß sie hineinkommen sollte. Aber der Herr Kapitän habe eben sein Nachmittagsschläfchen gemacht, und da sei er dann öfter nicht gerade bei bester Laune. Lore solle sich also nicht wundern, wenn der alte Herr kurz angebunden wäre.

»Nee, jewiß nich!« setzte Lore etwas großspurig dagegen und überlegte dabei blitzschnell, daß es doch die Hauptsache war, daß man sehen konnte, ob Lili wirklich nicht da war. Und auch ob die Schale mit den Apfelsinen auf dem Tisch stand. Denn sich vom Mädchen so einfach im Flur abspeisen lassen – das ging doch nicht! Wenn man, weil Frau Semper nicht da war, nun auch keine Apfelsine bekommen würde, wie sonst immer, wenn alles stimmte, so konnte man doch wenigstens etwas riechen.

Vielleicht konnte man auch – das ginge doch! – einen Kragen im Tuch zurückbehalten und morgen früh nachliefern, wenn Frau Semper wieder da war.

»Also, so gehe hinein! Recht laut sprechen! Denn der Herr Kapitän hört nicht mehr gut«, sagte das Mädchen.

Der alte Herr war eben erst erwacht und hatte noch den Abdruck vom gestickten Sofakissen im Gesicht.

Lore machte ihren Knicks und sagte, so laut sie konnte: »Eine Empfehlung von meiner Mutter, und hier is die Wäsche, bitte nachzählen!«

»Warum schreist denn du so?« fragte der Kapitän und sah sie nicht gerade freundlich an. »Nimm dir ja nischt 'raus mit einem alten Mann, du ...!«

»Nee, aber ich habe jeglaubt, weil Sie solche dicke weiße Püschel an die Ohren haben, könnten Sie nich jut hören.«

»Wat – wie ...?« Und weiter fuhr er sie an, ob das wohl Lebensart sei, solche Bemerkungen zu machen? In ihrem Alter habe er, der Käpt'n Gundermann, den Mund gehalten, bis er gefragt worden sei.

»Aber ich habe doch eben bloß ...«

»Na, na – nicht räsonieren! Für ein Frauenzimmer deines Alters schickt sich das nicht! Was hast du da in dem Tuch?«

Lore hatte nicht übel Lust, ihm jetzt zu sagen, daß die dikken Püschel an seinen Ohren ihn doch schwerhörig machten, denn sie hatte doch gleich beim Eintritt gesagt, daß sie mit der Plättwäsche kam.

»Wie komme ich, Käpt'n Gundermann, dazu, Wäsche nachzuzählen?«

Lore murmelte etwas von Beschwerden und wurde sich dabei darüber klar, daß sie diesmal wohl kein Glück mit der Apfelsine haben werde. Es sei denn, daß sie mit dem Herrn Kapitän anders verfahre ...

Endlich war er bereit, die Wäsche anzusehen. Das Mädel reichte ihm die Stücke hin, und er verglich ihre Angaben mit den Zahlen auf dem Zettel.

»Dreizehn Kragen«, sagte Lore jetzt.

»Es sind nur zwölf«, sagte der Kapitän.

»Vielleicht is das ein Schreibfehler aufs Papier?«

Auf so etwas lasse er, Käp'ten Gundermann, sich nicht ein. Geschrieben sei geschrieben, und seine Tochter, die Frau Semper, sei gerade mit Zahlen höllisch genau. Wenn Lore nicht dreizehn Kragen abliefere, so gäbe er eben die ganze Wäsche zurück, und dann könne sie sich ja morgen mit Frau Semper selbst auseinandersetzen.

Lore überlegte eine kleine Weile, hantierte in dem Einschlagetuch und meinte bereitwillig: »Ich werde noch mal nachzählen.«

Es waren wirklich dreizehn Kragen. Der Herr Kapitän mußte sich versehen haben.

»Hm!« Als er jetzt nachprüfte, stimmte es wirklich: dreizehn Stück. – »Hm! Hm! Noch etwas? Nee? Also die Wäsche stimmt; auf was wartest du noch?«

»Also, mit die Bezahlung eilt es nicht so«, erwiderte sie zögernd. »Mutter kommt morgen sowieso her!«

»Gut, gut – und adjes!«

Ja, damit war Lore also wohl entlassen und wußte nun nicht mehr, wodurch sie ein längeres Verweilen begründen könnte. So ging sie zögernd zur Tür und schnupperte, soviel sie konnte, von dem süßen Duft: Die Apfelsinenschale stand wirklich auf dem Tisch.

»Adje, Herr Kapitän!« Einen so schönen Knicks hatte sie noch nie gemacht.

»Biste denn noch immer nich draußen?«

Sie kam gleich wieder zurück. »Herr Kapitän, sind Sie mir nich böse, aber . . .«

»Na, wat jibt's denn noch?«

»Herr Kapitän, können Sie mir das nich mit dem Nordpol und dem Südpol erklären? Ich hab's nich richtig verstanden, als es uns Herr Lehrer Klaus heute früh gesagt hat – und morgen muß ich's doch wissen!«

»Dann paß andermal besser auf. Das ist doch 'ne janz einfache Sache: Der Nordpol is oben und der Südpol unten, verstehste?«

»Aber die Erde dreht sich doch! Lehrer Klaus hat es an 'ner Apfelsine klargemacht, ich hab's bloß nicht so jenau sehen können!«

»So – an einer Apfelsine? Ja, da müßte man es doch eigentlich sofort begreifen. Also, mal aufgepaßt! Hier oben, wo der schwarze Krubben sitzt, da ist der Nordpol – und hier unten, das ist der Südpol. Und wenn sich die Erde dreht, denn dreht sie sich um ihre eigene Achse und doch nicht von oben nach unten!«

»Hat denn 'ne Apfelsine ooch 'ne eigne Achse?«

»Aber janz jewiß! Sag mal, willst du mir eigentlich verrückt machen mit deine dusseligen Fragen, du Jöre?«

»Nee, aber ich muß es morgen jenau wissen, denn Lehrer Klaus is so streng!«

»Das muß er auch, falls etwa noch mehr solcher dummen Jören in eurer Klasse sind!«

»Och – so dumm bin ich nu jrade auch nicht! Ich hab' es damals gleich verstanden, daß die Kuh einen vierfachen Magen hat. Und auch das von die zwei Vorkammern und die zwei Herzkammern des Menschen weiß ich janz jenau!«

»Hä – von was . . .? Herzkammern? Zu meine Zeit hat man so was in die Schule nich gelernt, ich, Käpt'n Gundermann, weiß auch nich, ob das nu so absolut notwendig ist!«

»Aber das von die Achse?«

»Ja, das muß jeder Mensch wissen, der etwas auf sich hält!«

»Na, Herr Kapitän, wollen Sie da nicht so gut sein und mir's erklären?«

Der alte Herr sah das vor ihm stehende Mädel eine Weile starr an. Dann sagte er: »In Brasilien hab' ich mal 'ne Klapperschlange gesehen, die hat noch geklappert, als sie schon tot war. Und an diese Klapperschlange muß ich denken, wenn ich dir so vor mir sehe.«

»Ich bin noch nie in Brasilien gewesen!«

»Na, dann wünsche ich dir, daß du möglichst schnell dorthin kommst!«

»Wachsen denn da Appelsinen?«

»Nee, aber Pfeffer! Und nu 'raus! Deine Mutter wartet schon lange auf dir!«

»Nee, das nu grade nich!« Lore schüttelte den Kopf.

»Möchste nicht jetzt endlich die Freundlichkeit haben, nach Hause zu gehen?» klang es schon dringlicher.

Nun war also wirklich nichts weiter zu machen, und so empfahl sich Lore nochmals mit einem schönen Knicks und ging.

Als Frau Semper mit ihrer Tochter ein paar Stunden später nach Hause kam, fand sie den alten Herrn in der mürrischsten Laune. »Die Kinder von heute«, sagte er, »lernen lauter dummes Zeug in die Schule! Mit Kuhmagen und den Herzmuskeln wissen sie Bescheid, aber wie es mit die Erdachse ist, das begreifen sie nicht, selbst wenn man es ihnen janz jenau erklärt. Und deutlicher wie hier – an so 'ner Appelsine – kann man es doch wahrhaftig nich zeigen.« So, so! Also deshalb sei er so verstimmt. Und die Lore Lorenzen habe es nicht begreifen können? Ja, mit der sei das aber auch so eine Sache – ob sie denn eine Apfelsine bekommen habe, meinte Frau Semper.

»Nee! Gerade weil sie sich so furchtbar dämlich anstellte, hab' ich ihr keine gegeben!«

»Aber das Mädel bekommt doch immer eine Apfelsine, wenn sie die Wäsche abliefert!«

»Hä, wat . . .?« Dazu schüttelte der Alte den Kopf und lächelte verschmitzt. Er kniff das linke Auge zu und dachte offenbar angestrengt über etwas nach. Und dann brummelte er vor sich hin: »Na, so wat is mir wahrhaftig noch nich vorgekommen!«

Eine halbe Stunde später aber mußte das Mädchen gehen

und der Witwe Lorenzen das Geld für die Plättwäsche bringen. Außerdem hatte das Mädchen noch einen Auftrag.

»An Lore?« fragte es verwundert.

»Ja, an Lore! Der sollen Sie diese Tüte mit den beiden Apfelsinen geben und dazu bestellen: Herr Kapitän Gundermann hat sie selbst ausgesucht, es sind die beiden schönsten, und Lore soll mal sehen, ob sie die Achsen darin findet.«

Na, das mit den Apfelsinen war nach Lores Meinung nur recht und billig, aber sie wunderte sich und war sehr enttäuscht, daß nicht auch Lili eine Bestellung für sie mitgegeben hatte.

»Was bildest du dir eigentlich ein?« fragte die Mutter, als das Dienstmädchen gegangen war.

Lore verzog sich mit ihrer Apfelsine – die andere behielt die Mutter für morgen – und aß sie samt der Schale auf, ohne sich um die »Achse« zu kümmern. Sie kam dabei zu der Überzeugung, daß sie nur durch Agnes Bertram an Lili Semper herankommen könne. Aber da galt es, schlau zu sein . . .

6

Am nächsten Nachmittag trafen sich Lore und Agnes, wie sie es in der Schule verabredet hatten, vor der Drogerie, gerade als die Nikolaiturmuhr die vierte Stunde schlug. Eilig, wie zwei, die etwas im Schilde führen, gingen sie durch allerlei Nebenstraßen bis in die Nähe von Lehrer Klaus' Wohnung. Kein Wort hatten sie bis jetzt miteinander gesprochen, denn das Vorhaben war ja bereits bis in die kleinste Einzelheit überlegt worden. Aber nun, als sie den Molkenmarkt betraten, blieb Agnes stehen.

»Erst schwöre, daß du es auch wirklich nicht verraten wirst«, sagte sie.

»Ich schwöre!« sagte Lore ebenso feierlich und zog dabei, wie es die Zeremonie der Klasse verlangte, mit dem Absatz der Goldkäferschuhe, die sie heute angezogen hatte und die gar nicht mehr drückten, drei Kreuze auf den Steinen. Aber das genügte Agnes nicht.

»Nee, schwöre lieber, daß du 'ne Spinne werden und ewig Fliegen essen willst, wenn du es doch verrätst!«

Lore beschwor auch dies, war also bereit, ein Tier zu werden, das Agnes jederzeit zertreten konnte. Um es gleich zu sagen: Es handelte sich um einen furchtbaren Racheakt gegen Lehrer Klaus, der heute morgen Agnes einen Tadelstrich ins Klassenbuch gegeben hatte, weil sie ihr Lesebuch vergessen hatte. Man denke: ihr, der Agnes Bertram, die doch jederzeit in die Schule für höhere Töchter gehen konnte.

Nachdem Agnes am Mittag nach Hause gekommen war, hatte sie aus der Zeitung so viele gedruckte Buchstaben ausgeschnitten, daß sie damit folgenden Vers zusammensetzen konnte:

»Lehrer Klaus
Hast 'ne böse Frau zu Haus!
Ja, sie ist 'ne böse Sieben
Darum gehst du Kegel schieben.«

Eine halbe Flasche Gummiarabikum hatte es gekostet, ehe es geglückt war, die einzelnen kleinen Buchstaben dieses Gedichts, das gemeinsam mit Lore während der Religionsstunde verfaßt worden war, richtig zusammenzustellen. Es wäre ja einfacher gewesen, das Gedicht aufzuschreiben, aber die Handschrift ... Sie hätte natürlich leicht zum Verräter werden können.

Der teuflische Plan, das Gedicht aus Druckbuchstaben zusammenzusetzen, stammte von Lore. Agnes zeigte ihr nun – hier am Molkenmarkt – das kunstvolle Machwerk, an dem sie so lange gearbeitet hatte. Lore überzeugte sich, daß das Gedicht wirklich Wort für Wort stimmte, und nun war sie an der Reihe, ihre Aufgabe zu erfüllen: den Zettel mit dem Gedicht in den Briefkasten des Lehrers zu stecken, an der Tür zu klingeln und davonzulaufen. Geschworen hatte sie nun einmal, es gab also kein Zurück. Also nahm sie das

Papier in Empfang, während Agnes wartete. Lore schlich an den Häusern entlang in den dunklen Hausflur, stieg doch ein wenig beklommen die Treppen hinauf, bis sie im dritten Stock das Schild mit der Aufschrift »Klaus« entdeckte, und steckte das Gedicht in den Briefkasten. Dann riß sie an der Klingel und raste wieder hinunter. Agnes war zunächst noch mißtrauisch, ob Lore den Auftrag auch wirklich ausgeführt hatte, und wollte nochmals einen Schwur. Aber da – und das war schließlich überzeugender als alle Schwüre zusammen – fing Lore plötzlich zu weinen an. »Ich hab' Jewissensbisse«, heulte sie. »Wenn es nu rauskommt?«

Agnes nannte sie eine alte Pute, doch es half nichts – Lore hatte furchtbare Angst. Agnes nannte sie »affig«, »dumme Jans«, aber Lore begann nur noch heftiger zu schluchzen, bis sie schließlich der Bock stieß. Und nun merkte Agnes mit Schrecken, daß sie sich in Lore nicht die richtige Helfershelferin gewählt hatte. Morgen, wenn Lehrer Klaus fragte, wer das Gedicht in seinen Briefkasten gesteckt habe, dann würde die dumme Lorenzen sicherlich rot und blaß werden, und wenn er dann weiter forschte, würde Lore sicherlich den Finger heben und alles verraten. Agnes Bertram hatte sich die Sache so hübsch gedacht: Sie wollte mit ihrer Freundin, nachdem alles geglückt war, zu Konditor Gumpert gehen und dort entweder Nußtorte mit Sahne oder vielleicht auch zwei Tassen Schokolade spendieren. Und dann wollten sie sich ausmalen, wie Lehrer Klaus unterdessen sicherlich wie ein Wilder in seiner Wohnung hin und her rannte, weil er nicht herausbekam, wer ihm diesen Streich gespielt hatte. Als Lore hörte, daß es zum Konditor gehen sollte, wurde sie ruhiger. Und als sie dann beide in der Hinterstube auf dem schwarzen Ledersofa saßen und die heiße Schokolade kosteten, da wurde sie sogar ganz vergnügt und machte es übermütig nach, wie Lehrer Klaus wahrscheinlich vor Wut an seinem Bart kaute. Dann aber war der süße Schmaus vorbei, Lore wurde wieder melancholisch und sah alles in sehr trübem Licht. Schon das grüne Papier, auf

das die Buchstaben geklebt waren, konnte ja so leicht zum
Verräter werden, denn solch grünes Papier gab's doch nur in
der Drogerie. Um auch diese Bedenken zu zerstreuen, be-
stellte Agnes noch zwei Nußtorten mit Sahne, und die
Freundin wurde allmählich vergnügt und gab zu, daß frei-
lich auch der Kaufmann manchmal solches Papier nähme,
zum Beispiel wenn er Seife einpackte. Als sie den letzten Bis-
sen der Nußtorte verschluckt hatte, begann sie jedoch heftig
zu weinen.

»Es is jemein von dir, daß du mir tottreten willst! Is doch
schon Strafe jenug, wenn ich eine Spinne werden und Flie-
gen oder anderes ekliges Zeug fressen muß.«

»Ja, wenn du aber den Schwur nicht hältst«, sagte Agnes
kalt.

»Den Schwur will ich schon halten! Hast du mal Bonbons mit Himbeerfüllung gegessen – wie schmecken die eigentlich?«

Agnes zählte unter dem Tisch verstohlen ihr Geld und ließ die Absicht durchblicken, ein viertel Pfund Bonbons mit Himbeerfüllung zu kaufen. Wenn Lore dann aber immer noch nicht ihren Schwur halten wolle, dann sollte sie eine Küchenschabe werden, und Agnes werde sie in kochendes Wasser werfen.

Lore war nun sehr beleidigt: »Pfui, so ein ekliges Tier!« Sie wollte durchaus nichts mehr von Bonbons mit Himbeerfüllung wissen. Im Gegenteil, sie wollte nach Hause. Denn ihr sei so schrecklich angst und bange.

Am anderen Tage, als Lehrer Klaus wirklich fragte, wer das schändliche Gedicht in seinen Briefkasten gesteckt habe, behaupteten auch sie beide eisern, von nichts zu wissen. Nein, nicht das geringste wußten sie von solch einer Gemeinheit. So kam Lehrer Klaus auf seine ursprüngliche Vermutung zurück, daß ihm nur ein Junge diesen Schimpf angetan haben könnte. Nun, er würde es schon herausbekommen.

Doch die Geschichte hatte noch ein unerwartetes Nachspiel: Agnes kam bald darauf in die »Schule für höhere Töchter«. Sie hatte ihrer Mutter erzählt, welch schändlichen Verdacht Lehrer Klaus gegen sie gehegt habe, daß er sie schon lange »auf dem Strich« habe und sie neulich sogar wegen nichts und wieder nichts tadelte. Das war endlich der rechte Anlaß für Frau Bertram, ihrem Gatten klarzumachen, daß er sein einziges Kind doch wohl nicht mit »Waschweiberjören« auf einer Bank sitzen lassen dürfe. So »stramm liberal« auch der Herr Drogist im allgemeinen war, seiner Frau gegenüber drang er nicht immer mit seinen Ansichten durch. Auch diesmal trug sie den Sieg mit ihrer konservativen Anschauung davon, daß eine Drogistentochter unbedingt in eine »Schule für höhere Töchter« gehöre.

7

Immer dann, wenn Kapitän Gundermann sich die Haare hatte schneiden lassen, war er verdrießlich. »Es fehlt ihm dann was«, pflegte sein Schwiegersohn als Erklärung zu sagen. Obgleich Herr Semper eigentlich am besten mit dem Alten auskam, war es auch ihm an solch einem Tage lieber, wenn sie sich nicht sahen. Heute, als Kapitän Gundermanns Kopf nach der Prozedur bei Barbier Quarge wieder so viel kleiner geworden war und die weißen Ohrpüschel noch weiter als sonst abstanden, war der Alte gleich nach dem Mittagessen mit seinem Stock aus Bambus davongestapft. Wo sollte er denn auch – Schockschwerenot! – bleiben, wenn es, wie heute am Sonnabend, in jeder Straße nach frischer Wurst roch und zu Hause, bei Sempers, Tanzstunde war! Tanzstunde! Dieses Kroppzeug, was brauchte das jetzt schon tanzen zu lernen! Wenn er in seinen jungen Jahren ein Mädel umfaßte, hatte es sofort tanzen können, ohne je im Leben Tanzunterricht gehabt zu haben. Es kam ja nur auf die Musik an, ob es ein Schleifer oder ein Schottischer werden sollte. Freilich, einer mußte dann Harmonika spielen, so ein verflixter neumodischer Klimperkasten taugte nichts Richtiges. Ach überhaupt, die liebe Zeit heutzutage! Es kann ja gar nicht genug Geld hinausgeschmissen werden für allerhand dummen Unterricht, wenn nur dieser Zieraffe, seine Enkeltochter Lili, so dressiert wurde, daß sie mit all diesen teuer erworbenen Eigenschaften später einen Mann ergatterte. Hatte er, Kapitän Gundermann, etwa seine Tochter tanzen lernen lassen? Und hatte sie im richtigen Augenblick nicht schließlich doch so gut getanzt, daß sie die beste Partie machte und den reichen Fabrikherrn erwischte? Was war denn das nun wieder für ein parfümierter Wiedehopf, der sich so schnell an ihm vorbeischlängelte, ohne zu knicksen? Das war doch die Agnes Bertram, mit der Lili hinter seinem Rücken jedesmal vor Lachen zerplatzen wollte. Eilig hatte sie's, damit sie ja bloß noch rechtzeitig zu der Hopserei kam.

Wie eine Fregatte im Sturm segelte sie dahin in ihrer weißen Kledasche. Dieser Kerl von Barbier, dieser verflixte Quarge, mußte ihm diesmal die Haare doch zu kurz geschnitten haben. Das war ja, als wenn man Pfefferminzplätzchen auf dem Kopf hatte. Nein, bei diesem Winde kann man es im Freien heute wahrhaftig nicht aushalten. Vielleicht, wenn er mit Steuermann Jens einen Grog trinken würde oder ein Fläschchen von dem guten Roten im Bulettenkeller am Molkenmarkt – oder einen Schwedenpunsch? Aber da würde es dann gleich wieder heißen: »Kapitän Gundermann heizt jetzt schon am hellichten Tage ein!« Er mußte sich's also verkneifen, genauso wie seinerzeit, als seine Selige noch lebte, die es ihm sogar anriechen wollte, wenn er sich auf seinen Reisen da oben bei Grönland mal mit einem »Steifen« ein bißchen aufgetaut hatte.

Steuermann Jens war nicht zu Hause. Na, also, da hieß es, Backbord steuern und den Kurs auf die »Nußbaum«-Kneipe nehmen. Der Alte erinnerte sich, daß er dort einmal einen unheimlich guten Tropfen bekommen hatte. Wie Lakritzenwasser hatte es ausgesehen, aber wie alter Portwein geschmeckt. Vielleicht war Steuermann Jens dort – der hatte ja auch so seine Erfahrungen von früher.

Als Kapitän Gundermann in der Schummerstunde den »Nußbaum« verließ, da kam es ihm vor, als sei es draußen inzwischen etwas nebelig geworden. Aber das tat nichts, denn ihm war ja nun wieder warm – auch um den Kopf herum – und seine Stimmung hatte sich ebenfalls gebessert.

Sie war so gut geworden, daß er zuweilen glaubte, auf seinem braven Schiff, dem »Pottwal«, zu sein. Fest an sich gepreßt, trug er unter dem Arm eine alte Ziehharmonika. Die hatte er in seiner Begeisterung soeben dem Schiffer abgekauft, der im »Nußbaum« das »Lang–lang ist's her« so rührend vorgetragen und als Zugabe dann noch einen Hopser gespielt hatte. Die gute alte Melodie klang ihm in den Ohren, und nun wollte er daheim mal probieren, ob er sie auch so schön herausbekäme. Er besaß doch so gute musikalische Anlagen. Aber – standen da nicht zwei kleine Mädchen vor dem Haus in der Breiten Straße und gafften in die Stuben, wo die geputzten Dinger immer noch um den Klimperkasten hopsten? Nein, das war nur ein einziges Mädel – in dem verwünschten Nebel sah man es nicht gleich so genau. Es hatte blonde Haare und eigentümlich blaue Strümpfe und sah akkurat so aus, wie die Witwe Lorenzen früher ausgesehen hatte, ehe sie die große Dummheit machte, ihre gute Stellung aufzugeben und sich mit dem Juvivallera-Lorenzen zu verheiraten. Ja, so sah das Ding da drüben mit den blonden Haaren und den blauen Strümpfen aus.

»Hä, was stehst du denn hier und glotzt anderen Leuten heimlich in die Fenster?«

Lore Lorenzen fuhr erschrocken herum: »Na, is denn das verboten?«

»Verboten, hö? Aber was brauchst du draußen zu stehen in dem kalten Nebel, wenn du ebensogut drin sein kannst?«

Lore sagte zur Erklärung, daß sie – weil doch heute Sonnabend sei – die Plättwäsche für Herrn Semper hergebracht habe. Kapitän Gundermann meinte daraufhin rundheraus, daß das eine infame Lüge sei. Er wollte sich selbst krumm schließen und in Eisen legen, wenn sie, »das Kücken der Witwe Lorenzen«, nicht den geputzten Zieraffen nachgelaufen sei, weil sie neidisch wäre.

»Wo is denn die Appelsine, hä ...?«

»Die Appelsine?«

»Ja, ich, Kapitän Gundermann, weiß janz jenau, daß du für das Wäscheabliefern doch immer eine Appelsine bekommst, na, wo ist denn die heute?«

»Diesmal hat es keine gegeben, denn Frau Semper hatte keine Zeit – von wegen des Balles!«

»Ball – wa – at? Daß die Frauenzimmer für jeden Quark so hochnäsige Ausdrücke haben müssen! Wenn du meine Tochter wärst, bekämst du jetzt eine jeschwappt. Denn Hochmut kommt vor dem Fall; hast du das nich in der Reli-

gionsstunde gelernt? Aber nu erstmal vorwärts marsch ins Haus! Das mit die Appelsine muß jenau untersucht werden. Und dann sollst du auch einen Hopser lernen, damit du später mal einen rechtschaffenen Mann bekommst. Hä – wie? Heimlich davonsegeln? Nee, das jibt's nich! Willst wohl meinen Enterhaken ins Jenick haben? Nee? Na denn los!«

Und so erschien Kapitän Gundermann mit einer Harmonika und mit Lore in dem Salon. Es wurde gerade Quadrille getanzt, und Frau Semper teilte mit Liebe und kluger Berechnung die Schokoladentorte ein. Es sah zuerst nach einer Panik aus: Madame Kühn, der Tanzlehrerin, blieb vor Entsetzen das Kommando im Halse stecken, und ihre Schwester Aline, die am Klavier saß, bekam plötzlich den Krampf in die Finger.

»Duddelduddeldei – man weiter«, schrie der Alte, »scheniert euch bloß nich – hopsassa – trallala!«

Frau Semper, seine Tochter, war eine sehr verständige

Frau und nicht umsonst ein Kapitänskind. Sie wußte, daß ein Schiff, selbst wenn es zum Wrack geworden war, Leuchttürme und Blinkfeuer nicht unbeachtet ließ. Hochaufgerichtet stand sie inmitten der brandenden Wogen von weißen Kleidchen, und ihre Augen wirkten wie Scheinwerfer.

»Hä – wat?« Nein, er, der Kapitän Gundermann, ließ keine Raketen hochgehen, denn es war kein Schiff in Not. Sicher und glatt landete er in einem bequemen Sessel und sang dabei: »A Yankee boy is trim and tall . . .« Aber plötzlich unterbrach er sich und schrie wie ein Nebelhorn: »Jut'n Tag, kleine Damen, alle miteinander! Jetzt wird Käpt'n Gundermann mal aufspielen, und die Lorenzen da soll was vortanzen!«

Von allen wie ein Wunderkind angestarrt, stand Lore mitten auf der blank gebohnerten Diele. Aber sie »schenierte« sich nicht, sondern faßte sofort mit beiden Händen ihr Kleid. Und während der Alte noch die Harmonika in Gang brachte, begann sie sich – wie ein Boot auf dem Wasser – in den Hüften zu wiegen. Doch dann ging's los. Die Augen fest auf die feine, schlanke Lili und die geputzte Agnes gerichtet, sang Lore mit ihrer hohen Stimme:

»Wenn da ein Pott mit Bohnen steht
Und da ein Pott mit Brüh'
So laß ick Brüh' und Bohnen stehn
Und tanz' mit mein' Marie!«

»Hoho, wat sagen Sie nun dazu, Madame Kühn?« schrie der Alte begeistert. Aber die konnte sich bei dem Klappern von Lores Holzpantoffeln nicht verständlich machen, wollte es offenbar auch nicht, und hielt sich beide Ohren zu. Und während sich nun Kapitän Gundermann, rachegierig wie ein alter Tiger, an die Großen hielt, überzeugt, daß er gar keinen ärgeren Greuel verüben könnte – höchstens, wenn er noch ein bißchen fluchte –, tanzte Lore immer gerade auf dasjenige kleine Mädchen zu, dem sie schon lange gerne einmal auf die Zehen getreten hätte, weil sie es nicht leiden konnte.

»Eine Zimtkröte, wer nicht mittanzt!« schrie da der Alte.

Plötzlich tat sich die Tür auf, und Herr Semper selbst erschien. Er trug, wie immer, einen feinen schwarzen Rock, aber sein rotes, frisches Gesicht unter dem grauen Haar sah heute noch verschmitzter aus als sonst.

»Bravo, bravo!« sagte er, als es einigermaßen still geworden war. »Ob denn aber die Lore und auch die anderen ›Flim die Modderken‹ singen und tanzen können?« Nein – na, dann wolle er es mal vormachen, und alle sollten es ihm nachmachen. »Und, Großvater«, sagte er mit etwas erhobener Stimme, »du bist wohl so gut, mir einen Augenblick die Harmonika zu leihen.«

Kapitän Gundermann erklärte, daß das Instrument jetzt keinen Wert mehr für ihn habe, wenn er auch die Absicht gehabt hatte, noch »Schüttelt die Büx« zu probieren.

»Na, dann man los!« sagte Herr Semper und begann zu spielen. »Vorwärts, Lore, hinter mir her!«

»En avant«, kommandierte Madame Kühn, die nicht umsonst in Paris gewesen war. Rasch öffnete sie die Flügeltür zum Nebenzimmer: »En avant – en avant!«

»Flim die Modderken,
Flim die Modderken,
Flim die Modderken, flim!«

sang Herr Semper, und im Tanzschritt ging's hinaus. Er selbst mit der Harmonika voran, Lore mit einem Knallbonbon, den sie in der Ecke gefunden hatte, hinterher, dann Agnes und Lili, die beiden Unzertrennlichen, Hand in Hand, und dann die übrige Schar der kleinen Mädchen, jetzt Fräulein Aline mit den Noten und endlich Madame Kühn mit ihrem Pompadour. Und ganz zum Schluß kam – mit der Schokoladentorte – Frau Semper. Kaum, daß sie im Zimmer war, schloß sie die Flügeltür hinter sich, weil Kapitän Gundermann, nun ganz für sich allein, so laut er konnte, das

»Niederländische Dankgebet« zu singen begann. Zweimal ging der Tanz um den großen, runden Eßtisch herum, und dann wurde die Schokoladentorte verteilt, Lore bekam das größte Stück, weil sie so gut getanzt und damit eigentlich das Beste zum Gelingen des Abends beigetragen hatte.

Als die kleinen Mädchen bald darauf nach Hause gingen – der Alte nebenan sang gerade: »God save the King« –, waren sie einig, daß es bei Sempers noch nie so schön gewesen wäre wie heute. Der spaßige Kapitän Gundermann aber war in ihren Augen völlig gerechtfertigt, trotz der komischen Ohrpüschel, die er besaß.

8

Bald eine Woche später kam Briefträger Pankraz in der Morgenfrühe bedächtig über das Katzenkopfpflaster des Spreewinkels, ging durch den Küterhof und bog in die Friedrichsgracht ein. Von jedem Fenster und aus jeder Haustür spähten neugierige Augen, wohin er wohl seine Schritte lenken werde. Vor dem Häuschen, in dem Frau Lorenzen wohnte, blieb er stehen und klopfte an die Scheibe. Als die Witwe aus dem Fenster sah und Pankraz erblickte, bekam sie einen gewaltigen Schreck: Briefe brachten ja ihrer Ansicht nach stets Unglück. Aber Pankraz hatte heute gar keinen Brief für sie, sondern eine mündliche Bestellung. Ja – von Meister Kranold, dem Schuhmacher, rein aus Gefälligkeit. Pankraz schnupfte schnell noch einmal und fragte die Witwe, die ganz rot geworden war, ob er einen Bescheid mitnehmen solle. Meister Kranold wolle heute Schlag drei der Witwe Lorenzen einen Besuch machen. Ob es ihr passe oder ob sie etwa Wäsche habe, und welcher Tag ihr dann sonst für seinen Besuch angenehm wäre?

Anna Lorenzen entschied sich schneller, als ihr nachher lieb war. Denn kaum, daß Pankraz fort war, bekam sie Bedenken und bereute es heftig, daß sie den Besuch so rasch angenommen hatte. Aber sie wußte ja längst, daß Kranold ein Auge auf sie geworfen hatte. Nun war er also entschlossen, ihr seinen Antrag zu machen. Lange genug hatte er damit gewartet ... Obwohl ihre Stube sowieso blitzblank war und noch nach grüner Seife roch, bekam Anna doch plötzlich das Reinemachfieber. Es hätte nicht viel gefehlt, daß sie rasch noch einmal die Gardinen abgenommen und gewaschen hätte, obwohl die Vorhänge vor drei Tagen frisch aufgehängt wurden. Erst als Lore aus der Schule kam, dachte sie an das Mittagbrot. Na, an solch einem Tage fehlte es einem ja doch an dem rechten Appetit; die Aufregung war viel zu groß. Und so machte die Mutter nur für das Mädel einen Eierkuchen, dicker als sonst mit Zucker bestreut. Lore riß die Augen auf, als sie diese Gunst gewahr wurde. Sie sah die Mutter verwundert an – sie ahnte ungewöhnliche Ereignisse. Aber wenn die Mutter auch Lores Staunen bemerkte, so hatte sie doch nicht Lust, sich jetzt mit ihr in Auseinandersetzungen einzulassen.

»Wenn du fertig bist, werde ich dir das Haar machen!«

Das Haar machen ...? Lore bekam Stielaugen, aber sie sagte nichts, sie wußte, abwarten war in solcher Lage das beste.

Da begann sich Anna Lorenzen plötzlich über ihre Tochter zu ärgern: »Siehste vielleicht ein Jespenst, daß du so jlotzt ...?«

»Ein Jespenst? Nee, aber mir ist so unheimlich zumute!« erwiderte Lore etwas kleinlaut. »Damals, als Tante Amalie gestorben war, hast du auch solche roten Backen jehabt – und da hat es auch Eierkuchen jejeben und ...«

»Ja – und du bist 'ne dumme Gans! Denn damit du es nun weißt: Ein jroßes Glück steht uns bevor, weil Meister Kranold kommen und dein zweiter Vater werden will. Kiek nich so dämlich, Mädel, mach die Klappe zu!«

Das tat Lore denn auch nach einer Weile, aber gescheiter sah sie trotzdem nicht aus.

»Muß ich dann zu dem Schuster Vater oder Stiefvater

sagen? Das bring' ich nicht fertig – nee, nich so und nich so!«

»Herr Kranold is ein sehr netter und freundlicher Mann!«

»Aber er hat einen schwarzen Daumen – wie ein Mörder ...!«

»Wa-at!« Die Mutter hielt es für nötig, ihrer Tochter wieder einmal zu zeigen, daß sie noch immer die resolute Frau von früher war, die mit einem einzigen Griff so ein kleines, ungezogenes Ding über das Knie ziehen konnte.

Und dann saß Lore in der Kammer und heulte zum Gotterbarmen und hörte erst auf, als es klingelte und nebenan in der Stube die zaghafte Rede des Schuhmachers Kranold zu hören war. Lore konnte ihn genau durch das Schlüsselloch sehen. Wenn er nur nicht diesen Daumen gehabt hätte, der so bösartig von den anderen Fingern abstand! Dann sähe er in dem blauen Sonntagsrock mit dem hohen weißen Kragen wirklich ganz stattlich aus. Und jetzt sprach die Mutter. Aber ganz anders als sonst, ebenso feierlich, wie Kranold gesprochen hatte. Nein, noch feierlicher! Und dabei machte sie ab und zu eine Art Knicks ... Aber was war das? Was sagte die Mutter ...? »Es jeht nich – da is ein Hindernis! Lore, meine Tochter, die sich nicht fügen will!« Dann ging die Rede wieder hin und her. Bald schien es, als wollten die beiden sich umarmen, dann aber wieder, als seien sie einander wildfremd. Meister Kranold wurde immer hitziger und röter und fuchtelte mit dem Daumen, aber dann schrie er plötzlich mit schrecklicher Stimme: »Dieses Hindernis wird beseitigt! Ick werde es beseitigen!« Und damit kam er auf die Kammertür zu.

Als Lore das bemerkte, riß sie die Tür auf und stürmte mit einem Satz an dem Manne vorbei in die Stube. Dort sprang sie zum offenen Fenster hinaus auf die Gasse und rannte weg, heulend und keuchend, denn morden wollte sie sich nicht lassen ... Das sagte sie auch Herrn Bertram, als sie gegen seinen dicken Bauch prallte, und Herrn Semper, dem sie bald zwischen die Beine lief, und schließlich dem

Lehrer Klaus, den sie auf ihrer Flucht vor dem schrecklichen Kranold traf.

»Ja – ich bin ein Hindernis und soll beseitigt werden, damit der Schuster meine Mutter heiraten kann!«

Alle wollten das Mädel aufhalten, aber es rannte weiter. Da kam ihr Kapitän Gundermann in den Weg, und jetzt ging die Sache schief. Er verstand sie nicht gleich, wegen seiner Schwerhörigkeit, doch dann geriet er selbst in Wut, weil ihm Kranold einmal zu enge Stiefel gemacht hatte. Als Lore nun auch hier eiligst weiter wollte, schob er ihr seinen gelben Bambusstock zwischen die Beine. Bums – da lag sie! Dann faßte er sie beim Zopf und ließ sie nicht mehr los. Die Sache müsse doch gründlich untersucht werden, sagte er. Und wenn Lore jetzt nicht gleich zu brüllen aufhöre, würde er ihr sein großes Taschentuch in den Mund stopfen. Kapitän Gundermann konnte wegen der Gicht in seinen Knochen nicht so schnell vorwärts, und weil es bis zur Friedrichsgracht ein ganzes Stück Weg war, nahm er eine Droschke. Aber Kranold war nicht mehr da, und mit der aufgeregten Witwe hatte Kapitän Gundermann nichts weiter zu schaffen: hier sei ihre Tochter – und sie, Frau Lorenzen, solle auf sie aufpassen, wenn sie das Ding in die Welt gesetzt habe! Ob es an einer solchen Jöre nicht schon genug sei. Der Teufel aber solle dreinschlagen und dem verdammten Kerl, dem Kranold, in die Gedärme fahren! Nun wisse man ja, warum er zu enge Stiefel mache – wenn er mit solchen Gedanken rumliefe! Und sie, Lorenzen, solle sich schämen. Sie wäre doch bisher eine ganz reputierliche Person gewesen. Aber daß bei ihr auch etwas nicht in Ordnung sei, hätte er, Kapitän Gundermann, schon bei der letzten Wäsche bemerkt. Blau sei sie gewesen wie der Stille Ozean! Und so ging das noch eine ganze Weile fort, und es nutzte auch nichts, daß die Witwe Lorenzen hoch und heilig versicherte, daß sie den Antrag Kranolds abgelehnt habe. Der Kapitän wurde nur noch wütender. Als er in seiner Droschke endlich wieder abgefahren war, wußte man im ganzen Viertel, daß an der Witwe Lorenzen und am Schuhmacher Kranold kein gutes Haar war. Denn Kapitän Gundermann, wenn er auch alt war, hatte immer noch eine Stimme, die straßenweit reichte.

Im »Nußbaum« besprach man die Angelegenheit ebenfalls. Steuermann Jens machte niederträchtige Witze über den forschen Kranold, und Briefträger Pankraz, der sich nicht ganz schuldlos an dem Unheil wußte, stand dabei und grinste über das ganze Gesicht. Die anderen sagten »hm« und »tja« und schnalzten vor Vergnügen ein ums andere Mal mit der Zunge.

Gut nur, daß es noch Frauen gab, die es schändlich fanden, wenn Männer wie die alten Weiber klatschten, ohne zu begreifen, daß eine so ehrbare Person wie die Lorenzen durch solch einen Kerl wie den Kranold doch nicht ins Gerede kommen dürfe. Diese Frauen trafen sich kurze Zeit danach im »Gemüsekeller«. Man nannte ihn so, obwohl es nur Heringe und Kartoffeln dort zu kaufen gab, abgesehen davon, daß an der Treppe, auf einem Bindfaden aneinandergereiht, einige klobige Holzpantoffeln hingen. Auch an hellen Tagen brannte hier unten eine Petroleumampel, die an der Decke schaukelte und stets blakte, so daß der obere Teil des zersprungenen Zylinders stark verrußt war. Die dicke Frau Niclas hatte es längst aufgegeben, diesen Zylinder zu putzen. Die Kartoffeln lagen, als großer Berg aufgeschichtet, in einer durch schwere Holzbretter abgetrennten Bucht und die Heringe in riesigen Fässern voll brauner, schuppendurchsetzter Salzlake. Da Frau Niclas immer aufgesprungene Hände hatte, mußte es für sie eigentlich ein Martyrium sein, die Fische aus dieser scharfen Lake herauszuholen. Doch sie war mit den Jahren unempfindlich dagegen geworden, nur ihre Lebensanschauung hatte etwas Salziges bekommen.

Auf dem Ladentisch, neben der kleinen Waage, standen zwei runde, irdene Gefäße. In dem einen befanden sich Rollmöpse, in dem anderen marinierte Heringe, von Frau Niclas selbst mit Gurken und Zwiebeln eingelegt. Diese beiden Gefäße übten große Anziehungskraft auf die Besucher aus, eine so große, daß viele gleich an Ort und Stelle die eine oder andere Delikatesse zu essen begehrten. Dann holte Frau Niclas eine Untertasse, fischte den Rollmops oder den Hering mit einem Holzlöffel heraus und forderte zum Platznehmen auf, indem sie auf eine kleine Bank an der Wand wies, die aber ja nicht abgerückt werden durfte, weil sie nur drei Beine hatte.

Der Gast mußte also still an der Wand sitzen bleiben, wenn er nicht umfallen wollte. Und auf dieser Bank saß jetzt Frau Palmer, die Waschfrau, einen Hering auf der Untertasse, während am Ladentisch ein paar andere weibliche Wesen standen, die ihre Rollmöpse gleich vom Holzstäbchen aßen.

Alle waren sich einig, daß etwas geschehen müsse, selbst wenn die Lorenzen den Schuster an den Haaren zurückholen sollte. Frau Niclas war bereit, diese Ansicht der Witwe eindringlich darzulegen. Ja, irgend etwas mußte geschehen, so konnte die Sache nicht bleiben.

Am Abend war auch Kapitän Gundermann zu der Ansicht gelangt. Er war wohl wieder einmal zu hitzig gewesen heute nachmittag, aber das hatten die Gichtschmerzen gemacht, nun waren sie – Gott sei Dank – ein wenig vergangen. Als er sich die Kranoldschen Stiefel anzog, schien es ihm, als ob sie doch recht gut paßten, wenn die Füße nicht gerade geschwollen waren. Er mußte gleich mal probieren, ob er damit ein Stück laufen konnte. Es ging sogar recht gut, und er hatte gar keine Lust, schon wieder umzudrehen. So ging er weiter und wunderte sich, daß er plötzlich vor dem Hause in der Friedrichsgracht stand. Durch das Fenster konnte man ein bißchen in die Stube sehen. Na ja, da war Frau Lorenzen und plättete, daß es rauchte; sie tat ihre Arbeit wie immer. Das war so richtige Weiberart: wegen eines Nichtsnutz von Göre aufs eigene Glück zu verzichten und dann noch so tun, als sei überhaupt nichts gewesen! Fuchsteufelswild konnte man wieder werden, wenn man so etwas mit ansehen mußte. Hatte man da nicht die Pflicht, wie ein Donnerwetter dreinzufahren?

Als er nun an die Scheibe geklopft und die Witwe das Fenster aufgemacht hatte und Kapitän Gundermann gerade loslegen wollte, da blieb ihm das Wort im Munde stecken. »Hä, was soll denn det bedeuten?«

Denn dort in der Ecke saß doch wirklich die Lore mit dem Schuhmacher Kranold und lachte über seinen schwarzen Daumen.

»Hä?« machte Kapitän Gundermann noch einmal in seinem unbändigen Erstaunen.

Je nun, die Witwe Lorenzen war zwar ein bißchen verlegen, aber doch resolut. »Herr Kapitän«, sagte sie, »entschuldigen Sie man, aber ich hab' jedacht, wenn meine Plättarbeit nischt mehr taugt und Kranolds Schusterei auch zu wünschen übrigläßt – ja, na, denn is es wohl am besten, wenn wir uns beizeiten zusammentun, um gemeinsam zu verdienen. Vielleicht brauch' ich dann keine solche Angst mehr um die Zukunft zu haben! Ja – und wenn jetzt die Plättwäsche fertig is, wollen wir 'rüber in den ›Nußbaum‹ und Verlobung feiern!«

Ganz sachte wurde währenddessen das Fenster zugemacht, aber nicht so schnell, daß Kapitän Gundermann nicht noch hätte sagen können: »Jott sei Dank – und meinetwegen könnt ihr Mazurka tanzen, bis euch die Stiefelsohlen um den Kopf fliegen!«

Zweiter Teil

I

Schuhmachermeister Kranold hatte zweifellos eine poetische Ader, die sich oft in schönen Vergleichen äußerte.

»Glückliche Jahre«, sagte er heute, »sind wie ein Taubenflug!«

Dieser Vergleich, den er aber nicht näher erklärte und den Briefträger Pankraz daher nicht ganz so sinnig fand wie frühere Aussprüche, war Kranold am Morgen eingefallen, als die Tauben von der Dachkante des Nachbarhauses knatternd in die klare Winterluft aufgestiegen waren, dann, bei einer Schwenkung, mit ihrem grellen Weiß die Augen blendeten und sich in sanftem Bogen wieder niederließen. Als Kranold die Tiere zählte, waren es sieben Stück, gerade soviel, wie Jahre seit dem Tage vergangen waren, da er die Witwe Lorenzen geheiratet hatte. Schnell und leuchtend waren diese Jahre vergangen – wie ein Taubenflug. Einen besseren Vergleich gab es gar nicht. Und wenn Pankraz das nicht einsah, so lag es wohl daran, daß er in der letzten Zeit etwas dösig geworden war.

Die Werkstatt in der Petrigasse hatte Kranold behalten. Er war nach der Hochzeit nur mit seiner Kommode in die Friedrichsgracht übergesiedelt.

Das Mittagessen mußte Lore ihm bringen, und wenn er das Mädchen ansah, dann merkte er, wie schnell die Zeit vergangen war. Denn wie hatte sich das kleine Ding in diesen Jahren verändert. Seit ihrer Einsegnung, seitdem sie den dicken langen Zopf hochgesteckt wie eine Erwachsene trug, sprach sie immer wieder davon, bei Fräulein Lohr, der Putzmacherin am Molkenmarkt, als Lehrmädchen eine Stellung anzunehmen. Sie wollte hoch hinaus, die Lore, gut nur, daß er, Meister Kranold, ein so demütiger und gottesfürchtiger Mann war, der wohl wußte, daß die Heilige Schrift vor dem Laster des Hochmuts warnte. Ja, es war eine glückliche Zeit gewesen, aber trotzdem sah die Witwe – diese resolute und entschlossene Frau – gar nicht sehr glücklich aus. Schuster Kranold schob es auf die erregten Auseinandersetzungen mit der oft recht aufsässigen Tochter; doch es hatte einen anderen Grund, den nur die Mutter selbst kannte. Aber sie hätte sich eher die Zunge abgebissen, als ein Wort davon gesagt.

Nein, niemand ahnte den Grund ihrer zeitweiligen Schwermut. Selbst Briefträger Pankraz nicht, obwohl er ihr eines Morgens – Gott sei Dank, daß sie allein gewesen war! – den Brief mit der komischen ausländischen Briefmarke gebracht hatte. Als Anna diesen Brief in dumpfer Vorahnung, weil sie doch wußte, daß so etwas immer nur Unheil brachte, aufgerissen hatte, las sie nur ein einziges Wort auf dem Papier. Und dieses Wort hieß: »Juvivallera!« Sie war wie erschlagen auf die Bettkante gesunken und hatte erst Kraft sammeln müssen, ehe sie es fertigbrachte, zum Küchenherd zu gehen und den Brief in das Ofenloch zu stekken. Wochenlang war sie wie verstört umhergegangen, und es war erst wieder etwas besser geworden, nachdem ihr Frau Pelter geraten hatte, sich die Schläfe mit Senfspiritus einzureiben.

»Bei Ihnen, liebe Lorenzen – Jottejott, ick sage immer noch Lorenzen, entschuldigen Sie man also, liebe Kranold, bei Ihnen sind die Tränendrüsen verstoppt, und Senfspiritus macht sie wieder offen. Passen Sie mal auf, wat Sie für klare Augen nach die Einreibung kriegen werden!«

Nun ja, die Augen hatten in den letzten Wochen wieder Glanz bekommen, vielleicht aber nur deshalb, weil Anna auch ohne Senfspiritus viel geweint hatte – nachts, wenn Lore und Kranold schon längst schliefen. Vielleicht aber auch, weil nichts weiter erfolgte, nichts von dem eingetroffen war, was Frau Kranold so sehr gefürchtet hatte.

Am Abend schneite es, und in der Nacht kam scharfer Frost, das richtige Weihnachtswetter war da. Steuermann Jens, der stets einen spekulanten Kopf gehabt und diesmal die am Mühlendamm zugefrorene Spree als Eisbahn gepachtet hatte, konnte vielleicht doch noch sein Glück machen und mit einem Schlage ein reicher Mann werden, wie er so oft prophezeite. Wenn das Eis nur ein paar Zoll dicker würde, daß es all die Menschen tragen konnte, die sich zu Weihnachten auf der Spree tummeln und ihre Schlittschuhkünste zeigen wollten. Alle Befürchtungen, daß sich der Wind drehen und plötzlich Tauwetter eintreten könnte, waren überflüssig gewesen. Der Schnee knirschte wie Kies so hart unter den Füßen, und die Spree war jetzt beinahe bis zum Grund zugefroren.

Am ersten Feiertag, ganz früh, brachte der Laufbursche aus Herrn Bertrams Drogerie einen Brief mit der strikten Anweisung, daß er ihn nur »persönlich an Fräulein Lore«

abgeben dürfe. Die Mutter ließ sich dadurch aber nicht beirren, sondern nahm dem Jungen den Brief ab und öffnete ihn. Auf blauem Elfenbeinpapier, das nach Maiglöckchen duftete, stand geschrieben:

»Liebe Lore!

Du hast hoffentlich Deine Schulfreundin Agnes nicht vergessen? Möchtest Du nicht heute mit mir und Lili Semper zusammensein? Bringe bitte Deine Schlittschuhe mit. Wir erwarten Dich um drei Uhr bei Lili. Mit vielen Grüßen

Agnes Bertram«

»Is jut«, sagte die Mutter zu dem Burschen. »Bestelle man, daß meine Tochter kommen wird.« Und dann ging sie hinein.

Über die Enttäuschung, daß die Mutter dieses wichtige Schreiben zuerst geöffnet hatte, half Lore die Überraschung über diese Einladung hinweg. Nach so langer Zeit eine Einladung! Und noch dazu für den ersten Weihnachtsfeiertag! Und das, obwohl Lili so stolz geworden war, daß ihr selbst Agnes kaum noch als Umgang genügte! Denn Lili Semper war in der französischen Schweiz erzogen worden – ein Wunder, daß sie überhaupt noch etwas von der Waschfrau- und Schustertochter wußte. Lore war wie im Fieber. Wahrscheinlich gab es eine große Gesellschaft bei Sempers, der Diener hatte sicher weiße Handschuhe an und servierte Fisch und Braten auf silbernen Platten – es galt also, sich zu putzen, um mit Ehren bestehen zu können. Die Handschuhe und die Pelzkappe mit dem weißen Kaninchenschwanz an der Seite genügten ihr nun kaum noch, so sehr sie sich auch gestern, am Heiligen Abend, über diese schönen Geschenke der Mutter gefreut hatte.

Bereits eine halbe Stunde vor der angesetzten Zeit war sie in der Nähe von Sempers Haus; sie ging noch ein Weilchen auf und ab, dann hielt sie es nicht länger aus und zog die gelbe Messingklingel in der Breiten Straße. Ach, wie lange war es her, daß Lore hier in dieses Haus gekommen war, um die Wäsche abzuliefern. Das Dienstmädchen, das sie heute einließ, wußte es wohl kaum noch, oder es hatte besondere Anweisung bekommen, sich nichts anmerken zu lassen. Denn Lore Lorenzen wurde wie eine richtige Dame, die zu Besuch kam, behandelt.

Im Vorraum mußte sie ihre Sachen ablegen, dann wurde sie durch eine Reihe von Zimmern, die vornehm still dalagen, in einen kleinen, reizenden Raum geführt, in dem – trotz der Winterzeit – blühende Maiglöckchen am Fenster standen. Und dann trat Agnes aus dem Nebenzimmer.

»Es ist schön, daß du gekommen bist«, sagte sie sehr freundlich und gab Lore die Hand. Aber es war doch etwas Eigenartiges in ihrem Wesen, als wolle sie es merken lassen, daß sie hier, in diesem vornehmen Hause, etwas Besonderes sei. »Wärme dich nur noch etwas, daß du keine kalte Luft mit hereinbringst – Lili kann das nicht vertragen. Es handelt sich um eine wichtige Sache, weshalb wir dich hergebeten haben. Das verdankst du mir«, setzte sie geheimnisvoll hinzu.

Eine kleine Enttäuschung – dieser Empfang durch Agnes. Na, man konnte ja nicht wissen, was dahintersteckte. Agnes brachte sie in ein Zimmer, in dem alles blau war: die Tapete, die Teppiche, die Vorhänge und blaue Hyazinthen an den Fenstern strömten einen schweren, betäubenden Duft aus. Dort lag Lili, blaß und schlank und vornehm, auf einem blauen Diwan und hob grüßend ihre schmale Hand, aber ohne auch nur einen Versuch zu machen aufzustehen.

»Nimm Platz, Lore«, sagte sie mit süßer, etwas singender Stimme und deutete auf einen der blauen Sessel, »wir wollen dich in eine Angelegenheit einweihen. Agnes wird dir alles sagen.«

»Erst den Schwur!« meinte diese erinnernd und zündete drei gelbe Wachskerzen in einem bereitstehenden silbernen Armleuchter an.

»Na, natürlich, erst den Schwur«, sagte Lili und preßte wie erschöpft ihr Taschentuch an die Stirn.

»Also, Lore, du mußt schwören, niemals auch nur ein Sterbenswörtchen von dem zu verraten, was wir dir heute sagen. Und wenn du es doch tust, soll dein Leben ebenso schnell verlöschen, wie diese drei Flammen, die ich jetzt auspuste.« Agnes blies die Lichter aus und sah Lore erwartungsvoll an.

»Ich schwöre!« sagte diese sofort, denn was war das für ein leichter Schwur gegen den von damals, als sie darauf eingegangen war, eine Spinne zu werden, wenn sie verriete, wer den Spottvers in Lehrer Klaus' Briefkasten gesteckt hatte.

»Nun sage ihr alles«, flüsterte Lili und schüttelte sich wie im Fieber.

»Du mußt wissen«, sagte Agnes, »es handelt sich um eine romantische Liebe, wie sie sonst nur in Büchern vorkommt. Doch das verstehst du wohl nicht ganz und sollst deshalb gleich hören, worauf es ankommt. Lili hat sich genau vor einem Jahr, also am ersten Weihnachtsfeiertag, mit ihrem Vetter Johannes Perkholz verlobt, und sie haben sich ihr Wort gegeben, sich später zu heiraten.«

»Du mußt erst mal sagen, wer mein Vetter ist«, flüsterte Lili mit verlöschender Stimme.

»Ja, das mußt du auch wissen, damit du nachher alles richtig machst. Johannes Perkholz ist jetzt noch Primaner – er will später studieren. Dann bekommt er übrigens eine noch flottere Hose. Über Weihnachten ist er zu Besuch hier – er trägt eine grüne Kappe mit schwarzem Schirm!«

»Und er hat – sage du es, Agnes«, hauchte Lili.

»Er hat Stege an den Hosen, aber darauf brauchst du nicht so zu achten; es ist nur, wenn du einen Zweifel hast.«

Lore nickte. Es war ihr, als habe sie dieser Tage schon jemanden gesehen, auf den diese Beschreibung paßte, aber hauptsächlich war er ihr gerade wegen der Stege aufgefallen.

»Und nun kommt etwas furchtbar Trauriges«, sagte Agnes und zog ebenfalls ihr Taschentuch hervor. »Du siehst, wie schwach Lili ist – sie hat sich durch Hyazinthenduft töten wollen, denn sie hat in einem Roman gelesen, daß alle – alle Männer untreu sind. Sie betrügen ihre Frauen und schon ihre Verlobten, wenn – darauf kommt es an, Lore! –, wenn sie in Versuchung geführt werden.«

»Gib ihr erst mal von den kandierten Früchten, Agnes«, hauchte Lili.

Solche Köstlichkeiten, die mit einem kleinen Löffel aus einer Kristallschale genommen werden mußten, hatte Lore noch nie gegessen. Die Zähne wurden ganz rebellisch gegen diese Süßigkeit, die bis in die große Zehe drang.

Agnes und Lili beobachteten sie, bis sie das letzte Stück verschluckt hatte.

»Möchtest du wohl eine ganze Schachtel solcher französischer Früchte haben? Und möchtest du . . .«

Aber Agnes unterbrach Lili. »Erst müssen wir hören . . .«, sagte sie bedeutungsvoll. »Also Lore, damit du es weißt: Wir haben dich dazu bestimmt, Johannes Perkholz in Versuchung zu führen. Willst du diesen Auftrag übernehmen, so bekommst du eine Schachtel solcher feinen Süßigkeiten.«

Und als Lore sie nur starr ansah, flüsterte Lili: »Es handelt sich um mein Leben – bedenke das, Lore! Denn ich kann die Ungewißheit nicht mehr länger ertragen und muß erfahren, ob auch er mir – untreu werden könnte.«

»Du brauchst«, erklärte Agnes weiter, »nur auf die Eisbahn zu gehen, und wenn du Johannes Perkholz siehst, dich recht flott und verführerisch zu benehmen.«

»Und wenn er nu anbeißt?« fragte Lore.

Lili hielt sich plötzlich das Taschentuch vor die Nase, als habe sie etwas ganz Ekliges gerochen.

»Du mußt uns den Beweis liefern«, sagte Agnes. »Du mußt sehen, daß du ihn zum Konditor Gumpert in die Hinterstube bringst – aber nicht in das Damenzimmer, denn da werden wir sitzen und hinter der Gardine aufpassen.«

»Wir müssen sie schmücken«, hauchte Lili, »sonst ist es ihm ja leicht, ihr zu widerstehen.« Und sich zu Lore wendend, sagte sie: »Du mußt sehr geheimnisvoll tun und keine, hm, starken Ausdrücke gebrauchen.«

»Aber du darfst auch nicht merken lassen, daß du uns kennst oder gar, daß du unsere – Freundin bist!«

»Habt man alle beide keine Bange, ich werde euch schon nicht blamieren«, sagte Lore.

Sie bekam einen feinen Pelzkragen umgelegt und dazu einen blauen Schleier, der eigenartig verführerisch flatterte.

»Das kannst du behalten«, sagte Lili, und ihre Stimme zitterte. »Denn nachher würde ich diese Sachen doch nicht wieder tragen mögen, wenn er dich geküßt hat.«

»Jeküßt . . .?« fragte Lore. »Küssen soll er mir . . .?«

»Beim Konditor – ja, in der kleinen Stube«, erklärte Agnes Bertram. »Denn nur das ist uns ein wirklicher Beweis. Aber hab dich nicht, wir lassen es gar nicht dazu kommen, daß er dich wirklich – küßt!«

Auf der Eisbahn wimmelte es von Schlittschuhläufern. Steuermann Jens verstand seine Sache. Er hatte eine Musikkapelle bestellt und über die Eisfläche Drähte gespannt, an denen nun bunte Papierlaternen und Flaggen hingen. Wenn es dunkelte, sollte bengalische Beleuchtung gemacht werden. Dann gab's eine Bude, in der man Punsch und Pfannkuchen bekommen und sich an einem eisernen Ofen auftauen konnte. Bei der Musikkapelle produzierte sich Primaner Perkholz als Kunstläufer. Seine Hosen hatten wirklich Stege, so daß sie ganz straff saßen, und wenn er eine »Acht« beschrieb, warf er die Beine hoch in die Luft. Keiner hatte ihm das bisher so elegant nachmachen können, aber nun erschien da eine junge Dame mit blauem Schleier und flottem Pelzkragen. Sie war außerordentlich fesch und holländerte in so verwegener Weise, daß sie allgemeines Aufsehen erregte. Kühn warf sie dem Primaner so feurige Blicke zu, daß er bis ins Herz hinein getroffen wurde und mitten in einer Schleife beinahe zu Fall gekommen wäre, wenn ihm die junge Dame nicht schnell die Hand hingestreckt hätte. Schade, man konnte nicht mehr sehen, was weiter daraus wurde, denn nun liefen sie zusammen. Die ganze Bahn machten sie unsicher, und als sie irgendwann einmal in die Punschbude kamen, konnte man merken, daß ihre Bekanntschaft sehr große Fortschritte gemacht hatte. Als nun gar der Herr Primaner auf einem Teller einen Pfannkuchen brachte, sagte er: »Bitte, Fräulein Eisfee!«, und sie erwiderte gnädig: »Danke, Herr Eiszapfen!«

Aber diese Namen paßten gar nicht, denn beide sahen sehr feurig aus. Und wie sie so davonglitten, glichen sie akkurat dem jungen Paar, das man seit Jahren in Glasermeister Müllers Schaufenster auf einem Holzschnitt sehen konnte, mit der Unterschrift »Liebesfrühling auf dem Eise«.

Nachdem das erste bengalische Feuer abgebrannt war, waren die beiden plötzlich verschwunden. Sie wollten noch ein bißchen promenieren, hatte man das Fräulein sagen hören, aber etwas abseits von den vielen Menschen.

Und in der dunklen Uferstraße wurde Johannes Perkholz zudringlich und wollte einen Kuß.

»Nee, hier nich, es jeht hier nich«, sagte die Eisfee, »man kann uns ja sehen!«

»Es ist doch aber ganz dunkel!«

»Was haben Sie denn davon – von so 'nem Kuß . . .?«

»Ja, ich habe was davon«, sagte der Primaner.

»Na, dann – nee, hier lieber nich, aber vielleicht beim Konditor, wenn's da jeht!«

Es blieb ihm nichts anderes übrig, als die Eisfee zum Konditor zu führen. Dort stand auf einem langen, weißgedeckten Tisch der große Weihnachtsbaum, gerade so, daß man nicht ins Damenzimmer sehen konnte. Der Primaner fand, daß das sehr gut sei, und bestellte zwei Tassen Schokolade mit Schlagsahne. Als die Mamsell hinaus war, fing er wieder vom Küssen an.

»Sind Sie denn nicht auch ein bißchen in mich verliebt?«

Die Eisfee meinte, das sei eine komische Frage, auf die ein anständiges Mädchen doch gar nicht antworten könne.

»Sie brauchen wirklich nicht zu denken, daß das etwas

Schlimmes ist. Meine Kusine Lili Semper, die doch gewiß ein anständiges Mädchen ist, läßt sich von mir küssen, sooft ich bloß will ...«

»So, na ja, die ist auch Ihre Kusine!«

»Und ihre Freundin, die Agnes Bertram, die doch auch ein anständiges Mädchen ist, habe ich mindestens schon zwölfmal geküßt!«

Es war ein Wunder, daß der Weihnachtsbaum durch den heftigen Stoß, den er gerade jetzt bekam, nicht auf Johannes Perkholz gefallen war. Im ersten Augenblick glaubte der Herr Jüngling, daß er ihn in seiner Kußwütigkeit umgerissen habe. Als er sich dann aber umsah, bemerkte er im Damenzimmer seine Kusine Lili, und hinter ihr, auf dem Sofa, lag halb ohnmächtig Agnes Bertram.

»Geh zu deiner Schlange und werde glücklich mit ihr«, sagte im gleichen Augenblick Lili hoheitsvoll und deutete auf Agnes. Dann war ihre Kraft zu Ende. Auf Lores Arm gestützt, wankte sie hinaus.

Lore tat es bitter leid, daß sie nicht erst noch ihre Schokolade hatte austrinken können. Doch eines tröstete sie: Nun hatte sie doch Aussicht, endlich, endlich Lilis einzige Freundin zu werden. – Aber ach, das Mädel aus der Friedrichsgracht kannte die feinen Mädchen noch immer nicht.

Lili ließ nichts von sich hören, und als Lore eines Tages in die Breite Straße ging, um sich in Erinnerung zu bringen, war das Dienstmädchen, das ihr öffnete, höchst verwundert.

»Fräulein Lili ist verreist!« sagte das schnippische Ding und drückte gleichzeitig die Tür ins Schloß. Aber das war eine infame Lüge. Denn als Lore am nächsten Tage wieder vorbeikam, hielt gerade die Equipage vor der Haustür, und Lili stieg mit ihren Eltern ein – vielleicht zu einer Spazierfahrt durch den Tiergarten.

»Dann soll sie mir den Buckel langrutschen«, dachte Lore. Doch sie erlebte noch eine weitere Demütigung. Als sie bald darauf Agnes Bertram traf, sah diese sie nur von oben bis unten an und ging hochmütig an ihr vorbei.

Dritter Teil

I

Als endlich das Frühjahr nahte, die Dachrinnen Tag und Nacht das Lied von Winters Abschied sangen und aus manchem Hofe das lebensfrohe Krähen eines Hahnes von früh bis in den Abend erklang, als also wieder ein neuer Daseinsabschnitt begonnen hatte, hielt auch Lore die Zeit für gekommen, einen tüchtigen Schritt »vorwärts« zu tun. Eine war da, die ihr diesen Schritt zutraute, weil sie fest an sie glaubte, sie hatte immer behauptet, daß Lore Lorenzen zu Höherem geboren sei: Marie Niclas, die Tochter der Kartoffelfrau. Sie wußte, daß ihre Freundin eines Tages von aller

Welt anerkannt und bewundert werden würde. Diese Anerkennung von »aller Welt« glaubte Lore nur finden zu können, wenn sie als Lehrmädchen im Putzladen von Fräulein Lohr für die Doktorsfrau oder für Frau Semper oder für sonst eine vornehme Dame aus seidenen Bändern wunderbare Schleifen an Hüten und vielleicht auch an Kleidern anbrachte, »in Phantasie arbeitete«, wie sie es nannte. Aber Lore hütete sich, von diesen Hoffnungen zu sprechen. Denn sie wußte, daß die Mutter ganz andere Ansichten von der Zukunft der Tochter hatte.

Nein, die jetzige Frau Kranold hatte es nicht vergessen, daß sie selbst einmal als junges Ding in den Dienst gegangen war. Und weil sie immer so »treu und fleißig und ehrlich« – wie es in ihrem Zeugnis hieß – gewesen war, hatte ihr Frau Semper das Anerbieten gemacht, auch ihre Lore einzustellen, um das Silberzeug zu putzen und das Servieren zu lernen.

»Und das is ein janz jroßes Jlück, alles andere is man bloß Firlefanz!« sagte die Mutter immer wieder. Sie wußte ja, was dahintersteckte, wenn das Mädel sich sträubte. Hochmut, weiter nichts. Der Stiefvater hatte ganz recht! Denn daß Lore einmal bei Fräulein Lili eingeladen worden war, das konnte doch kein Grund sein, dem Fräulein nicht die Schuhe putzen zu wollen.

Aber als nun der Frühling gekommen war und Lore mit Marie Niclas am Spreeufer spazierenging, waren alle guten Lehren der Mutter vergessen. Die schönen Hoffnungen in Lores Herzen erwachten wieder, umgaukelten sie, und es ging einfach nicht anders, als daß man sich mal so richtig mit der Freundin aussprach.

Was sollte nun aus ihr werden?

Ach, es war so trostlos, in die niedrige, dumpfe Stube in der Friedrichsgracht zu treten und von der Mutter hören zu müssen, daß wieder ein Tag nutzlos verstrichen sei. Auch wurde es höchste Zeit, daß man Frau Semper auf ihr freundliches Anerbieten Bescheid brachte. Wenn die Mutter die Sache nicht schon ganz einfach in die Hand genommen hatte, so lag es daran, daß das neue Kleid für Lore noch immer nicht fertig war, um sich darin bei der Herrschaft vorstellen zu können. Als Lore heute fortgegangen war, hatte nur noch der Rock gesäumt werden müssen, morgen also fiel die Entscheidung. Wenn nicht, wie schon so oft in ihrem Leben, ein Wunder geschah. Ein Wunder? Hatte sie es denn nicht selbst in der Hand?

»Denk dir bloß, Marie«, begann sie und hakte sich fester bei der Freundin ein, »nu soll ich bei Sempers. Da hab' ich das Silberzeug und das feine Porzellan unter mir – jeden Tag kommen Gäste, is jroße Jesellschaft!«

Marie, rot und gesund wie ein Apfel, starrte Lore erschrocken aus ihren Pudelaugen an.

»Aber det is doch ...«, sagte sie und erzählte nun, daß auch ihre Mutter davon gesprochen habe, sie bei Sempers als Dienstmädchen anzubringen. – Lore durchzuckte es: Hier lag die Entscheidung! Hier mußte sie ansetzen, wenn sie ihrem Schicksal einen Stoß geben wollte.

Es kam jetzt alles darauf an, wie man Marie behandelte. Es war ein gutes Mädel, wenn man sie lieb behandelte, aber sie konnte ein rabenschwarzes Herz bekommen, wenn man ruppig zu ihr war. Und jetzt – ja jetzt mußte sie mal ihr schwarzes Herz bekommen.

»Marie«, sagte Lore plötzlich, »pflück mir doch mal solche Blumen da«, sie wies auf den sumpfigen Uferrand. »Wenn du mir liebst, pflückst du mir ein recht großes Bund«, wiederholte sie herrisch, als Marie zunächst erstaunt guckte, dann auf ihre neuen Schuhe wies, vom Naßwerden sprach und andeutete, sie graule sich auch vor den Fröschen. Lore sah sie nur an. Da raffte Marie den Rock, kletterte vorsichtig hinunter und begann hastig am Rande ein paar Blumen abzureißen.

»Mehr – und schönere!« rief Lore fast ungeduldig. Plumps! Da war Marie mit dem linken, und plumps, da war sie auch mit dem rechten Fuß ins blanke Wasser gerutscht, daß es hoch aufspritzte.

»Liebst du mir – oder nicht?« erboste sich Lore, als Marie zurückwollte. Die sah sie flehend an, doch Lores Gesicht war wie versteinert, fast nicht wiederzuerkennen. Da wagte Marie das Äußerste; sie watete nun richtig ins Wasser und kam, pitschpatsch, mit einem großen Strauß Dotterblumen zurück. Lore nahm ihn ab, sah ihn einen Augenblick prüfend an – und warf ihn dann in weitem Bogen in die Spree zurück.

»Er taugt nischt«, sprach sie kalt.

Es ist schon gesagt worden: Marie Niclas war die Treue selbst, wenn man sie lieb behandelte, aber sie konnte ein steinhartes Herz bekommen, wenn man schlecht zu ihr war.

Einen Augenblick sah sie Lore wie erstarrt an, und diese fühlte, wie Marie jetzt ihr schwarzes Herz bekam. Einen Augenblick noch, und Marie schwenkte plötzlich um und rannte im Galopp heimwärts. Lore sah ihr nach – na also, nun würde sich ihr Schicksal entscheiden.

Sie stand da und überlegte: heimzugehen hatte sie wenig Lust. Denn wenn die Mutter, wie immer um diese Stunde, in den Kartoffelkeller zu Frau Niclas kam, würde ihr diese ja lang und breit erzählen, was sie für eine Tochter habe. So ging sie also noch ein Stück weiter am Wasser entlang und versuchte jetzt selbst, mit äußerster Vorsicht, ein paar Dotterblumen zu pflücken.

»Soll ich dir welche rausholen – ich ziehe mir die Stiebeln aus!«

Ehe sie sich umwandte, hatte Lore den Sprecher an der Stimme erkannt: Gustav Holzer aus Marienwerder.

»Zu mir sagt man jetzt Sie!« fuhr sie ihn an.

»Ach so – ich dachte, weil wir uns doch von früher her kennen!«

»Dachte sind keine Lichte!«

»Wenn du's nicht wärst, würde ich dir jetzt bestimmt eine kleben!«

»Dann hätt'ste morgen keine Oogen mehr!«

»Und du keenen Kopp – der wäre dann ab von meine Maulschelle!«

Lore sah ihn von oben bis unten verächtlich an, wandte sich ab und ging schleunigst davon.

Er lachte laut hinter ihr her. »Warte man, ich fang' dir noch mal. Du Katze! Miez – miez – miez!«

Als die Mutter, die glücklicherweise nicht bei Niclasens gewesen war, am nächsten Tage mit Lore zu Frau Semper in die Breite Straße ging, um zu sagen, daß ihre Tochter nun soweit sei und die Stellung antreten könne, erhielt sie von dem kurz angebundenen Mädchen in der Küche den Bescheid, daß die Frau Ziegeleibesitzer ausgegangen sei.

»Dann werden wir nachmittags wiederkommen!«

»Nee, hat kein Zweck nich, Frau Semper läßt Ihnen bestellen, daß der Posten schon verjeben is. Jawoll! Weil Sie doch jar nichts mehr haben hören lassen, da dachte Frau Semper, Sie wollten nich mehr, und hat jestern abend die Marie aus dem Kartoffelkeller anjenommen, als Frau Niclas in die Anjelegenheit da war!«

Frau Kranold wurde abwechselnd rot und blaß, aber sie faßte sich und sagte nichts weiter als: »Na – denn adjüs und 'ne schöne Empfehlung!« Und dann ging sie, ohne ein Wort weiter zu sprechen, mit Lore schnurstracks zum Molkenmarkt, hinein in den Laden von Fräulein Lohr, der Putzmacherin. Dort fragte sie, ob ihre Tochter die Stellung als Lehrmädchen bekommen könne, denn Geschick und Geschmack habe das Mädel. Und Fräulein Lohr sagte: »Ja!«

So also hatte sich Lores Sehnsucht erfüllt – das Wunder war geschehen, aber auch die Freundschaft mit Marie zu Ende. Denn die hatte ihr doch die schöne Stellung im Hause des Fabrikbesitzers vor der Nase weggeschnappt.

2

Es ist bestimmt keine Kleinigkeit, sein Ansehen als Modistin Jahr für Jahr aufrechtzuerhalten, wenn rings in der Gegend so viel Konkurrenz entsteht. Fräulein Lohr war durch diese

Aufregungen schließlich ein bißchen herzkrank geworden, aber bis jetzt war sie doch immer noch obenauf. In dem Schaufenster ihres Ladens gab es allerlei zu sehen; die Auslagen wechselten mit den Festen der jeweiligen Jahreszeit. Unverändert blieb nur – als Beweis internationaler Beziehungen oder aus Aberglauben, das war unergründlich – das große, echte Straußenei, aus dessen Spitzen eine schwarze und eine weiße Schwanzfeder des afrikanischen Vogels ragten. Darunter aber, auf violettem, von der Sonne etwas verschossenem Samt, lag das »Modell der Saison«, wie Fräulein Lohr das Prunk- und Prachtstück durch ein Schildchen bezeichnete. Es konnte, je nach der Jahreszeit, aus Stroh, Filz oder einem mit Seide bezogenen Drahtgestell bestehen – in jedem Falle machte es Eindruck auf alle weiblichen Gemüter des Spreewinkels. Fräulein Lohr brauchte hernach nur die von der Käuferin gewählte billigere Form diesem »Modell« etwas anzupassen und dem Hut einen der Trägerin angemessenen Anstrich zu geben.

Und das sollte Lore nun erlernen.

»Es ist eine Kunst, schwieriger als die des Herrn Apothekers«, hatte ihr Fräulein Lohr gleich am ersten Tage nach ihrem Eintritt verraten. »Man muß, sozusagen, Apotheker und Arzt zugleich sein. Der Apotheker kann nichts von seiner Ware im Preise ablassen, wohl aber der Arzt von seinem Honorar. Papageienflügel und Straußenfedern werden also immer ›feste Preise‹ haben, bei der Garnierung wird man jedoch mit sich handeln lassen können. Die reiche Frau Semper wird da bestimmt mehr anwenden als Frau Lehrer Klaus, und bei der Frau des Drogisten muß die Gefälligkeit mit in Rechnung gezogen werden, daß Herr Bertram Bärentraubentee und Pfefferminzplätzchen auch mitunter, und wo es angebracht ist, zum halben Preise abgibt.«

Das waren so einige der ersten Grundsätze, die Lore gelehrt wurden.

Kapitän Gundermann, dem sie heute zufällig über den Weg lief, hatte sie gehörig ausgefragt und dann den Kopf geschüttelt. Wenn er geahnt hätte, daß Straußenfedern hierzulande so hoch im Preise ständen, hätte er damals aus den warmen Ländern bestimmt welche mitgebracht. Dort flögen sie um die Negerhütten wie Hühnerfedern im Winde – die Hottentottenweiber machten sich nichts daraus, weil sie keine Hüte hätten.

Kapitän Gundermann sah aus, als habe er etwas ganz Besonderes vor. Er trug den Feiertagsrock aus feinem blauem Tuch, hatte neue Handschuhe an und stützte sich auf das spanische Rohr mit dem Elfenbeingriff, während er sonst doch immer einen Spazierstock bei sich hatte, der nicht besser aussah als ein Stück Treibholz. Ob heute vielleicht ein Geburtstag sei, fragte Lore.

»Hä – Jeburtstag! Nee – Jeburtstag nich, auf Jeburtstage jebe ich nischt! Nee, aber ein Jedenktag ist, doch das jeht niemand was an, das is meine Sache ... Und jetzt jeh' ich in den Bulettenkeller da drüben, um ein Glas Jrog zu trinken – und das jeht ooch niemanden was an, und damit basta! – Schnuppt denn das olle Fräulein Lohr immer noch so viel wie früher?« fragte er plötzlich. »Nee?« Er schüttelte ungläubig den Kopf. »Früher hat sie eine Prise nach die andere jenommen und dadrum habe ich ihr auch nich als Frau jemocht, so sehr sie nach mir jeangelt hat!«

Lore spürte, daß das eine ganz niederträchtige Lüge war, denn nichts war Fräulein Lohr mehr zuwider als Schnupftabak. Aber sie hielt ihren Mund, denn bei jedem Widerspruch – das wußte sie von früher – wurde der Alte sofort schwerhörig, tat so, als habe man ihm zugestimmt, und stellte dann nur noch ärgere Behauptungen auf. Sie schielte nach seiner weißen Mähne, den Ohrpüscheln und nach seinem Bart und konnte es sich nicht vorstellen, daß der Kapitän und Fräulein Lohr jemals ein Paar hätten werden können. Der Alte lachte und sah dabei aus wie eine betagte Robbe. Ja, damals sei er noch Steuermann gewesen und ein flotter Bursche – hoho! –, wie flott! Damals habe er auch Fräulein Lohr, die ja eine ganz ansehnliche Person gewesen sei, ein kleines gelbes Bernsteinherz geschenkt – er, Kapitän Gundermann, gäbe was drum, wenn er jenes Herzchen zurückbekommen könnte, jetzt noch, nach vierzig Jahren.

»Was jeben Sie denn drum?« fragte Lore, der es plötzlich vorkam, als könne an der Geschichte etwas Wahres sein.

»Dumme Frage, es kommt doch drauf an, wer mir das Herzchen bringt. Mehr als einen Nasenstüber ist es mir schon wert, denn solange die Madam das Herzchen hat . . . Na, ich will mir nicht den Mund verbrennen! Ich hab' da zum Beispiel einen Kaktus aus Ceylon, der ist mir sonst um einen Goldklumpen nicht feil. Dem Steuermann Jens aber, der ein Liebhaber von solchen exotischen Gewächsen ist, würde ich in diesem Falle den Kaktus jeben.«

»Hm . . .!«

»Ja, du – und dem Briefträger Pankraz ein Pfund Kopenhagener Priem oder dem Nachtwächter Krüger eine ganze Flasche Nordhäuser. Aber das sind ja alles Schafsköpfe, die die Sache falsch anfangen. Sowie die Madam Lunte riecht, dann stemmt sie sich ein und ist nicht vom Fleck zu kriegen, wie – na, beinahe hätte ich was jesagt.«

Ob der Herr Kapitän nicht ihr, der Lore Lorenzen, die Sache anvertrauen wolle . . .?

Der alte Herr schüttelte den Kopf. »Nee, nee, dazu bist du denn doch noch zu lütt, es muß eine höllisch jescheite Person sein!«

»Nu – gar so klein bin ich woll nich mehr, denn Fräulein Lohr sagt doch ›Sie‹ zu mir!«

»Hohoho! Das soll so was heißen! Daran erkenne ich die Madam wieder, in ihrer janzen Jroßartigkeit! Und wenn du ooch noch ein Sabberlätzchen umhättest, so würde sie ›Sie‹ zu dir sagen, damit du im Putzsalon ›was vorstellst‹, das alles ist ja doch nischt weiter als ein Geschäftskniff!«

»Ach – so!« Lore hatte es auf einmal sehr eilig und trennte sich an der nächsten Ecke von dem Herrn Kapitän.

»So sind eb'n die Frauenzimmer«, sagte der Alte zu sich

selber. »Erst lauter Zucker und Honigseim, und dann lassen sie einen auf halbem Wege stehen.«

Als Lore wieder in den Laden kam, fand auch sie Fräulein Lohr merkwürdig verändert. Nicht nur ihre jugendliche Scheitelfrisur und das rosafarbene Kleid, sondern die Feierlichkeit ihres ganzen Wesens war auffallend.

»Hui, so fein!« konnte Lore sich nicht enthalten zu bemerken.

»Es ist ein Gedenktag für mich«, sagte das Fräulein in einem Ton, der keine weiteren Fragen wünschte. Und Lore schwieg auch. Doch ein Weilchen später sagte sie: »Fräulein Lohr, Sie haben Ihren Anhänger verloren!«

Unwillkürlich faßte das alte Fräulein nach dem schwarzen Samtbändchen an ihrem Halse. »Nein, Kind«, und dann lächelte sie schwach, »es war nichts dran . . .!«

»Aber das Häkchen ist doch da!«

»Ja – gewiß, aber . . .« Und auf einmal kniff Fräulein Lohr die Lippen zusammen und sah Lore forschend an. Nach einer kleinen Weile fragte sie so nebenbei: »Den Käpt'n Gundermann hat man wohl lange nicht gesehen?«

»Doch! Erst heute morgen habe ich ihn getroffen!«

Fräulein Lohr hüstelte leise in die Hand. »Wo getroffen?«

»Er ging in den Bulettenkeller!«

»Wirklich . . .?« Die zierliche Person durchzuckte es: Sie sank auf den nächsten Stuhl. Ein Weilchen kämpfte sie offenbar mit einem Entschluß, dann sagte sie: »Lore, Sie sind ja ein verständiges Mädchen und haben in kurzer Zeit hier schon manches gesehen und gehört. Aber nicht nur die Frauen allein zeigen sich mitunter schwach, auch die Männer sind es oft genug, und ihre Schwäche kann zum Laster werden. Der Grog ist ihnen zuweilen mehr wert als die Liebe einer Frau. Bedenken Sie, Lore, der Grog! Ist das nicht furchtbar? Ja, so ein Mann scheut sich nicht, ein Mädchen unglücklich zu machen, nur um seinem Laster frönen zu können! Statt am Goldfischteich zu promenieren, setzt er sich lieber ins Wirtshaus . . . Heute – gerade heute – vor vierzig Jahren hat sich deshalb ein junges Mädchen von Kapitän Gundermann getrennt, obwohl es schon seine Verlobte war und ihn sehr lieb hatte ...

Er hat dann eine andere geheiratet, mit der er nicht glücklich geworden ist und die längst schon im Grabe ruht, aber vergessen hat er die erste Braut nicht, auch nicht den Tag, an dem sie ihm den Abschied gegeben. Ganz bestimmt hat er jene Stunde nicht vergessen, denn würde er denn sonst gerade an diesem Tage immer ins Wirtshaus gehen ...? Und dabei, verstehen Sie, Lore, übertreibt er es stets. Der Grog scheint ihm mit den Jahren immer besser zu schmecken. Wenn er dann endlich genug hat, kommt er regelmäßig hier ans Ladenfenster und macht dumme Redensarten über ..., na, über das Straußenei!« Fräulein Lohr schlug schluchzend die Hände vors Gesicht. »Warum er mir das antut, das weiß ich nicht, aber es darf auch nicht wieder geschehen ...«

Lore hatte aufrichtiges Mitleid mit dem alten Fräulein. »Wenn ich ihm«, fing sie vorsichtig an, »wenn ich ihm nu das Bernsteinherz zurückbrächte? Ich glaube, dann würde er Ruhe geben!«

Fräulein Lohr erblaßte noch mehr. »Hat er das gesagt?« stammelte sie, »hat er wirklich von dem Bernsteinherz gesprochen?«

Und als Lore nickte, sagte sie fest und bestimmt: »Nein, das Bernsteinherz bekommt er nicht, das nehme ich mit ins Grab! Das können Sie ihm bestellen.«

Als die Dämmerung hereinbrach, steuerte Kapitän Gundermann tatsächlich in direkter Richtung von der Weinstube hinüber zum Putzladen. Aber auf halbem Wege blieb er plötzlich stehen, seine scharfen Augen hatten Lore erkannt, die ihm entgegenkam.

»Oho«, murmelte er, »wat soll denn dat?« Sein Gesicht, das bisher pfiffig und vergnügt ausgesehen hatte, wurde geradezu grimmig. Als Lore dann vor ihm stand, verfolgte er jede ihrer Bewegungen; aber sie hatte nichts in der Hand und griff auch nicht in die Tasche, sie sah ihn nur fest an und sagte: »Ich habe hier auf Ihnen jewartet, Herr Kapitän!«

»Dann jib's man her!«

»Das Herzchen bekommen Sie nie wieder, das nimmt Fräulein Lohr mit ins Jrab.«

Der Alte hielt die Hand ans Ohr: »Wat? Sag das noch mal, aber janz langsam und deutlich!«

Da schrie es ihm Lore noch einmal ins Ohr.

»Hat sie dir das aufgetragen?« Und als Lore nickte, sagte er mit merkwürdig veränderter Stimme: »Weißt du, wat jeschehen wäre, wenn du mir das Herzchen zurückgebracht hättest? Du weißt dat nicht? Dann hätte ich dir totgeschlagen und hier verscharrt! Verstehst du? Lebendig wärst du jedenfalls nicht mehr nach Hause jekommen. Aber deine Belohnung sollst du doch kriegen. Ich hab' zu Hause einen ausgestopften Froschteufel, und wenn du den nicht magst, dann kannst du auch einen Leierschwanzvogel haben: Auf dem Hut von einem Frauenzimmer macht er sich jedenfalls besser als der Froschteufel. Aber nun lauf, ich will allein jehen, und hol dir morgen früh den Flederwisch!«

Als Lore daheim beim Abendbrot erzählte, was sie erlebt hatte, sagte die Mutter: »Jottejott. Jeht denn das immer noch? Seit vierzig Jahren schon machen sich die beiden auf diese Weise Liebeserklärungen oder so wat Ähnliches!«

3

An der breiten Ausbuchtung der Spree, bei der Fischerbrücke, wo die großen Kähne aus Hamburg anlegten, ankerte seit einer Stunde eine besonders mächtige Zille. Die müßigen Gaffer hatten sich nach und nach verlaufen, nur Lore Lorenzen stand noch da, versunken in Erinnerungen aus früher Kinderzeit, die der Hamburger Kahn erweckte. Es hatte sie nach dem Abendbrot, wie jetzt öfter, noch einmal ins Freie getrieben, denn sie fühlte, daß ihr das viele

Stillsitzen im Putzladen nicht gut bekam, sie war blaß und schmal im Gesicht geworden.

Hier am Wasser war immer ein frischer Luftzug zu spüren, und alles war so friedlich: unter dem Abendhimmel schossen die Schwalben dahin, auf den Zillen herrschte beschauliche Feierabendstimmung.

Zu Hause, in der Friedrichsgracht, war es nicht mehr schön. Der Stiefvater Kranold jammerte fortwährend über die Sündhaftigkeit der Welt, und die Mutter blickte meist traurig drein und seufzte so schmerzlich, als drücke sie schwerer Herzenskummer... Gern wäre Lore noch ein Stück am Ufer entlanggegangen, aber weiter unten lag die

Zille aus Marienwerder. Wahrscheinlich saß Gustav Holzer auf Deck, und dann konnte Lore darauf gefaßt sein, daß er ihr wieder sein höhnisches »Miez – miez!« nachrufen würde.

Vor dem Burschen war sie förmlich nicht mehr sicher, neulich hatte er sogar vor dem Schaufenster des Putzladens gestanden. Na, dann wollte sie also jetzt heim und wandte sich zum Gehen. Plötzlich aber stutzte sie und wurde starr vor Schreck. Denn da kletterte jemand aus dem großen Kahn auf Deck, der wie ein Gespenst auf sie wirkte: eine baumlange Gestalt, die jetzt auf dem Laufbrett heranschwankte, an Land kam ... War das nicht Peter Gategast, der verschollene Heizer? Er hatte früher in der Spreegasse gewohnt, und eines Tages war er wie vom Erdboden verschwunden. Nach einiger Zeit wurde er – ebenso wie Lores Vater – öffentlich »für tot erklärt«, und seine Frau hatte den Schiffskoch Martin heiraten können. Und nun kam Peter Gategast heim? Das heißt, wenn er es wirklich war!

Ja, er war es wirklich. An dem Nachziehen des lahmen Beines erkannte sie ihn. Aber was sollte denn werden, wenn er in seinem Hause auf einen anderen Mann traf? Lore folgte ihm in einiger Entfernung. Da er plötzlich stehenblieb, als ob er sich nicht zurechtfinden könnte, ging sie an ihm vorüber und sagte: »Dort geht's lang, Herr Gategast!«

»Süh, süh, kennt man mir noch?« sagte er und sah Lore verwundert an.

»Ich habe Ihnen sofort erkannt«, sie erklärte ihm, wer sie war, aber sie merkte, daß er kaum hinhörte.

Und mitten hinein fragte er plötzlich: »Na, und wat makt mine Fru?«

Lore dachte, daß es das beste sei, ihm gleich die volle Wahrheit zu sagen. Und so stotterte sie: »Sie hat sich wieder verheiratet!«

»Süh, süh«, sagte Peter, und weiter nichts.

»Ja, mit dem Schiffskoch Martin.«

Jetzt schnaufte der Riese wie ein Walroß: »Denn brökt sei

wull nu och nich mehr to kochen und kann in feine Kledasche die ganze Woch in die Putzstube sitzen?«

»Nee, nee, det nu ooch nich. Sie hat ja ein Kindchen!«

»Wat hat sei? 'n Kindchen? Wo hat sei dat denn her?«

Nun wußte Lore nicht, was sie antworten sollte, aber Peter wartete auch gar keine Antwort ab, sondern schlug den Weg nach seinem Hause ein.

»Da bin ick wedder!« brüllte er mehr, als daß er es sagte, als er in die niedrige Stube mit den blauen Wänden trat.

Frau Martin, die gerade den Tisch abräumte, knickte in die Knie, und der Schiffskoch ließ vor Schreck beinahe die Pfeife fallen.

»Mak dir man minswegen keene Umstände nich«, sagte Peter. »Ick hab' schon auf's Schipp jejessen«, und dann steuerte er, als wäre er nur eben eine halbe Stunde fortgewesen, auf den glanzlederbezogenen Backenstuhl am Ofen zu, setzte sich mit einem Krach nieder und zündete sich gemütlich seine Pfeife an. »Dat's schön, Martin«, sagte er freundlich, »dat du mine Fru derweile besucht hast, aber nu bin ick wedder da ... Nu kannst du gahn ...«

Aber der dicke Schiffskoch, der sich inzwischen von der Überraschung erholt hatte, sagte ganz ruhig: »Det jeht nu man nich, Peter Gategast, denn deine Frau is nu meine Frau!«

»Dat – dat glöw ick nich!«

Martin war unterdes schweigend zu der alten Eichentruhe in der Ecke gegangen und hatte ihr ein paar Papiere entnommen: »Hier steht es jeschrieben, det du tot bist und det ick mit deine Frau vom Pastor jetraut bin.«

»Aber nu bin ick wedder uppstahn!«

Frau Martin, die zunächst regungslos am Tisch gelehnt hatte, fing plötzlich zu weinen an.

»Wat hat sei denn?« fragte Peter halb und halb erschrokken. Doch niemand gab ihm Antwort. Da begann er sich in der Stube umzusehen, und von Zeit zu Zeit stellte er eine Frage: »Wo is der Starmatz?« Er wies mit der Pfeifenspitze auf den grünen Holzkäfig, in dem, als Kugel zusammengerollt, ein Kanarienvogel schlief.

»Süh, süh«, grunzte er, als er hörte, daß der Vogel längst tot sei. »Und wo is min blau Kamisol?« So fragte er weiter, und das karge Reden hin und her war eine Art Verhör, nur daß der Koch und seine Frau sich schließlich widerwillig setzten, als sie merkten, daß Peter doch sehr viel mehr zu wissen begehrte, als sie anfänglich dachten.

Allmählich rückte er ihnen mit sehr direkten Fragen zu Leibe: »Wat makt ihr beide denn für Schnickschnack? Wo könnt ihr so dämlich sein, euch zu heiraten?«

Keiner von den beiden kam auf den Gedanken, Peter zu fragen, was denn das eigentlich für Schnickschnack sei, so lange fortzubleiben und in all den Jahren kein einziges Lebenszeichen von sich zu geben.

Nein, die Frau schluchzte nur bitterlich und sah in ihren Schoß, und Martin stocherte sich verlegen im Ohr. »Jä – bist du denn zufrieden mit mine Fru?« schrie Peter plötzlich.

»Ich bin sehr zufrieden mit deine Jewesene«, sagte Martin mit einem kleinen ironischen Unterton.

»Denn bist du ein Schafskopp«, brummte Peter verächtlich. »Wat bammelt dir denn da vorn an die Weste 'rum?« Und er wies auf einen lose sitzenden Knopf. »Warum näht sei dir den denn nicht fest, wie sich's jehört?«

Und als Martin erstaunt den Knopf betrachtete, fuhr Peter sehr bestimmt fort: »Denn kann sei eben nich dine Fru bliewen, denn du läßt ihr schlampig werden, und das darf ne Fru nich sind! Und wie sieht sei denn selbst ut mit den Struwelkopp! Sei is doch kein Pudel nich und hat früher dat Haar immer hübsch glatt jetragen! Nä, Martin, du bist nich der Mann for mine Fru – du karbatscht ihr nicht!«

Martin schwieg, verdrehte nur die Augen.

»Aber wenn du ihr karbatscht, denn mußt du ooch gleich wedder hübsch freundlich zu ihr sind, bloß wenn sei tückscht, dann mußt du ihr wedder noch mal karbatschen!«

Nachdem Peter Gategast diese seine Ansicht über die »Er-

ziehung in der Ehe« gesagt hatte, saß er schweigend da und zog tiefsinnig an seiner Pfeife. Plötzlich aber blieb sein Blick an einem verhängten Korb haften, der auf zwei Stühlen am Fenster stand. »Wat is dat?« fragte er streng.

Da fuhr die Frau aus ihrer geduckten Haltung jäh auf und stand im nächsten Augenblick vor dem Korb. »Det is mein Kind – det is unser Sohn –, damit du es nur weißt, Peter Gategast!« schrie sie.

»Süh, süh«, sagte er und klopfte umständlich die Pfeife im Ofenloch aus. Dann stand er gemächlich auf und näherte sich dem Korb. Da aber riß die Frau das Kind aus dem Bettchen und drückte es an die Brust. Fassungslos starrte Peter auf das winzige Geschöpf mit dem blonden Köpfchen. »Ick tu ihm nix«, sagte er mit ganz veränderter Stimme, »nee, nee – ick tu ihm nix, aber ick frage dir: Warum haben wir denn nich so 'nen Sohn jekriegt?«

Die Frau schwieg, doch Martin sagte: »Warum sie dir keinen Sohn geschenkt hat? Na, weil du ihr wegen jeden bammligen Knopf jleich karbatscht hast!«

Und als ihn Peter ganz verdutzt ansah, kam er näher: »Und nu jlaubst du ja woll, det deine Frau jetzt meine Frau is und det ick zufrieden mit ihr bin – sehr zufrieden! Und den Starmatz – ja, den hab' ick totjeschlagen, weil det Biest nich singen, sondern man bloß fluchen konnte, wat es von dir jelernt hat, Peter Gategast. Und den Struwelkopp hat sie, weil sie mir so besser jefällt als mit den ölichten Kopp, wo man sich die Jacke fleckig machte. Aber nun frage ich dir: Wat willst du hier, wo du doch in Stunk und Krach fortjejangen bist und jesagt hast, det du nie wiederkommst?«

Der baumlange Schiffsheizer stand da, seine Blicke irrten von einem zum anderen. »Jä«, sagte er endlich und schluckte ein paarmal, »nu seh' ick, dat ick allerdings to spät kommen bin, aber ich wollte doch wissen, wat ut mine Fru worden ist. Sei konnte ja wirklich in Not und Elend sind, wie ick's upp Schipp träumt hab'!«

Vom Wasser her klang ein langgezogener Sirenenton, und Peter Gategast nickte vor sich hin, als er ihn hörte. »Ick komm' schon – adjüs alle miteinander, nu bin ick wirklich tot . . .«

Damit ging er zur Tür. Die beiden riefen ein gutes Wort hinter ihm her, aber Peter kümmerte sich nicht darum, er zog, so rasch er konnte, die Tür hinter sich zu. Gleich darauf hatte ihn die Dämmerung verschluckt.

4

Es hatte sich bald herumgesprochen, daß Peter Gategast aufgetaucht und – glücklicherweise – ebensoschnell wieder verschwunden war. Der Mutter war es eisig durch und durch gegangen, als Lore ihr von der Begegnung mit ihm berichtet hatte.

»Wenn nu auch mal so eines Abends plötzlich dein Vater wiederkommt?«

»Denn müßte er aber hierbleiben«, hatte Lore gesagt.

»Nu, ich würd' ihn aber schön stenzen«, kam's aus der Ecke, wo Meister Kranold saß und in einem Traktätchen las.

»Meinen Vater?« Lore hob und senkte den Kopf wie ein Pferd im Geschirr.

»Ja – deinen Vater! Ich würde ihm sein Juvivallera schön austreiben, wenn er sich nich schon selbst ausjejuvivallerat hätte und reif zur Bekehrung geworden wäre!«

Da lachte Lore laut auf. »Det is ja zum Kugeln!«

»Lach du man zu, du freches Ding, det is Satans Lachen! In dir steckt ooch der Böse, du hast eben das Blut deines leichtsinnigen Vaters geerbt!«

»Mein Vater ist tot – is verunjlückt, und niemand darf ihm was nachsagen!« schrie Lore wild.

»Ich sag' bloß, was wahr ist, und die Wahrheit soll man verkündigen bei Tag und bei Nacht, damit die Sünder Buße tun!«

»Nu hört's aber uff – Mutter, sagst du denn keinen Ton, kannste denn so wat mit anhören?«

Doch die Mutter ging stumm hinaus. Ihr war es auch überraschend gekommen, und es paßte ihr gar nicht recht in ihren Streifen, daß Kranold sozusagen ein »Frommer« geworden war, sich das Haar wachsen ließ und alle Welt zu bekehren versuchte – selbst Kapitän Gundermann. Als der sich kürzlich ein Paar neue Stiefel machen ließ, hatte er ihm durch sanftes Zureden das Grogtrinken abgewöhnen wollen, aber der Alte war grob geworden.

Auch heute morgen hatte es wieder zwischen den Eheleuten Kranold Streit gegeben, und Lore war froh, daß sie endlich fortkommen konnte. Als sie nun zum Putzladen unterwegs war, den Kopf voll allerhand unruhiger Gedanken, kam es ihr vor, als sähe sie Menschen und Dinge mit ganz anderen Augen. Zum Beispiel mußte sie gerade jetzt an den Lehrer Klaus denken, der ihr früher immer wie ein schlimmer Wüterich erschienen war und der doch im Grunde ein recht armseliges Männchen war, das die Zahnschmerzen nicht mehr los wurde und sicherlich auch noch im Sarge mit dem roten Schnupftuch um den Kopf daliegen würde. Daß er aber nicht nur die kleinen Mädchen in der Schule schlecht behandelte, sondern sogar seine eigene Frau, das hatte Lore gemerkt, als Frau Klaus neulich zu Fräulein Lohr gekommen war, um ihren alten Hut frisch garnieren zu lassen.

Was Fräulein Lohr noch niemals getan hatte, war da geschehen: Rundheraus hatte sie der Lehrersfrau erklärt, daß sich dieser Hut nun nicht mehr ändern ließe und daß sich Frau Klaus endlich – nach zehn Jahren – einen neuen anschaffen müsse. Aber Frau Klaus hatte nur wehmütig den Kopf geschüttelt. Nein, nein! Dazu sei sie leider nicht in der Lage, denn für solch eine Ausgabe würde sie von ihrem Mann kein Geld erhalten, wenigstens nicht jetzt, da er wieder mal vom Zahnweh reinweg um Sinn und Verstand gebracht werde und nur noch an Senfspiritus und heiße Grützbeutel denke.

»Nein, da muß ich eben warten, bis mir einmal ein Glücksumstand zu Hilfe kommt«, hatte sie traurig gesagt, als sie aus dem Laden gegangen war.

Wie das so oft ist; man denkt an jemanden – und da ist er auch schon. Auf der einsamen Bank am Wasser saß Lehrer Klaus, hielt den Kopf mit beiden Händen und stöhnte. Da begriff Lore, weshalb die arme Frau Klaus keinen neuen Hut bekam und Fräulein Lohr keinen Putzmacherlohn, den sie doch auch brauchen konnte. Nachdenklich sah sie zu, wie sich Lehrer Klaus offenbar mit großen Schmerzen abquälte. Plötzlich bemerkte er sie, stand auf, kam näher:

»Was stehst du denn und glotzt? Kann man denn nirgendwo allein sein?«

Lore kam sich wieder wie ein kleines Schulmädchen vor, dem jeden Augenblick auf die Finger geklopft werden konnte. Als sie jedoch in das dickgeschwollene Gesicht blickte, tat er ihr leid.

»Herr Klaus, wollen Sie es denn nicht mal mit peruanischem Balsam versuchen?« fragte sie.

Nun wußte Lore allerdings nicht, ob dies auch ein Mittel gegen Zahnschmerzen sei. Sie hatte, als sie neulich an Barbier Quarges Laden vorüberging, diese Worte auf einem Pappschildchen neben dem Bandwurmglas gelesen.

Herr Klaus sah sie wütend und mißtrauisch an: »Was kostet er?«

Und da Lore es nicht wußte, sagte er: »Schwindel – neumod'scher Schwindel!« und ging davon.

Lore beeilte sich, in den Putzladen zu kommen, denn es war gestern eine Kapotte aus blauem Samt mit Aurikeln bestellt worden, die morgen fertig sein sollte. Da hatte sie viel zu tun, denn alle Heftfalten waren sauber nachzunähen.

Am gleichen Tage, so gegen sechs Uhr abends, ging die Tür des Putzladens auf, und Lehrer Klaus kam herein.

»Ist die Lore Lorenzen hier? Ich will wissen, wo es den peruanischen Balsam gibt. Drogist Bertram kennt das Zeug nicht!«

Fräulein Lohr, tüchtig erschrocken, daß eine Mannsperson in ihren Laden gekommen war, atmete erleichtert auf. »Lore, wenn Sie wissen, wo es den peruanischen Balsam gibt, so führen Sie doch den Herrn Lehrer gleich mal hin; er scheint große Schmerzen zu haben.«

Nun war es Lore, die einen Schreck bekam. Wenn der Balsam gar nicht gegen Zahnweh half, sondern gegen Kopfweh oder Magenschmerzen, dann könnte ja Lehrer Klaus nachher hier im Laden einen Skandal machen. Das wäre Fräulein Lohrs Tod gewesen. Am besten, sie ging also mit und gab Barbier Quarge, dem sie erst kürzlich ein Fläschchen Resedaduft abgekauft hatte, heimlich einen Wink, daß er ihr zu Hilfe käme, denn er war ein witziger und schlauer Mann. So stand sie auf und sagte: »Es ist ganz in der Nähe, kommen Sie man, Herr Lehrer!«

Ächzend folgte er ihr in die Wallstraße.

Als Lore nun aber vor Quarges Laden haltmachte, wich er

erschrocken zurück. Nein, da hinein ginge er nicht, denn Quarge sei ein Schurke, der den Leuten immer gleich die Zähne ausziehe. Lore solle allein hineingehen, sich nach dem Preis erkundigen und Bescheid sagen kommen.

Herr Quarge hörte sich an, was ihm die aufgeregte Lore in aller Eile erzählte. Er war ein kleiner, verwachsener Mann mit einem mächtigen Kopf und einem langen, gutgepflegten, roten Bart, gleich dem des Kaisers Barbarossa.

»Ja, es ist ganz richtig, was Sie da sagen«, meinte er dann, peruanischer Balsam sei das beste Mittel gegen Zahnschmerzen, aber nur, wenn er ihn selbst auflege. Und was den Preis beträfe, so solle Lehrer Klaus keine Sorge haben, es koste nicht viel, er solle nur hereinkommen.

Herr Klaus wollte zuerst nicht; er behauptete, seine Schmerzen hätten wesentlich nachgelassen. Kaum aber, daß er sich entfernte, begannen sie wieder so heftig, daß er ganz von selbst kehrtmachte und die Ladenstufen hinaufstolperte. Lore ging hinterher, sie wollte doch sehen, wie der peruanische Balsam wirkte.

Herr Quarge schüttelte mitleidig seinen großen Kopf, als er die Verfassung sah, in der sich Lehrer Klaus befand. Warum er denn nicht früher gekommen sei, er wisse doch, daß er ihm sofort helfen könne. Und dann bat er ihn, sich wie zum Rasieren hinzusetzen, ganz bequem, aber den Mund weit aufzumachen, denn der Balsam müsse mit einem großen Wattebausch an den kranken Zahn gebracht werden.

»Wo ist denn der Quälgeist? Ja, ja, ich sehe ihn schon – der ist aber an der Wurzel hohl!«

Doch Herr Klaus wollte nun alles selbst besorgen, wollte nur wissen, was der Balsam kostete.

Herr Quarge schüttelte den Kopf: Nein, den Balsam müsse er auflegen.

Und dann hielt er einen kleinen Vortrag: Vier Methoden habe er, um die Leute von ihren Zahnschmerzen zu kurieren. Die billigste sei immer, den Zahn zu ziehen, das koste nur zehn Silbergroschen. Dann könne er aber auch den Nerv töten, das koste fünfzehn Silbergroschen. Wer das nicht wolle, dem könne er den Zahn mit der Zange ein bißchen anrücken, damit der Quälgeist einen Schreck bekomme und zu schmerzen aufhöre. Dafür verlange er zwanzig Silbergroschen, denn das sei eine etwas umständliche Geschichte.

Und endlich habe er den peruanischen Balsam, den er in den Zahn stecke, aber das koste einen Taler, denn peruanischer Balsam sei etwas sehr Wertvolles. Er habe nur einen kleinen Vorrat von einem Matrosen, der ihn aus fremden Ländern mitgebracht hatte. Nun solle Herr Lehrer Klaus also wählen. Wenn es ihm auf den Preis nicht ankomme, könne er peruanischen Balsam bekommen. Hier, in diesem Holzbüchschen, sei er. Und Herr Quarge hielt Lehrer Klaus etwas unter die Nase, was wunderbar roch. Da begann dieser unter Stöhnen in seiner Westentasche zu kramen, zählte Geld in die linke Hand, brachte aber nur zwanzig Silbergroschen zusammen.

»Ja, dafür kann ick den Zahn man bloß anrücken«, meinte Herr Quarge bedauernd.

Ob denn Herr Lehrer Klaus das fehlende Geld nicht nachher herumschicken könnte, erkundigte sich Lore.

Nein, denn Barbier Quarge wolle seinen Laden gleich zumachen. Außerdem, wenn die Leute ihre Schmerzen erst mal los sind, dann zahlen sie nicht mehr gern für etwas, das sie nicht mehr besitzen.

Da erbot sich Lore, von ihrem Geld zehn Groschen auszulegen, wenn der Herr Lehrer es annehmen wolle ... Der aber saß da und starrte bald Herrn Quarge, bald das Balsambüchschen an. Lore nahm das Geld aus ihrer Tasche und reichte es Herrn Quarge.

»Dann können wir also anfangen«, sagte der Barbier. »In drei Minuten sind wir fertig!« Er nahm einen großen Wattebausch, betupfte ihn mit Balsam und kommandierte: »Mund auf! Rasch, rasch, ehe er verdunstet!«

Und in demselben Augenblick, da Lehrer Klaus ergeben den Kopf zurücklegte und die Augen schloß, kam – Lore sah es ganz deutlich – aus der Watte eine Kneifzange zum Vorschein und fuhr in den Mund hinein ... Gleich darauf stöhnte Herr Klaus verdutzt: »Au-a!«

»Aber nu hört der Schmerz auch schon auf – merken Sie es nicht?« sagte Herr Quarge ganz harmlos. »Ja, det is ein Wunderbalsam, der macht den Zahn locker, det er schließlich von janz alleine rausfällt. Passen Sie mal auf, Herr Klaus, er liegt schon auf der Zunge ... Na, was sage ich, da is er ja!«

Und zum grenzenlosen Erstaunen des Lehrers holte Herr Quarge mit dem Wattebausch zugleich einen Backenzahn mit drei Wurzeln aus dem Mund und legte ihn auf die Marmorplatte.

»So, der tut Ihnen nicht mehr weh, den können Sie sich an die Uhrkette hängen.«

»Das ist er – ja, das ist er«, stammelte Herr Klaus, »so sieht der Racker also aus!«

»Peruanischer Balsam is was janz Wunderbares«, sagte Herr Quarge feierlich, und Lore sah, wie er die Kneifzange, die er bis jetzt in der hohlen Hand verborgen hatte, ganz wie nebenbei auf das Wandbrett legte.

Lehrer Klaus war mit seinem hohlen Zahn davongegangen, um daheim gegen die Geschwulst Kamillenumschläge zu machen. Herr Quarge aber hatte Lore in die Wange gekniffen und gesagt, daß er ebensogut Taschenspieler hätte werden können ...

Als Lore am anderen Tage im Putzladen fleißig stichelte, voller Ärger, daß sie durch den Wunderbalsam zehn Groschen losgeworden war, gellte die Ladenklingel. Herein trat Frau Klaus, ging auf Lore zu und sagte: »Da, mein Kind, das schickt dir mein Mann, der seit vier Wochen zum ersten Mal wieder die ganze Nacht geschlafen hat. Und das hier, das schenke ich dir!« Dann wandte sie sich an Fräulein Lohr und sagte: »Nu möchte ich jerne wissen, was so eine blaue Samtkapotte kostet, wie sie sich die Frau Zollinspektorin machen läßt, meine aber soll mit Vergißmeinnicht sein!«

Während die beiden verhandelten, öffnete Lore die Päckchen. In dem einen war ein schönes Buch. »Berlin in der Vergangenheit« betitelt, und auf der ersten Seite war eine Widmung geschrieben: »Meiner ehemaligen Schülerin Lore Lorenzen als Prämie wegen tapferen Beistandes bei einer schwierigen Operation. Lehrer Klaus.« Das andere Päckchen – es war eine kleine Pappschachtel – enthielt ein Korallenkreuzchen und zehn glänzende, neue Silbergroschen.

Als Frau Klaus dann gegangen war, sagte Fräulein Lohr: »Sehen Sie, Lore, so kommt man zu etwas. Man weiß nicht wie – ich hab' in meinem ganzen Leben nie solches Glück gehabt, und Sie kriegen sogar eine Prämie.«

5

Jens, der Steuermann, saß an dem blanken Fensterchen seines etwas schiefen Häuschens am Wasser in Neu-Kölln und rasierte sich. Er tat das mit einer kleinen Schere, indem er versuchte, die harten weißen Stoppeln am Kinn dicht über der Haut abzuknipsen. Und als er endlich damit fertig war, fädelte er Zwirn in ein außergewöhnlich großes Nadelöhr und begann, den obersten Knopf an seiner blauen Jacke festzunähen. Er hielt dabei die Arme ausgestreckt, denn er war weitsichtig, aber eine Brille, zu der man ihm geraten hatte, wollte er sich nicht anschaffen.

»Ick bin doch kein Skribifax nich«, pflegte er zu sagen.

Da kam Lore Lorenzen auf dem Rückweg von einem Bestellgang vorüber. Sie blieb stehen und sagte: »'n Tag, Herr Jens – soll ich Ihnen den Knopf annähen, det jeht fix!«

»Fixer jeht's ja woll, wenn ihr Frugensmenschen was annäht, aber es hält ooch nur von elfe bis zwölfe. Denn ihr könnt keinen ordentlichen Knoten machen und nehmt den Faden nich mal doppelt.«

»Na, lassen Sie mir mal probieren«, sagte Lore, langte in

das Fenster hinein und begann auch schon, flink und geschickt zu nähen.

Der Alte sah ihr wohlgefällig zu.

»Du bist ja doch woll die Tochter von dem verschwundenen Lorenzen?«

Und als Lore nickte, sagte er: »Düwel und Doris – wie die Zeit verjeht! Damals warst du nur so groß wie eine Rumbuddel, und was bist du jetzt schon für eine lange Rakete jeworden! Nun wirste woll nächstens auf die Freite jehen und dir einen Liebsten angeln, nich?«

»Damit hat's Zeit«, sagte Lore und biß den Faden ab. »Aber warum haben Sie denn nich jeheiratet, Herr Jens, denn hätten Sie doch nu 'ne Frau, die Ihnen ordentlich kochte und Ihnen Ihr Zeug instand hielte?«

»Willste mir haben?« fragte Jens schelmisch. »Denn kann schon übermorgen Hochzeit sein, meine Papiere sin all in Ordnung.«

»Nee, danke, adjes, Herr Jens, nehmen Sie sich man 'ne andre.«

Lore wippte wie eine Bachstelze davon, und der Steuermann sah ihr grinsend nach. Aber plötzlich wurde ihm ganz weh ums Herz, und als er nach der Windfahne und dem Wetterglas gesehen hatte, setzte er sich mit seiner Stummelpfeife an das Fenster, in der Hoffnung, wieder vergnügter zu werden. Doch – es wurde nur noch schlimmer. So verloren und verlassen wie heute war er sich noch nie vorgekommen.

In der Dämmerung durchzuckte ihn dann ein rettender Gedanke. Er wollte in den »Nußbaum« und dort ein Glas heißen Grog trinken. Das war das beste Mittel gegen solche verflixten Anwandlungen. Vielleicht traf er dort auch Käpt'n Gundermann, und sie konnten mal wieder ein vernünftiges Wort miteinander reden.

Nein, der Käpt'n war nicht da, die Gaststube war leer, nur Hanne Ströhlen, die Köchin, saß beim Ofen auf einer Bank und stopfte Strümpfe.

Sie war mal, so überlegte Jens, ein höllisch-fixes Weibsbild in ihren jungen Jahren. Tanzen konnte sie, daß selbst den stärksten Schiffern die Puste ausging, aber nun war auch sie leck geworden und hatte abtakeln müssen. Immerhin – wie sie da so breit und behäbig saß, bot sie ein Bild von hausfraulicher Betulichkeit. Und als sie später den dampfenden Grog auf die weißgescheuerte Tischplatte stellte, konnte es Jens nicht unterlassen, sie in den dicken roten Arm zu kneifen.

»Na, Hanne, wie is det nu mit uns beide?«

Sie sah ihn ganz erstaunt an. Ohne ein Wort zu sagen, ging sie wieder an den Ofenplatz und griff zu den Stopfstrümpfen. Aber während sie den Wollfaden ein- und auszog, blickte sie doch hin und wieder zu Jens. Der trank einen Schluck nach dem anderen, rauchte seine Pfeife und glotzte Hanne an. Schließlich war das Glas leer.

Da sagte er: »Noch eens, und for dir auch eens, ich spendier's.«

Schweigend nahm Hanne ein zweites Glas vom Bord, goß einen tüchtigen Schuß Rum ein, füllte aus dem brodelnden Kessel Wasser nach, schnitt ein paar Zitronenscheiben hinein und gab einen anständigen Löffel Zucker hinzu.

»Prost, Jens, weil wir noch so jung sind«, sagte sie lächelnd und trank.

»Sind wir denn noch so jung?« fragte er. »Denn kann ick mir wohl bei dir auf die Bank setzen, denn das jehört sich so für Liebesleute!«

»Sind wir Liebesleute . . .?« fragte Hanne und schob die Strümpfe ein Stück fort, daß Platz neben ihr wurde.

»Det kommt janz auf dir an«, meinte Jens, etwas verlegen brummelnd.

»An mir soll's nich fehlen«, sagte Hanne und gab ihm einen freundschaftlichen Knuff in die Seite.

Da wurde Jens plötzlich kleinlaut.

»Düwel noch mal, wat bist du noch wild, Hanne!« sagte er und sah sie von der Seite an.

»Jä – wat denkst du dir eigentlich, Jens?« sagte sie und rückte näher.

»Wo is der Wirt und die anderen?« erkundigte er sich und suchte unbemerkt ein bißchen abseits zu rücken.

»Fort – ich bin heut janz allein in die Wirtschaft«, sagte Hanne. »Aber wenn du noch weiterrückst, du, dann wirst du dir in die Luft setzen. Oder hast du Bange vor mir . . .?«

»Ick hab' nie nich im Leben Bange jehabt vor ein Frauenzimmer.«

Plötzlich legte Hanne den Kopf auf seine Schulter.

»Wat seid ihr Mannslüt doch komisch! Du bibberst ja!«

»Bibbre ick – dann kommt es bloß daher, weil es mir kitzelt, wenn du mir so in die Ohren babberst!«

Hanne nahm ihm mit einem raschen Griff den Pfeifenstummel aus dem Munde und legte ihn auf den Tisch.

»Jibst du mir meine Piepe wieder?« sagte Jens.

Aber Hanne lachte nur und schob die Tabakspfeife so weit fort, daß er sie nicht fassen konnte.

»Jib mir meine Piep wieder«, wiederholte Jens tückisch.

»Wat willste jetzt damit, wo du mir hast«, sagte Hanne, »erst jib mir einen Schmatz!«

»Der Düwel soll dir 'nen Schmatz jeben«, sagte Jens wütend und stand auf.

Hanne sah ihn erstaunt an. Dann schob sie ihm den Stummel wieder zu und sagte patzig: »Und von meineswegen kann dir der Düwel janz und jar holen, daß du's nur weißt!«

Sie stand nun auch auf, nahm ihr halbgeleertes Glas und goß den Rest in das Kohlenbecken. Jens ergriff gleichfalls sein Glas und setzte sich an seinen alten Platz. Bedächtig trank er Schluck auf Schluck, zündete die Pfeife wieder an und glotzte zu Hanne hinüber. Kein Wort wurde mehr gesprochen. Und so fanden sie der Wirt und die anderen, als sie heimkamen. Jens trank noch ein drittes und viertes Glas, bezahlte aber fünf, zur Verwunderung des Wirtes. Dann torkelte er heim und philosophierte unterwegs laut zum klaren Sternenhimmel hinauf: »Es ist nischt mit das Frugensvolk, sie fressen einem die Ohrpüschel ab, wenn sie was sagen wollen, und brechen einem die Zähne mit die Piepe aus. Und dafor woll'n se Schmätze haben, der Düwel soll sie holen, allesamt – die jungen und die ollen . . .« Und dann landete er vor seiner Haustür, kletterte die Steinstufen hinauf und brummte, während er sich auszog: »Und je öller, desto döller sind sie. Nu möcht' ick wahrhaftig wissen, wat den Düwel seine Jroßmutter in die Hölle so allens anstellt.«

6

Ein wunderliches Gefühl, eine Unruhe des Herzens, über die sich Lore selbst nicht klarwerden konnte, trieb sie jetzt abends oft hinaus. Sie konnte dann lange am Spreeufer hocken, den Wolken nachsehen oder in das Treiben des Wassers starren. »Was is man bloß mit mir los?« dachte sie verzweifelt. Und diese Mattigkeit in den Gliedern! Die Mutter sagte, sie wachse noch und sei blutarm, aber es war wohl mehr eine gewisse Einsamkeit, die sie quälte, obwohl sie tagsüber im Putzladen genug mit Menschen zu tun hatte. Wenn's nur nicht ihr leichtsinniges Blut war, das – wie der Stiefvater glaubte – sie so aufsässig und gereizt machte! »So was is anjeerbt«, behauptete Schuster Kranold, »kommt selbst im Alter noch zum Durchbruch, wie bei Steuermann Jens!«

Als der Schuster von der Geschichte mit Hanne Ströhlen im »Nußbaum« erfuhr, hatte er eines Tages Jens in die Mache genommen, ihm Traktätchen zu lesen gegeben und ihn am Sonnabend in die Erbauungsstunde zu den »Erweckten« mitgenommen. Das war eine Vereinigung, die einen gottgefälligen Lebenswandel führen wollte und in der Kranold selbst schon oft »gepredigt« hatte. Doch Steuermann Jens wollte sich die Haare nicht wachsen lassen und war sehr bald weggeblieben, mit der Begründung, daß ihm das viele Singen die Kehle austrockne . . .

»Ach ja – ja, ja!« Lore seufzte tief auf, als sie heute wieder einmal in der Dämmerung am Wasser saß. Wenn sie, wie eben gerade, an ihre Kinderjahre zurückdachte, so war es ihr, als ob sie in einem hübschen Bilderbuch blätterte, die Zeit jetzt glich hingegen einem Rechenbuch mit lauter schweren Aufgaben. War das nun das Leben? Sollte sie immer nur im Putzladen von Fräulein Lohr sitzen und sticheln und sticheln? Oder zur Abwechslung das Straußenei abstauben und bunte Seidenbänder ordnen? Nein, sie sah doch, was aus den Menschen wurde, wenn sie genügsam und zufrieden mit ihrem Dasein im Spreewinkel hockenblieben. Wenn

man selbst nicht ein wenig nachhalf, blieb man ein armseliger Gründling, wie Marie Niclas aus dem Kartoffelkeller, die sogar noch stolz darauf war, jetzt den Abwasch bei Sempers besorgen zu können. ›Und das wäre nu auch beinahe mein Schicksal jeworden!‹ sinnierte Lore. Na ja, aber – war es denn etwas Besseres, mit staubigen Hüten umzugehen, sich in den Spiegeln des Putzladens zu begucken, bis man sich selbst nicht mehr ansehen mochte? ›Nee – so wie die Lili Semper, so spinnwebenartig, so durchsichtig, würde ich ja doch nie aussehen, selbst wenn ich ihr lindengrünes Seidenkleid und solchen plissierten Rock hätte!‹ Lore schüttelte energisch den Kopf. Überhaupt das Feinsein! War das nicht rechter Unsinn? Es kostete nur Mühe und Quälerei – wie damals mit den Goldkäferschuhen –, und schließlich fiel man doch immer wieder aus der Rolle, so wie der dressierte

Hund des Leierkastenmannes, der gestern auf den Hof gekommen war. Warum durfte man dem letzten Rest eines Windbeutels, den man in der Konditorei aß, nicht mal einen kleinen Schubs mit dem Finger geben, damit er endlich auf den Löffel kam? Agnes Bertram hatte mal gesagt, daß das höchst unanständig sei. Unanständig! Dabei schmeckte ein Windbeutel doch am besten, wenn man ihn in beide Hände nahm, ihn aufklappte und die Schlagsahne so richtig mit Wollust herausleckte. ›Nee – ich werde mir nich länger mehr verstellen, sondern die Schlagsahne janz einfach nach meinem Belieben rauslecken‹, dachte Lore. Und sie mußte fort von daheim! Ja, das war es wohl, was sie so unruhig machte, dieser heimliche Gedanke, der sich nur nicht früher hervorgewagt hatte. Jetzt aber war es ihr endlich klar, und sie fühlte, daß sie ihren Willen durchsetzen würde. Ja, selbst dann, wen es zu ihrem Verderben führen sollte.

Zu Hause war es wieder genauso, wie es sich Lore auf dem Rückweg vorgestellt hatte: Da saß der Stiefvater, der Schuster Kranold also, und schrieb sich etwas aus einem frommen Buch ab – vielleicht brauchte er es für seine nächste Predigt. Ach, niemand würde etwas gegen das Frommsein haben, wenn er nur tagsüber fleißig schusterte. Doch sein Seelenheil, wie er immer sagte, und das seiner sündigen Brüder war ihm viel wichtiger geworden. Er behauptete, ein »Gesicht« zu haben. Seitdem konnte er es auf dem Schemel nicht mehr aushalten, sondern mußte »bekehren« – wie er meinte –, um »die verlorenen Schäflein den Krallen des Satans wieder zu entreißen«.

Und was war die Folge? Daß die arme Mutter wie früher bis in die späte Nacht hinein waschen und plätten mußte. Heute war Frau Kranold bei Sempers, den ganzen Tag, von früh an, deshalb hatte sie schon gestern Essen für zwei Tage gekocht, es brauchte also nur aufgewärmt zu werden.

Das sollte Lore tun, wenn sie aus dem Putzladen heimkam, da aber der Stiefvater um diese Zeit nicht zu Hause gewesen war, hatte sie nur ihren eigenen Teil aufs Feuer gesetzt und dann gegessen. Na, den Milchreistopf auf die Ringe über die Torfglut schieben – das konnte der Stiefvater wohl selbst; er hatte sich ja sein Essen auch früher immer allein gekocht. Wahrhaftig!

Als Lore nun von ihrem Abendspaziergang zurückkam, war der große schwarze Kochtopf nicht einmal angerührt worden, der Teller stand auf dem Tische, blank und unbenutzt, Löffel und Gabel lagen kreuzweise daneben. Nun, dann hatte der Stiefvater also sicherlich bei einem seiner frommen Brüder etwas Besseres erhalten als Kartoffelsuppe und Apfelreis.

»Kommt die Satansbrut endlich nach Hause?« fragte da Schuster Kranold plötzlich, der mit finsterem Gesicht in einer Ecke hockte und von Lore nicht sogleich gesehen worden war.

»Ja, allerdings, die Satansbrut is da!«

»Willst du auch noch frech werden?« Seine Hand griff nach dem Riemen, den er umgeschnallt hatte, aber er bezwang sich und murmelte vor sich hin: »Richtet nicht, auf daß . . .!« Er wischte sich Schweißtropfen von der Stirn und stöhnte tief auf. Sie maßen sich beide mit bösen Blicken.

»In der Hölle wirst du an mich denken!« sagte er düster.

»Ach wat, Hölle, so wat jibt's ja ja nich!«

Da blickte Schuster Kranold ganz entsetzt nach oben, faltete die Hände und murmelte etwas, das Lore diesmal nicht verstehen konnte. Dann aber ging er still und wie demütig in seine Kammer und schob den Riegel vor. Bald darauf hörte Lore die Bettstelle knacken – nun wußte sie, daß der Stiefvater sich hingelegt und unter sein blaukariertes Deckbett gekrochen war. Das tat er immer, wenn ihm das Ärgernis an der Welt anscheinend zu groß wurde.

Die Mutter kam heim, stellte einen Korb mit Plättwäsche ab und sah den unbenutzten Teller, den schwarzen Kochtopf in der Ecke und den kalten Ofen. Sie wußte Bescheid.

»Nanu, warum hat denn Kranold nich jejessen?«

»Er wollte nich, hat sich verkrochen!«

Die Mutter rüttelte an der Kammertür. »Wat soll denn det wieder? Mach mal uff!« schrie sie böse.

Doch Schuster Kranold gab keinen Mucks von sich, und aus früheren Erfahrungen wußte seine Frau, daß es völlig zwecklos war, jetzt etwas erzwingen zu wollen. Außerdem erriet sie ja, daß hier Zank gewesen war.

»Wie is denn det nu wieder jekommen?« fragte sie.

»Weil ich ein Satanskind bin . . .!«

»Da hat er auch recht – warte man, ich werde dir die Hölle jleich heißmachen, denn du hast ihn doch wieder jereizt!«

»Dann spring' ich in die Spree und kühle mir ab!«

Schwabb – da hatte Lore ein nasses Handtuch um die Ohren, daß es nur so klatschte. »Denkst woll, ich werde auch nich mehr mit dir fertig?«

»Und ich bin mit dir fertig, Mutter!« schrie Lore, lief auf die Straße und rannte davon.

Die Mutter sah ihr verdutzt und erschrocken nach, wie sie um die Ecke bog und verschwand. Gott sei Dank, ins Wasser war sie nicht gesprungen! Ganz schwach in allen Gliedern sank Frau Kranold auf den nächsten Stuhl, schlug die Hände vors Gesicht und stöhnte aus gequältem Herzen auf. Ja – ihr schlimmer Traum war eben in Erfüllung gegangen. Grüne Gurken bedeuteten immer Unglück. Und nun war es da – ein neues Unglück zu dem anderen. Denn in der vergangenen Woche war wieder ein Brief gekommen! Wieder nur mit dem einen Wort »Juvivallera«, aber keine ausländische Briefmarke hatte auf dem Umschlag geklebt, sondern eine mit dem Stempel Hamburg.

Ihre Hände sanken schlaff herab, der müde, angstvolle Blick ging durch die Stube und blieb an dem gefüllten Wäschekorb hängen. Arbeit – Arbeit! Und so unruhig und verzagt ihr Herz auch war, stillsitzen und jammern, nein, das wollte sie Kranold überlassen. Aufs neue machte sie Feuer im Herd, stellte das Plätteisen bereit, um die Bolzen nachher aus der Torfglut nehmen zu können. Dann räumte sie das Eßgeschirr vom Tisch, legte das weiße Plättuch auf und sortierte Herrn Sempers Oberhemden und die feine Wäsche Fräulein Lilis. Dabei hoffte sie, daß das Mädel draußen rufen werde, aber es geschah nichts.

Nach geraumer Zeit hörte sie die Kirchturmuhr die Mitternachtsstunde schlagen, und dann war auch die Petroleumlampe am Verlöschen. Da legte Anna Kranold rasch noch die letzten Stücke zusammen, räumte alles auf die Kommode und bedeckte es mit dem Rolltuch. So – und nun löschte sie die schwelende Lampe ganz aus, ging zum Fenster und spähte angstvoll nach rechts und links. Totenstill lag die Friedrichsgracht, der Laternenschein glitzerte in der Spree.

»Lore – Lore!« rief sie ein paarmal in die Nacht, niemand antwortete. Und da fühlte die Mutter, wie es ihr heiß auf die Hände tropfte – ja, sie schluckte und würgte. Dann aber nahm sie sich zusammen; sie eilte auf die Straße, lief das ganze Viertel ab, suchte und suchte. Aber in keinem Haustor, in keinem Treppenwinkel war eine Spur von dem Mädel. Fast zaghaft ging sie nach einer Weile heim, in der Hoffnung, daß Lore nun vor der Türe stehe. Aber vergebens.

Als sie in die Wohnung trat, hörte sie aus der verschlossenen Kammer Kranolds Schnarchen. In ihr Angstgefühl mischte sich die Empörung gegen den Mann, dem sie nun die Schuld am Verschwinden der Tochter gab. Sollte sie ihn wecken – ach, er konnte ihr ja doch nicht helfen! Sie hatte das Fenster offengelassen, vielleicht, daß Lore, wie sie es ja schon öfter getan hatte, wenn sie keinen Hausschlüssel hatte, hereinklettern würde. Dann legte sich Anna angezogen aufs Bett.

Die Übermüdung war zu groß, aber es war ein unruhiger Halbschlummer, in dem sie die Nacht verbrachte.

Im Morgengrauen fuhr sie dann jäh auf – Lores Bett war leer. Das Fenster stand offen! Da eilte sie wieder auf die Straße und suchte weiter.

Als Lore sicher war, daß ihr niemand folgte, ging sie ruhiger und begann zu überlegen, wo sie ihr Vorhaben ausführen könne, ohne daß ihr jemand etwa gleich nachsprang, um sie wieder aus dem Wasser zu holen. Denn es gab überall Menschen, die offenbar auf solch eine Gelegenheit warteten. Also – dort an der Jungfernbrücke! Ja, da war es richtig einsam, niemand würde das Hineinplumpsen hören.

Die Sterne funkelten so herrlich, dünkte es dem Mädel. Wie immer, wenn eine verlorene Seele Abschied von dieser Erde nimmt, von diesem Jammertal, wie man wohl sagte.

Dreimal sollte man hochkommen, hatte sie gelesen. Dann war es vorbei, und in der letzten Sekunde erfuhr man nochmals sein ganzes Leben.

Ob man es dann bereute? Selbstmord sollte doch eigentlich Sünde sein! Vielleicht kam sie gleich in die Hölle. Denn die gab es doch, wenn es einen Teufel gab, und an den glaubte Lore schon immer, woher wäre denn sonst das Böse in die Welt gekommen? Aber für solche Überlegungen war es eigentlich zu spät. Jetzt hieß es: hinein! Sie kletterte auf das Geländer – da durchzuckte es sie plötzlich: Warum denn eigentlich? Nicht, weil ihr die Mutter das Handtuch um die Ohren geklatscht hatte, sondern wegen des Stiefvaters: er hatte die Schuld!

›Aber wegen dem Schuster Kranold da unten 'rin, wo die ollen verfaulten Äppel schwimmen? Nee, det wäre ja affig, einfach affig! Nee, da bedanke ich mich!‹

Ganz vorsichtig kletterte Lore wieder auf das Trottoir hinunter. Sie fühlte ein Erschauern, wandte sich ab und lief davon – zum Putzladen am Molkenmarkt. Dort klingelte sie Fräulein Lohr heraus.

»Ich wollte Ihnen man bloß noch rasch adje sagen – ich muß ins Wasser«, schluchzte sie.

Das alte Fräulein, schon in der bunten Nachtjacke, stieß einen Schreckensschrei aus. Dann aber riß sie das Mädchen an sich, hielt die Widerstrebende fest und zog sie mit einer

Gewalt, die man der zarten Person gar nicht zugetraut hätte, in den Laden.

Hier verschloß sie erst sorgfältig die Tür, dann sprach sie auf Lore ein: »Um Gottes willen, was ist denn geschehen? Sie zittern ja an allen Gliedern, wer hat Sie denn in Schimpf und Schande gebracht?«

»Schuster Kranold!«

»O Jott!« Fräulein Lohr brach unter dieser Mitteilung fast zusammen, lehnte den Kopf an die Tür und stöhnte.

Inzwischen hatte Lore Zeit, sich in der Stube umzusehen; ein angenehmer Geruch stach ihr in die Nase. Richtig, da stand noch ein Teller – Fräulein Lohr hatte Flundern zum Abendbrot gegessen und das Geschirr noch nicht abgeräumt.

›Ach, wenn ich doch früher gekommen wäre, als noch etwas Essen vorhanden war!‹ meinte sie im Innern, denn sie hatte plötzlich großen Appetit, gerade auf Flundern.

Mit einem jähen Ruck wandte sich da Fräulein Lohr zu ihr: »Schnaps?« fragte sie scharf. »War er betrunken?«

»Nee – det nu jrade nich, man bloß wütend, weil ich den Reis nich jewärmt hatte!«

»Reis? Kind. Sie phantasieren ja, Sie haben wohl Fieber? Ich werde rasch den Doktor holen!«

»Nee, nee, machen Sie nur det nich! Nich untersuchen, ich bin nich so anjezogen! Nee, ich muß mir bloß setzen, meine Beine sind so schwach, überhaupt tut mir alles weh! Und dann hab' ich auch so'n furchtbaren Hunger!«

Das alte Fräulein war ganz verwirrt, sie besprengte Lore mit Eau de Cologne und rieb ihr die Schläfe mit einem Migränestift. »Hunger . . .? Mein Gott – können Sie denn jetzt essen?«

»Ja, aber es ist vielleicht ooch man bloß Appetit; es riecht so schön nach Jeräuchertes!«

»Wollen Sie 'ne Flunder? Eine kleine ist noch da. Vielleicht ist es auch ganz gut, wenn Sie erst etwas essen, sich stärken und ruhiger werden. Legen Sie sich man aufs Sofa,

Kindchen, ich mache Ihnen in der Küche schnell was zurecht und bringe es Ihnen herein. Ja, ja, ja – legen Sie sich nur ruhig hin, ich kenne meine Nächstenpflicht!«

Und Lore hatte sich lang hingelegt, dann eine Flunder gegessen und auch ein Gläschen bekömmlichen Apfelwein getrunken. Ja – und schließlich hatte sie auch erzählt, wie alles gekommen war.

»Aber Lore, das ist doch alles ganz anders, als ich zuerst dachte. Wie Sie vorhin so verstört gekommen sind! Eigentlich haben Sie aber doch auch schuld – nu weiß ich gar nicht, was ich da machen soll!«

»Zu Hause jeh' ich nich mehr – nee, nee! Nie mehr!«

»Nein doch, nein, ich schicke Sie ja auch nicht wieder in Nacht und Nebel 'raus! Wir schlagen in der Kammer das eiserne Bett auf, Kissen sind genug da. Und dann wollen wir die Sache erst mal beschlafen – bloß Ihre Mutter . . .«

»Warum haut sie mir jleich – ich laß mir nich mehr hauen, ich bin einjesegnet . . . Und Mutter wird schon grübeln, wo ich bin, und wenn sie sich wirklich ängstigt, kommt sie bestimmt hierher.«

Frau Kranold kehrte verzweifelt und entmutigt von ihrem vergeblichen Suchen heim; jetzt wollte sie nur noch schnell ihren Mann verständigen und dann – falls Lore sich inzwischen nicht eingefunden hatte – zur Polizei gehen, um das Verschwinden der Tochter anzuzeigen.

Wer stand denn da vor ihrem Haus? Das war – ja, das war tatsächlich das alte Fräulein Lohr, das sich wohl erkundigen wollte, warum Lore nicht ins Geschäft gekommen sei.

»Ich hab's mir ja gleich gedacht, liebe Frau Kranold, daß Sie sich ängstigen würden. Ja, Ihre Tochter ist bei mir; sie kam gestern abend ganz verstört an – der Laden war schon zu, ich wollte gerade ins Bett. Ich hab' sie bei mir behalten müssen, denn sonst wäre wohl ein Unglück geschehen!«

Die Mutter drückte die Hand aufs Herz. »Jott sei Lob und Dank, daß nichts passiert is – ach, das verdammte Balg, ich könnte ihr gleich . . .«

»Nein, nein, Frau Kranold! Am besten ist es, Lore bleibt vorläufig bei mir. Kommt Zeit, kommt Rat! Ich hab' Platz für sie, und ich bin froh, wenn ich immer jemanden um mich hab', der mir ein bissel beistehen kann. Wirklich, es ist am besten so!«

»Ich bin ja so froh, daß sie lebt! Wenn sie nu wirklich, aber ich muß mir doch erst mal mit Kranold besprechen – freilich, freilich, am besten wäre es ja, wenn es so jinge, wie Sie sagen . . .«

7

Im Gemüsekeller waren sich alle Frauen darin einig, daß es nur so gekommen war, wie sie es längst vorausgesagt hatten. Dieses »Meechen«, diese Lore, hatte ja von klein auf gezeigt, daß sie das leichtsinnige Blut ihres Vaters geerbt hatte, »da nutzt ooch keine Prügel nich, da helfen man bloß noch Keile!« Und Frau Niclas bekräftigte diesen Ausspruch der Waschfrau Palmer. »Wie hat sie meine arme Marie behandelt, bloß weil die die Stelle bei Sempers bekommen hat. Sie wissen doch, daß meine Tochter jetzt das Silberzeug unter sich hat? Na – und bei der ollen Putzmacherin wird dieses Meechen sich janz jerieben anstellen und sie schön an die Neese rumzoddeln, um ihr mal zu beerben. Passen Sie man bloß uff – überall hat die Lore Lorenzen nur ihren eigenen Vorteil jesucht!«

Schuster Kranold aber, als er endlich vom Hunger getrieben aus seinem blaukarierten Bett und seiner Kammer wieder zum Vorschein gekommen war, hatte stumm und ergeben angehört, was seine Frau ihm berichtete. Und nach langem Grübeln sagte er dann: »Ich hab' ja bloß dein und der Stieftochter Bestes jewollt!«

»Hm, hm, so daß ich dir jetzt ernähren muß!«

»Immer hab' ich tauben Ohren jepredigt, wenn ich euch beide erretten wollte!«

»Hättste lieber fleißig jeschustert!«

Dann hatten sie beide geschwiegen. Frau Anna packte die fertige Plättwäsche in den Korb und schaffte sie fort.

Als sie wieder heimkam, war ihr Mann fortgegangen. Neben der leeren Kaffeekanne lag ein Zettel mit einer Bibelstelle, die sich die Frau wohl zu Gemüte führen sollte. Doch dazu war heute am Sonnabend keine Zeit. Die Wohnung mußte gründlich reingemacht werden. Wenn sie damit fertig sein würde, wollte sie Lores Sachen zusammenpacken, um in den Putzladen zu gehen, auch um zu hören, wie die Sache nun stand.

Wie immer begann Frau Kranold das Aufräumen damit, daß sie den aus bunten Stoffflecken genähten Bettvorleger zum Fenster hinaus abschüttelte, um ihn dann ein paar Stunden auf dem Blech auslüften zu lassen. Als sie sich hinausbog, stand vor dem Häuschen an dem Eisengeländer der Spree drüben ein Mann im blauen Anzug – auf dem Hinterkopf eine Matrosenmütze, unter den linken Arm eine Ziehharmonika geklemmt. Dieser Mann nickte zu ihr herüber und sagte: »Juvivallera!« Frau Kranold merkte, wie sie erblaßte. Sie tat einen lauten Aufschrei, und der Bettvorleger entglitt ihren Händen; er fiel auf die Straße. Der Mann sprang sofort hinzu, hob ihn auf, betrachtete ihn. »Well – Unterlage für meinen Kopp!« Er rollte ihn zusammen und klemmte ihn neben die Harmonika. Als er aufblickte, war das Fenster leer.

Hinter der Gardine, im Spiegelbild der Scheibe, verfolgte die erschrockene und verwirrte Frau, wie der Matrose noch etwas zögerte, dann aber langsam davonging. ›Det is er! Was will er? Was soll nu bloß werden?‹ Allmählich kam wieder Leben in sie. Gott sei Dank, der für tot erklärte Mann war wie ein Gespenst wieder verschwunden. Vielleicht, wie Peter Gategast, der Heizer, nun für immer! Aber niemand durfte etwas von seinem Auftauchen erfahren, niemand, auch Kranold nicht und noch viel weniger Lore! Was bedeutete es, daß er den Bettvorleger mitgenommen hatte? Als Unterlage für seinen Kopf . . .? So hatte er wohl nicht mal ein Bett, nächtigte vielleicht unter einem Brückenbogen, bis er wieder auf See ging. Und er lebte, lebte wirklich!

Ein Bild aus früherer Zeit stieg vor ihr auf: Wie sie da – jung und froh – am Steuer der Zille stand, ein gestärktes weißes Tuch wie eine Schute um den Kopf und tief in die Stirn gezogen, damit das grelle Sonnenlicht sie nicht blenden konnte. Der Mast war aufgerichtet, ein frischer Wind blähte das große Segel, denn auf der weiten Fläche der Havel war freie Fahrt. Und Lorenzen stand ein Stück von ihr entfernt, die Hände in den Hosentaschen, und pfiff. Zuweilen sah er sich um, blickte die junge Frau an, und dann fühlte sie sich schwach werden unter diesem Blick des starken Mannes. Wie glücklich war sie doch damals gewesen!

Ja, das Glück war wohl zu groß, um von Dauer sein zu können! Und dieses Gespenst, das da soeben vor dem Fenster gestanden hatte, sollte der gleiche Mann sein . . .? Aber sie hatte ihn nur zu gut erkannt, er war es bestimmt! Wenn der Bettvorleger noch dagelegen hätte, dann wäre es ja möglich gewesen, daß sie eben nur eine »Erscheinung« gehabt hätte, »ein Gesicht«, wie Kranold immer faselte.

Das »Gespenst« war inzwischen weitergegangen, dorthin, woher es an diesem Morgen gekommen war: von Steuermann Jens' Häuschen in Neu-Kölln am Wasser. Und überall, wo es vorbeikam, drückten die erstaunten Spreewinkler sich die Nasen an den Fensterscheiben platt oder lehnten sich neugierig weit hinaus, um ihm nachzublicken. »War der da . . .? Ja, sicher, das war doch der tote Juvivallera-Lorenzen! Dunnerwettsteen, was man nich alles noch erlebt, wenn man nich vorher sterbt!«

Auf dem kleinen Vorplatz vor Jens' Haus, von dem eine schmale Treppe steil hinaufstrebte, blieb der Matrose stehen, zog begierig die Luft ein wie ein witternder Jagdhund, denn es roch angenehm nach frisch gebranntem Kaffee und Tabak. Da tat sich die Tür ein wenig auf, und der Kopf des Steuermanns erschien in der Spalte: »So – du bist es, Lorenz! Ich hab' mir noch nich dran jewöhnt, daß hier jemand ins Haus kommt, ohne vorher zu klingeln, denn wozu ist das Dings sonst da?«

»Mach' ich dir Schererei – denn jeh' ich wieder!«

»Wat bist du aber jleich so wehleidig, wo ich dir doch jesagt habe, daß du hier wohnen kannst!«

»Klingelste denn auch, ehste ins Haus trittst?«

»Nee!«

»Warum soll ich dann also klingeln, wenn ich man bloß auf die Klinke zu drücken brauche? Det is mein Anstandsjefühl, wenn ich dir nich inkommodieren will!«

»Was haste denn da unterm Arm – nee, nich die Harmonika, das andere«, lenkte Jens ab.

»Mir hat da oben in die Kammer was vor meine Bettstelle jefehlt, da hab' ich's mir von meine liebe Anna jeben lassen!«

»Hat sie sich denn jefreut, daß du nu wieder da bist?«

»Kein Wort hat sie rausjekriegt – vor lauter Rührung!«

»Wat de nich sagst! Und die Rakete – die Lore?«

»Die hat mir in ihre Freude ins Ohr jebissen!«

»Na, und er, der Schuster?«

»Der hat mir jleich zu Kaffee und Kuchen einjeladen, aber ich habe jesagt, daß ich schon bei meinen ollen Freund Jens erwartet werde, der extra janz frischen Kaffee jebrannt hat!«

»Aber ich hab' doch den Kranold eben hier langjehen sehen!«

»Da wird er woll den Kuchen jeholt haben!«

»Er is doch aber nich wieder zurückjekommen!«

»Na – weil da kein Bäcker wohnt, is er eben andersrum jejangen!«

Jens stand da und sann über den Fall nach, der ihm doch noch nicht genügend geklärt zu sein schien.

»Ich jlaube, der Kaffee wird kalt«, sagte Lorenzen.

»Na, denn komm man 'rin, denn hilft det nischt, denn muß ich woll wirklich welchen kochen, wenn du so jieperst, denn ich hab' doch man bloß erst welchen jebrannt – für morgen, für'n Sonntag!«

Die kleine Stube war zugleich Küche. Über dem Herd, auf einem Bord, standen Teller und Töpfe – alle blitzsauber. Der Messingkessel, den Jens jetzt auf die Glut setzte, nachdem er noch ein paar Stücke Holz aufgeworfen hatte, funkelte, als wäre er eben aus der Werkstatt gekommen.

»Ja, so is das nu hier bei mir«, sagte Jens und wandte sich zu Lorenzen, der mit seiner Harmonika und dem Bettvorleger am Tisch saß und die Einrichtung betrachtete. »Ja, so is det nu hier bei mir – und was wirst du nu machen?«

»Icke?« Lorenzen hatte über diesen Punkt offenbar noch gar nicht nachgedacht. Er schien schon damit zufrieden zu sein, daß er zunächst mal hier gelandet und daß bis jetzt alles gut gegangen war. Denn als er gestern abend ankam, da war sein alter Freund Jens mehr verblüfft als erfreut gewesen und hatte manchen beleidigenden Verdacht geäußert, ehe er ihm Gastfreundschaft gewährt und ihm die Bodenkammer als Logis angewiesen hatte.

»Ja, was wirste denn nu machen – vons Fliegenfangen kannste doch nich leben?«

»Nee – aber ich hab 'ne Kruke mit peruanischem Balsam mitjebracht.«

»So – da werd' ich mir mal jleich nachher meine Stiebeln mit einschmieren!«

»Du, det is nischt fors Stiebelschmieren – haste denn nie nich wat von peruanischem Balsam jehört? Der hilft jejen alle Krankheiten, stillt Blut und vertreibt Reißmatichtich! Hühneraugen fallen aus wie Erbsen aus die Schote, Bandwürmer kommen von janz allein 'raus, wenn sie den Balsam bloß riechen, und wenn man sich den Kopp mit einschmiert, kriegt man Locken wie Absalom!«

»So – und weiter haste nischt mitjebracht?«

»Doch, 'ne janze Kiste mit Joldsand – ich meine natürlich 'ne Zigarrenkiste!«

»Denn biste also wohl ein reicher Mann?«

»Es langt vorläufig, wenn du nich zu ville für Kaffee und Quartier nimmst!«

»Ich will keinen Dreier von dir – det hab' ich dir ja schon jestern abend jesagt!«

»Dann is jut, denn den Joldsand möcht' ich vorläufig nich anrühren, der is die Aussteuer für meine Tochter!«

Das Kaffeewasser kochte. Jens ließ es durch den Beutel laufen, in eine braune Bunzlauer Kanne. Dann goß er die beiden Henkeltöpfchen voll. »So – da! Den Kuchen mußte dir zudenken!«

»Ja, ich werde an die Honigtorte denken, die ich mal auf Kap Hoorn vorjesetzt bekommen habe. Honig mit Rosinen, haste so wat schon mal jejessen?«

»Nee, aber sage mal: Kap Hoorn – welche Jejend is'n det?«

»Det weeßt du nich – als Steuermann?«

»Ich bin ja man bloß immer bis Stettin und Hamburg jekommen!«

»Dann kannste dir freilich auch nich vorstellen, wo det liegt, det läßt sich dann nich erklären, det is zu schwierig!«

»Und biste denn immer bloß uff Kap Hoorn jewesen – all die janzen Jahre?«

»Nee, das wär' mir doch zu langstielig jeworden – da sind ja man bloß Feuerländer, und die wilden Weiber jefielen mir nich, die waren mir doch zu feurig. Nee, ich bin dann nach den Äquator jejangen und bin immer rund um ihn rumjefahren, weil es da schön mollig is und ich mein Reißen loswerden wollte!«

»Hättste dir da nich lieber mit Balsam einschmieren können?«

»Mensch, den hatte ich doch damals noch ja nich, und als ich ihn hatte, war das Reißen schon lange weg!«

»Und wie war denn das mit dein Verschwinden – damals?«

»Det is mir selber 'ne Brezel! Eines schönen Morgens war ich eben plötzlich auf'm Schiff, das nach Südamerika ging!«

Jens Pfeife machte: »Pack – pack – pack!« Er blies dicke Rauchwolken aus und schien über den Fall nachzusinnen.

»Warum biste denn nun nich früher zurückjekommen?« fragte er schließlich.

»Warum hat Jott die Welt erschaffen? Mensch, ich hatte doch einen lebenslänglichen Kontrakt unterschreiben müssen, aber det kann ich dir jetzt nich so auseinanderklamüsern, det is ne janz lange Jeschichte, und ich will nu raufsteigen und die Kamurke aufräumen, daß ich ein bißken mehr Platz drinne bekomme. Jens, wat haste denn da alles oben verstaut?«

»Wußt ich denn, daß du mal drinnen schlafen würdest? Schmeiß mir bloß nischt weg – das kann man alles noch mal jebrauchen!«

»Die leeren Rumbuddeln könn'n mer doch verkoofen und det olle Papier? Und was willste denn eigentlich noch mit die villen kaputten Strümpe – kein Mensch kann die mehr stoppen, solche jroßen Löcher haben sie. Wie biste denn zuletzt noch drinnen jeloofen, ehste sie ausrangiert hast?«

»Ich hab' mit balangsiert – verstehste? Mit die Löcher bin ich eben nich uffjetreten. Schmeiß sie bloß nich weg, man kann sie auftrennen und die schöne Wolle zum Stoppen nehmen!«

»Kannste denn stoppen?«

»Du woll nich? Ein richtiger Schiffer muß alles können!«

»Dann werd' ich sie dir runterwerfen, dann kannst du sie ja auseinanderpolken und mir meine stoppen!«

»Du machst sonne Umstände, als wennste ein Frauenzimmer wärst!«

»Frauenzimmer sind die Krone der Schöpfung!«

»Der Deibel soll sie alle holen . . .!«

»Sag det nich, Jens! Die Weiber sind ein schönes und notwendiges Übel, ohne sie wären wir beide ooch nich auf die Welt!«

»Du vergißt die Männer – die haben ooch ihre Schuldigkeit zu tun!«

»Ja – da kannste ja recht haben, und sie tun es auch freudig und gerne!«

Als die Glocken am nächsten Tage zum Gottesdienst riefen, sagte Fräulein Lohr: »So, Kindchen, nu is ja alles beisammen, was ich etwa brauchen könnte. Gehen Sie man also in die Kirche und erzählen Sie mir nachher, was der Prediger gesagt hat. Ach, wenn ich doch selbst hinkönnte – aber es geht ja nicht mehr, nee, es will nicht mehr mit mir werden! Und wenn man dann aufsteht und rausgeht und danach wieder reinkommt, stört man bloß die anderen in ihrer Andacht – und es ist auch unschicklich. Wenn man alt wird, hat man nur Plage mit seinem Körper!« Fräulein Lohr goß sich eine Tasse Bärentraubentee ein, der gegen ihr Leiden helfen sollte, wenigstens nach Drogist Bertrams Versicherung, und setzte sich ans Fenster, um im Gesangbuch ein paar Choräle zu lesen und die Melodie halblaut vor sich hinzusummen.

Lore aber wippte davon, das in blauen Samt gebundene Gesangbuch, das sie zur Einsegnung von der Mutter bekommen hatte, mit der Hand an die Brust gedrückt, denn sie fand, daß das sehr fein aussähe. Ja, nun war sie doch wieder für das Feinwerden. Jetzt, da sie sogar ein eigenes Stübchen besaß und sicherlich später einmal den Putzladen übernehmen würde. Gleich brauchte das alte Fräulein ja nicht zu sterben – nein, das hätte auch Lore leid getan, außerdem wäre ihr dieser Todesfall ganz ungelegen gekommen, weil sie mit dem »Garnieren« noch nicht so »perfekt« war. »Oh, meine liebe Lore«, hatte das Fräulein erst gestern noch gesagt, und eine falsch angesetzte Samtschleife wieder abgetrennt, »oh, liebes Kindchen, Sie haben noch sehr viel zu lernen – die Putzmacherei ist eine große Kunst!«

Es war ein wundervoller, sonniger Tag, und Lore empfand seine Schönheit noch stärker in dem Frohgefühl, daß alles Schwere nun glücklich überstanden war – nach der Aufregung der letzten Woche –, und bei dem Gedanken, daß sie nicht da unten auf dem Spreegrund lag. Aber nun sollte sie in die finstere Kirche, wo es immer so modrig roch? Trotz inneren Widerstrebens ging sie doch weiter, wollte sich wenigstens den Anfang der Predigt mit anhören, um Fräulein Lohr nachher etwas berichten zu können. Dann aber – das war ihr Entschluß – wollte sie rasch hinaus, nach den Linden, wo um diese Stunde so viele bunte Studentenmützen zu sehen waren.

In dem stillen Kirchenwinkel, auf dem ehemaligen, nun längst zum Schmuckplatz gewordenen Friedhof, hörte man schon das Brausen der Orgel – das Vorspiel hatte eben begonnen. Rasch wollte Lore hinein, doch da blieb sie verdutzt stehen. Auf einer Bank zwischen den Fliederbüschen saß im Sonnenschein ein Mann mit einer Ziehharmonika. Das wäre nun nicht so etwas Besonderes gewesen, wenn dieser Mann sich nicht die Bank mit einem Bettvorleger gepolstert hätte, der ganz genau dem von Mutters Bett glich. Jawoll! An den vier Ecken waren genauso grellrote Stoffflecken wie bei dem zu Hause, sie stammten von einem Kleid, das Lore einmal getragen hatte. Der Matrose – ja, es war doch wohl ein Matrose, kniff, als sie ihn so anstarrte, das eine Auge zusammen, nickte wie ein guter alter Bekannter und sagte: »Juvivallera . . .!« Da setzte in der Kirche der Gesang der Gemeinde ein, Lore hastete durch das Portal, ließ sich gleich auf der ersten Bank bei der Tür nieder.

Sonderbar verwirrt war sie durch diese Begegnung mit dem recht armselig aussehenden Matrosen, vermochte sich aber diese Erregung selber nicht zu erklären. Doch plötzlich ging es ihr siedendheiß durch den ganzen Körper. Wie im Traum so deutlich sah sie die alte, verblaßte Photographie vor sich, die bis zur Verheiratung der Mutter mit Schuster Kranold über ihrem Bette gehangen hatte, das Bild ihres Vaters mit der Unterschrift: »Juvivallera«. Und nun hatte doch der fremde Matrose da draußen dasselbe gesagt . . . Lore hatte keine Ruhe mehr, obwohl sie das »Befiehl du deine Wege« so laut und kräftig, wie sie nur konnte, mitsang. Sie wartete nur den Schluß der Liturgie ab und das Erscheinen des Geistlichen oben auf der Kanzel. Als der Prediger dann begann: »Der Text des heutigen Tages steht geschrieben . . .«, da merkte sie sich Kapitel und Vers im Johannesevangelium ganz genau, um sich nachher selbst für Fräulein Lohr eine Predigt zurechtmachen zu können – das würde schon gehen.

Auf Zehenspitzen schlich sie hinaus, warf aber in der Vorhalle statt der Kupfermünze einen ganzen Silbergroschen in die dort stehende Messingsammelbüchse. Wo aber war der merkwürdige Matrose . . .? Niemand saß mehr in der Anlage. Die Bank war leer – kein Bettvorleger. Trotzdem ging Lore näher heran. Was war denn das? Da war doch in das braune Sitzbrett ein ganz frisches Monogramm geschnitten worden, das durch seine helle Farbe sofort auffiel. Ein verschlungenes »L. L.«, was also sowohl Lore Lorenzen, aber auch Lorenz Lorenzen bedeuten konnte – und so hieß doch ihr toter Vater. Der tote Vater . . .? Sollte sie zur Mutter? Der Stiefvater war ja jetzt, das wußte sie, bei den »Erweckten«. Aber als sie an die Mutter dachte, schwach und verhärmt von dem, was sie wahrscheinlich mit ihrem Mann auszustehen hatte, da verging ihr aller Mut. Nein, das brachte sie nicht übers Herz, die Mutter jetzt aufs neue zu ängstigen. Denn wenn dieser Matrose nun doch kein Geist war, wenn er etwa wirklich gar – dann lebte die Mutter ja jetzt in Bigamie! Und das war etwas so Schändliches und Furchtbares, daß man dafür ins Gefängnis kam. Agnes Bertram hatte es ihr früher einmal ausführlich erklärt, denn die hatte einen Onkel, der sogar »Bigamie« getrieben hatte und deshalb lebenslänglich eingesperrt worden war, damit er es nicht wieder tun konnte. Nein – die arme Mutter würde früh genug ihr Unglück erfahren, falls es auf diesem alten Kirchhof hier nicht bloß gespukt hatte. ›Aber det is ja man alles Quatsch‹, sprach sie zu sich, ›mein armer Vater ist doch tot, warum soll nicht auch ein anderer mal Juvivallera sagen und eine Harmonika haben?‹ Freilich – der Bettvorleger mit den roten Ecken . . .? Ach, auch das würde sich ganz natürlich erklären. ›Is alles Quatsch!‹ Am besten, einen Spaziergang machen, bis die Kirchzeit vorüber war. So nahm sie den Weg durch die Breite Straße nach den Linden, in der Hoffnung, vielleicht Kapitän Gundermann zu treffen und seine Ansicht über den Fall zu hören. Er, der alte Seebär, mußte ja wissen, ob so etwas vorkommen konnte, daß ein »für tot Erklärter« nach so

langer Zeit wiederkäme, und was man dann eigentlich mit solchen Leichen machte.

Freilich – daß es sich um ihren Vater handeln könnte, wollte sie verschweigen. Denn viel Staat zu machen war ja nicht gerade mit solch einem Vater, der mit einem alten Bettvorleger und einer Ziehharmonika sonntags durch die Straßen zog.

Nein, Kapitän Gundermann war nirgends zu sehen. Nun kam sie unter die im jungen Grün prangenden Linden. Gummiequipagen flitzten dahin. Ach – und die vielen Studenten, die nach dem Frühschoppen ihren Bummel machten. Nein, das Gesangbuch sollte sie lieber nicht so zeigen. Denn wenn die Studenten es beim Vorbeigehen sahen, lachten sie Lore so komisch an, drehten sich nach ihr um, sie merkte es doch, ohne daß sie den Kopf wandte. »Holdes Gretchen – Ihr ergebener Doktor Faust«, hatte eben einer zu ihr gesagt und mit einer Verbeugung gegrüßt, und wie auf Kommando zogen dann auch seine Freunde ihre bunten Mützen. Dort drüben war die Passage mit dem Panoptikum. Von dem breiten Promenadenweg konnte man ganz gut hinter den hohen Spiegelscheiben die Köpfe von ein paar Wachsfiguren erspähen. Im Schaufenster von Castan, erinnerte sich Lore, war doch immer eine Wachsfigurengruppe ausgestellt: »Miriam findet das Mosesknäblein im Schilf.« Vielleicht war heute etwas Neues da; sie hatte ja schon so lange nicht mehr vorbeigeschaut. Jedenfalls mußte sie jetzt heim und konnte ganz gut den Rückweg durch die Passage nehmen. Etwas Neues war zwar zu sehen, aber nichts Interessantes. »Bismarck und Napoleon« stand auf dem Schild. Also dann rasch nach Hause. Sie mußte ja auch noch den Vers im Neuen Testament nachschlagen, um für Fräulein Lohr eine Predigt machen zu können ...

Da – hinter ihr plötzlich eine Stimme: »Hab' ich nicht das Vergnügen, Sie zu kennen, mein Fräulein? Perkholz ist mein Name, stud. jur. Johannes Perkholz!«

Lore war zusammengezuckt, hatte sich umgedreht. Ja, freilich, sie erkannte ihn sofort wieder – Lili Sempers Vetter, mit dem sie damals Schlittschuh gelaufen war und der sie durchaus hatte küssen wollen, in der Konditorei, wo dann plötzlich der Weihnachtsbaum umgefallen war ...

Doch sie sah ihn kalt an, von oben bis unten: Wahrhaftig, er trug noch immer Stege an den Hosen. Rasch ging sie davon und war bald am Ausgang der Passage. Aber der Student blieb ihr scharf auf den Fersen. Bums, da entfiel ihr das schöne Gesangbuch. Sie bückten sich beide gleichzeitig und stießen mit den Köpfen zusammen.

Johannes Perkholz aber hatte das Büchlein erfaßt und überreichte es ihr mit einer leichten Verbeugung: »Es war mir eine Ehre – holde Eisfee!«

»Danke schön!« Lore machte, daß sie weiterkam, doch er hielt sich nun an ihrer Seite.

»Das Schicksal hilft mir . . .«

»Ja, Sie haben Schwein«, unterbrach ihn Lore gereizt, »wenn Sie jetzt aber denken, ich hab' das Jesangbuch mit Absicht fallen jelassen, dann irren Sie sich, dazu is es mir doch zu schade!«

»Und ich hatte so gehofft, daß es so wäre . . .!«

»Ihnen pickt det woll!« Sie tippte sich auf die Stirn und sah ihn erbost an.

»Sie sind in Berlin geboren?«

»Und Sie woll in Buxtehude?«

Er strahlte übers ganze Gesicht. »Wie gut wir beide uns wieder unterhalten. Sonst fällt mir die Konversation mit jungen Damen immer so schwer, aber mit Ihnen kann man freiweg von der Leber sprechen!«

»Wird Ihnen wohl bald 'ne Laus drüber laufen!«

Er lachte fröhlich und unbekümmert, und da mußte sie unwillkürlich mitlachen, denn er gefiel ihr eigentlich ganz gut. Er hatte so etwas Flottes in seinem Wesen.

»Soll ich Ihnen einen feinen Witz erzählen?« fragte er.

»Lieber nich – so schnell jeht das bei mich nich wie bei die Agnes Bertram!«

»Die hat sich ja mächtig entwickelt . . .«

In diesem Augenblick zuckte Lore jäh zusammen: Dort vorn, an der nächsten Straßenecke, stand der Matrose mit der Harmonika und dem zusammengerollten Bettvorleger, wie ein armer Musikant. Das Herz pochte dem Mädel zum Zerspringen, als sie an ihm vorbeiging, sie konnte es nicht lassen, ihn anzusehen.

»Juvivallera!« sagte er, aber so leise, daß nur sie es hören konnte. Da war es ihr, als müsse sie umkehren, ihm die Hände auf die Schultern legen, ihn fragen: »Bist du es wirklich – Vater?« Doch zugleich erschien ihr das alles wieder so unglaublich, daß sie die Kraft nicht aufbrachte, ihrem Empfinden nachzugeben. Als sie sich aber doch umwandte, starrte er ihr noch immer nach, und da rief sie »Juvivallera« zurück. Der Fremde nickte mehrere Male, so, als sei nun alles in Ordnung.

Wenn sie jetzt doch allein wäre und sich nicht vor dem Studenten so schämte!

»Komischer Kauz«, sagte Johannes Perkholz.

»Warum – wie meinen Sie denn das?« fragte Lore hart.

»Na, der sieht doch nicht gerade so aus, daß man ihm ›Juvivallera‹ zurufen könnte! ›Ach, du lieber Augustin‹ – das hätten Sie singen sollen! Ja – aber ich wollte Ihnen doch einen Witz erzählen. Kennen Sie den von der Tante und ihrer Nichte, die so fein waren, daß sie statt Haut immer Teint sagten, und die sich darum auch auf den Bärenteint legten?«

Lore hörte nicht auf sein Geschwätz. Sie blieb an der nächsten Straßenkreuzung stehen und sagte: »Weiter jeht's nich! Adje – leben Sie sowohl als auch und jrüßen Sie Ihre Kusine Lili von mir!«

Verdutzt sah er ihr nach, wie sie eilig davonlief.

8

»Und det soll peruanischer Balsam sein ...?« sagte Steuermann Jens kopfschüttelnd. »Nee, Lorenzen, da jeh mal mit bei Barbier Quarge und frage den, und dann wirste ja hören, daß das man bloß einfaches Schmalz is, det bei Zimt jelegen hat! Und det da, in die Zigarrenkiste, is auch kein Joldsand nich, wenn's auch noch so blinkert. Joldsand müßte ville schwerer sein – sonne Kiste voll könnt' ich dann ja nich auf die ausjestreckte Hand balangsieren!«

»Laß ihr man nich fallen«, sagte Lorenzen, nahm ihm die Kiste rasch weg und verschloß sie wieder in seinem Seehundsfellkoffer, der unter dem Bett stand.

»Ich jlaube, deine Hammonika is das Wertvollste, was du vom Äquator mitjebracht hast!«

»Du bist ein Dusseltier, Jens! Wenn alle so dämlich wären wie du, dann brauchte ich nich sonne Angst zu haben, daß mir die Balsamkruke und die Kiste mal jestohlen wird. Laß dir man jesagt sein: Für eene eenzje Unze von den Joldsand hat mir ein oller Trödler in Hamburg die Hammonika verkooft und mir noch zwee Silbertaler zujejeben!«

»Sooo?« Jens' Pfeife machte wieder »pack – pack – pack«. Endlich fragte er: »Wie ville is denn 'ne Unze?«

»Wenn du in die kleine Hälfte von ein Kaffeelot mit zwee Finger 'ne Prise von den Joldsand reintust – det is dann eine Unze!«

»Wozu brauch' ich ein Kaffeelot, wenn ich mit zwee Finger 'ne Prise nehme?«

»Mensch, du kannst ihr doch nich ejal mit die Finger halten, die Prise, dazu brauchste doch det Kaffeelot.«

»Ein oller Trödeljude, sagst du?«

»Ein Mann mit langem weißem Bart – gerade wie Moses!«

»Moses ...? Der da janz vorne in die Bibel? Woher weißte denn, wie der ausjesehen hat?«

»Ich habe mal in eine olle Bilderbibel ein Bild von ihm jefunden, wo er mit die beiden Schiefertafeln von dem Berge Sinai runterkam. Über ihm war ein dreieckiges Auge mit Strahlen, wenn du's nich jlaubst, denn anners kann ich mir so wat nich ausklabiestern. Daher kenne ich Moses mit den langen Bart, und der olle Trödeljude hatte jenau solchen und war auch so jescheit wie Moses. Wenn der also das Zeugs da in die Kiste für Joldsand jehalten hat, is's ooch welcher, da kannste Jift drauf nehmen! Wat bist du aber eigentlich so mißtrauisch jejen mir, Jens?«

»Weil ich mit Schuster Kranold jesprochen habe ... Der erinnert sich nich, daß er dir neulich zu Kaffee und Kuchen injeladen hat, denn wenn auch alle andern wissen, daß du nu wieder retour bist, jlaubt er, daß deine Auferstehung von die Toten doch ville zu früh jekommen is!«

»Und der Bettvorleger?«

»Weeß ich denn, ob der wirklich auch von das Bette von deine Olle is?«

Lorenzen, der am Fenster seiner Kammer saß, blickte schweigend hinaus, und Jens' Tonstummel machte sein düsteres »Pack – pack – pack«. Aber plötzlich guckte Lorenzen schärfer auf die Straße, denn da kam ein blondes, junges Mädel daher, blieb vor dem Häuschen stehen und suchte in die Parterrefenster zu blicken.

Lore hatte es inzwischen von allerlei Leuten gehört, daß ihr Vater wieder heimgekehrt sei, da gab es ja nun keinen Zweifel mehr, wer der merkwürdige Matrose war.

»Kennste die da unten?« fragte Lorenzen den Steuermann.

Jens beugte sich hinaus. »Die da, na ja doch, die werd' ich ja woll kennen – det is doch die Rakete!«

»Frag ihr mal, ob det Ding da ihrer Mutter Vorleger ist.«

Jens steckte zwei Finger in den Mund und stieß einen gellenden Pfiff aus. Als Lore ganz überrascht hinaufsah, schwenkte Lorenzen den Vorleger und fragte: »Kennst du det Kirchdings hier – woher is's?«

»Von Mutters Bette!«

»Und kennste den hier?« Jens drückte Lorenzens Kopf gewaltsam zum Fenster hinaus.

»Det is doch mein Vater!« schrie sie.

»Juvivallera – Lore, komm 'ruff! Oder – nee, warte, ich komme 'runter!«

Jens stand oben an dem Dachfenster und grinste übers ganze Gesicht, als er die beiden engumschlungen gerade wie Liebesleute stehen sah.

»Reiß ihr man bloß den Kopp nich ab!« rief er lustig hinunter.

»Vater – Vater!« Nur das eine Wort brachte Lore in ihrer Aufregung heraus, ließ ihn dann aber plötzlich los und starrte ihm ins Gesicht. »Biste aber ooch wirklich mein Vater?«

Lorenz griff an seine Brust, zog unterm Hemd eine Medaillonuhr hervor, öffnete sie mit dem Daumennagel. Ein winziges, ganz verblaßtes Bild war darin, aber sie erkannte sofort ihr Kindergesichtchen. Es war ja der Ausschnitt einer Photographie, die daheim in dem roten Plüschalbum steckte, ein Bild, das die Mutter als junge Frau und Lore als zweijähriges Mädchen zeigte.

Von dieser Aufnahme lag noch eine andere lose hinten im Album, und bei dieser fehlte das Kinderköpfchen. Es war säuberlich herausgeschnitten worden. Hier sah sie es in dem Medaillon wieder.

»Bleibste nun hier, Vater, oder jehst du wieder weg? Was wird denn nu aus die arme Mutter? Det is doch Bigamie . . .!«

»Ich bin tot – mausetot! Da is det keine Bigamie nich, ich hab' mir bei den Konsul in Hamburg alles erklären lassen – da kann ihr also gar nischt passieren!«

»Warum biste denn nich früher zurückjekommen, warum haste überhaupt wegjemacht?«

»Uffjeblühte Rose du! Es war Herbst dazumal, die Störche und Schwalben zogen woanders hin – da hat's mir ebenso jezogen!«

»Und wenns nu wieder Herbst wird?«

Er schüttelte düster den Kopf: »Ick bin leck, kann det warme Klima nich mehr vertragen – am Äquator bin ick zuletzt man immer mit 'ner Eisblase uff'n Kopp rumjeloofen!«

»Vater – du mußt bei Muttern kommen!«

»Ich bin ja schon bei se jewesen! Da«, er deutete zum Dachfenster hinauf, aus dem Jens den Bettvorleger wie eine Fahne hinaushielt, »da, den hat sie fallen lassen, die Flagge jing nieder – ick bin tot für sie, hat sie damit jesagt!«

»Nee – nu lebste, Vater, nu mußte bei ihr kommen! Herr Jens, schmeißen Sie mal det Ding 'runter, wickeln Se's aber 'n bißken in! Vater – nu hör mal zu: Heute abend, wenn ich im Laden fertig bin, jeh' ich nach Hause, wenn ich dann das Fenster aufmache oder an die Scheibe bumse, kommste 'rein, dann is's soweit. Ach Jott, Vater, wie mir komisch is, als wenn ich aufs Karussell jefahren bin!«

Jens warf wirklich den zusammengerollten und eingewikkelten Bettvorleger hinunter, und Lore hob ihn auf.

»Also, Vater, wirste kommen – so um sieben 'rum?«

»Ich werd' mir feinmachen und da sind, uffjeblühte Rose, aber ob ich damit Muttern eine jroße Freude machen werde, is mir noch 'n bißken windschief!«

Um dieselbe Stunde, da dies geschah, hatte der Kahn des Pelterschen Ehepaars vor dem Hause in der Friedrichsgracht angelegt, und die beiden waren, nach langer Zeit, wieder einmal zum Kaffeebesuch gekommen.

»Nanu – wat is, wat is?« fragte Frau Pelter. »Wat machen Sie denn for'n Jesicht, Lorenzen? Jott, ich sage immer noch Lorenzen – ich werd' mir woll nie an den Kranold jewöhnen!«

»Wissen Sie noch, Frau Pelter, Ihre Prophezeiung von's letzte Mal . . .?«

»Nee, was habe ich denn da Schönes prophezeit?« Frau Pelter hängte das rote Kopftuch an die Türklinke und schielte zum Kochherd.

»Zwei werden kommen – aber der zweite kommt ville später, haben Sie jesagt!«

»Einer is doch ooch jekommen, das is also richtig jewesen«, suchte Herr Pelter die Wahrsagung seiner Frau zu verteidigen. Er hatte sich in den Winkel gesetzt und zündete seine Pfeife an.

»Ich sage ja ja nischt jegen, is ja alles janz genau injetroffen, denn nu is wahrhaftig noch der zweete jekommen!«

»Zu spät!« sagte Frau Pelter bestimmt. »Jetzt sind Se ja schon so lange wieder mit Kranolden verheiratet – nee, nich zu machen!« Sie sah sich um, ob der Kaffeekessel auf dem Feuerloch stand. Ja, das Wasser begann bereits zu sieden. Da setzte sie sich beruhigt an den Fensterplatz, wo in einer Zigarrenkiste ein paar Petersilienwurzeln grünten, und bestätigte nochmals: »Nee, nu is zu spät – oder hätten Sie denn den jetzt lieber jehabt als den Schuster? Was für einer is det denn?«

»Wenn Se det ahnten, Frau Pelter! Ich merk' ja schon, Sie wissen noch von nischt – haben woll auch nischt jehört?«

»Nee, ich bin ja nich so neugierig! Bloß was ich sagen wollt', wo is denn Lore – woll ins Jeschäft?«

»Ja, und sie wohnt ja jetzt janz und jar bei die olle Putzmachern!«

»Is auch besser so«, bestätigte Frau Pelter, »da looft sie keene Schuhsohlen ab nachs Jeschäft, obschonst die ja nischt kosten täten, wenn Vater Schuster is!«

»Wenn er man schusterte!« Die Mutter seufzte.

»Ich hab's Sie's ja jleich anjesehen, det da wat nich richtig is«, sagte Frau Pelter mitleidig. »Man hört ja ooch allerlei, wie is denn det bloß jekommen – mit det Frommsein?«

»Er hat ein Jesicht jehabt – 'ne Erscheinung! Und da is er bei die ›Erweckten‹ jejangen, wo der Joseph von die Heilsarmee bei is – wissen Se, der nu selber 'ne kleine Heilsarmee jejründet hat, weil er sich selbständig machen wollte. Na, und die haben denn Kranolden jesagt, daß er jetzt reif für die Jemeinschaft is – ja, so is's jekommen!«

»Wer is denn da alles noch bei?« fragte Herr Pelter aus der Ofenecke.

»Vater, red doch nich immer zwischen«, ermahnte ihn seine Frau.

Frau Kranold setzte die Kaffeekanne auf den Tisch und goß die Tassen voll. »Wer alles bei is? Ach, es sin ja man bloß nur 'n paar janz wenige, und darum rennt Kranold doch den janzen lieben langen Tag 'rum, um noch'n paar zu bekehren – wenigstens zwölfe sollen det doch sein!«

»Keine Frauen bei?« fragte Herr Pelter.

»Vater, nu laß ihr man doch mal ruhig erzählen!«

»Nee – keene Frauen bei!«

»Dann macht's ja auch keenen Spaß«, sagte Frau Pelter. »Wenn sie Frauen bei hätten, wäre det Dutzend bald voll. Wer is denn nu der Oberste?«

»Sie sagen, eener is jenauso ville wie der andere, aber der Heilsarmee-Joseph is woll doch der Oberste!«

»Na ja – so is det nu«, meinte Frau Pelter, »der Mensch muß eben wat haben, aber es darf nich auswachsen wie bei Kranolden!«

So unterhielten sie sich weiter, aber während der ganzen Zeit brannte es Frau Kranold auf der Zunge, von dem toten und nun wieder lebendig gewordenen Mann zu sprechen. Und in etwas Belangloses, das Frau Pelter erzählte, platzte sie schließlich mit der Bemerkung hinein: »Ich hab' auch 'ne Erscheinung jehabt – nämlich den Zweiten . . .«

»Nu – wenn's bloß 'ne Erscheinung war«, sagte Herr Pelter, »so wat hab' ich sehr oft vors Einschlafen. Ich glaube aber, det kommt daher, weil ich mal als kleener Junge die Treppe runterjefallen bin und auf jede Stufe mit den Kopp uffjebullert habe!«

»Nee, meiner stand am hellichten Tag da unten ans Spreegeländer – aber det war ein Toter!«

»Tote können doch nicht stehen, wenn's 'ne Wasserleiche war«, meinte Frau Pelter kopfschüttelnd.

»Nee, es war einer, den se bloß für tot erklärt haben!«

»Wat denn, wat denn – wie denn, wo denn?« Frau Pelter, die eben trinken wollte, überstürzte sich fast und ließ überrascht die Hand mit der Kaffeetasse sinken. »Lorenzen – Sie meenen doch nich etwa gar . . .?«

Anna nickte, wandte sich ab.

»Was meint sie?« fragte Herr Pelter.

»Nu sei mal still, Vater, red jetzt nich immerfort zwischen! Det wäre ja jelacht – det wäre ja natürlich 'ne janz dolle Jeschichte! Hat er denn was jesprochen oder jesagt?«

»›Juvivallera‹ hat er jesagt und sich den Bettvorleger mitjenommen, den ick in mein' Schreck aus'n Fenster habe fallen lassen!«

»›Juvivallera‹ hat doch immer ihr Erster jesagt – wie kommt ihr denn nu auf den?« konnte Pelter sich nicht enthalten zu sagen.

»Sei doch man still, Vater! Red doch nich immerfort

mang«, fuhr ihn seine Frau an. Und halblaut zu Frau Lorenzen: »Denn war er's ooch, und wenn er jar was mitjenommen hat, na – denn kommt er ooch wieder. Jeben Sie mir doch mal den Kaffejrund 'rüber, Lorenzen!«

Obwohl der gemahlene Kaffee durch einen Beutel gebrüht worden war, hatte sich in der Kanne doch noch ein feiner Satz gebildet. Frau Pelter schüttete ihn in Frau Kranolds Tasse und betrachtete aufmerksam und sichtlich aufgeregt die schwarzen Pünktchen.

»Ja, du lieber Jott, Lorenzen«, seufzte sie, »det wird ja 'ne schöne Jeschichte werden – ach, ich sag' schon! Sehn Sie mal selber her: Hier, die beiden Dicken – das sind Sie und der Schuster Kranold. Aber da is nu noch so'n Dicker, und wenn ich mit der Tasse hin und her kippe, dann rennt er immer um Se beede 'rum – sehen Se? Und det is er, an den Sie jetzt jrade denken! Die vielen andern kleinen Punkte jehen Sie nischt an, das sind die Leute aus dem Spreewinkel – bloß der da noch, der eine noch, der kleine, fixe, das is Ihre Lore. Kieken Sie mal bloß jenau hin, die rennt ejal auf den Dicken zu. – Na, was sag' ich, nu haken sie beide zusammen!«

»Was soll ich bloß machen, Frau Pelter, ich hab' ja so furchtbare Angst!«

»Wovor denn? Bange machen jilt jar nischt!« beruhigte Frau Pelter.

»Wovon snackt ihr man bloß eigentlich?« erkundigte sich ihr Mann.

»Ob du nich immerfort dazwischenreden mußt, Vater – janz schrecklich is das mit dir! Trink du deinen Topp aus, wir müssen weiter!« Sie stand auf und band sich ihr Tuch energisch fest um den Kopf. »Wenn Sie mir etwa brauchen sollten, Lorenzen, jeben Sie mir jleich Bescheid. Und höre ich was – denn laß ich was von mir hören, komm, Vater!«

Schuster Kranold saß allein am Tisch und aß sein Abendbrot. Seine Frau stand vor der blechernen Abwaschschüssel und putzte noch Gabeln und Messer, denn mit dem Geschirr war sie fertig. Sie selbst hatte längst gegessen; sie wartete nicht mehr auf ihren Mann, wie früher, als er noch pünktlich aus der Werkstatt zu kommen pflegte. Ganz gegen seine Gewohnheit war er heute schweigsam und blickte finster vor sich hin, vergaß sogar in seiner Vertieftheit, das mit gehacktem Schnittlauch bestreute Brot zu salzen.

Frau Kranold, die ihn heimlich beobachtete, bemerkte das wohl, sagte aber nichts. Wenn es ihm auch so schmeckte, um so besser, dann sparte man Salz, und Salz kostete Geld. Aber nun war Kranold fertig, sah seine Frau an, als wollte er etwas sagen, unterließ es jedoch, als er ihr abweisendes Gesicht bemerkte. Sie nahm ihm Teller und Messer weg.

»So, nu kann ich ja noch mal anfangen, wo ich eben fertig war!«

»Es gibt größeres Unglück in der Welt als det«, sagte er sanft und bedeutungsvoll.

»Sprich doch wie'n vernünftiger Mensch, wenn du mir etwa wat zu sagen hast!«

»Warum soll ich dir denn unruhig und verzagt machen!«

»Aber ich werde dir unruhig und verzagt machen«, sagte sie scharf, »heute, wo du endlich mal zu Hause bist, müssen wir darüber reden!«

»Wenn du es weißt, ich weiß es auch, und im Kartoffelkeller wissen sie es und im ›Nußbaum‹. Verzagt und unruhig bin ich schon, da brauchste also ja nich nachzuheizen, das wird der Herr Juvivallera schon besorgen und uns beiden die Hölle heiß machen. Als ich mein Jesicht jehabt habe, hab' ich jleich jewußt, was für'n Kreuz über uns kommen würde, und hab' meinen Lebenswandel jeändert. Hättest du es auch jetan, dann wär' der Kelch an uns vorüberjejangen!«

»Na also – nu bin ich schuld dran! Nee, so was! Hätte ich nich jearbeitet, det mir das Blut unter die Fingernägel vorjespritzt wäre, hätten wir nischt zu essen jehabt. Hättste deine Schuldigkeit jetan, wären wir auch nich so auseinanderjekommen, brauchten uns jetzt nich zu zanken, sondern könnten beide überlegen, was wir nu eigentlich machen sollen!«

»Du siehst eben nicht den Balken in deinem Auge, Frau! Sprächst du lieblich und sanftmütig zu mir, so wäre kein Unfrieden im Hause. So aber sage ich mir: Lasset die Toten ihre Toten begraben!«

»Der is aber man bloß scheintot jewesen!«

Draußen wurde an die Tür geklopft. Sie sahen sich beide erschrocken an.

»Nanu . . .?«

»Mutter, mach mal uff, ich muß mir wat holen!«

»Um Jottes willen, wenn nu bloß nich auch noch wat mit des Meechen los ist!« Frau Kranold schloß auf, und Lore trat ein, eine Rolle unterm Arm.

»Ju'n Abend!«

»Was is denn? Is was passiert . . .?«

»Nee, ich wollte bloß fragen, ob ich nich das eine lose Bild hinten aus'm Photographiealbum kriegen könnte?«

»Und deswegen kommst du jetzt her? Läßt dir denn das Fräulein Lohr so auf'n Abend noch rumstrolchen?«

»Ich hab' ihr jesagt, ich wollte mal wieder bei meine liebe Mutter jehen, und zum Beweis, det ich ooch hier jewesen bin, möchte ich det Bild mitbringen!«

»Nimm dir's man selber aus die Kommode!«

Schuster Kranold hatte sich nicht gerührt. Er stierte Lore an und sah nun finster zu, wie sie in der Schublade wühlte.

Jetzt hatte sie endlich das Album gefunden, nahm das Bild heraus und betrachtete es traurig. »Nanu, warum bin ich denn hier ohne Kopp? Wer hat denn den abjeschnitten?«

»Det is schon lange her, das weeß ich nicht!«

»Und weißte auch nich, wo der Kopp hinjekommen is?«

»Nee!«

»Aber ich weiß es, Mutter!«

»Na, da weeste ooch was Rechtes!«

»In ein Medaillon is es, in jenauso einer Medaillonuhr, wie du von deine tote Schwester hast – und die trägt jemand unters Hemde auf die bloße Brust!«

»Wer is denn nu endlich der Jemand?« Frau Kranold hatte sich setzen müssen, weil ihr plötzlich die Füße wieder schwach wurden.

»Vielleicht kennste ihn, er hat mir das hier mitjejeben.« Sie riß das Papier von der Rolle und hielt der Mutter den Bettvorleger hin. Da sprang Schuster Kranold, der wie ein Raubtier auf der Lauer gesessen hatte, auf.

»Was soll det – wo kommt det Ding her?«

Zum ersten Mal wandte sich Lore ihm zu. Und ganz langsam sagte sie nun: »Von meinem Vater, denn er is jetzt wiedergekommen . . .«

»Een Betrüger is es, der sich für ihn ausgibt – bei der Polizei werde ich'n anzeigen, wenn ich'n erwische.«

Mit einem Satz war Lore am Fenster und schrie hinaus: »Juvivallera!«

Die Mutter riß sie vom Fenster weg und schlug es zu, aber da hatte Lore schon die Tür aufgemacht, und herein trat Lorenz Lorenzen.

»Hier, Vater, der da – der dort, der möchte dir jerne erwischen!«

»Hebe dich weg – Satanas!« schrie ihn Kranold an.

Lorenzen ging wuchtig und schwer auf ihn zu, zeigte auf den Stuhl und sagte in aller Ruhe: »Da setze dir hin, Männeken – verstehste!«

Kreidebleich geworden, klappte Schuster Kranold zusammen, als ihm Lorenzen auch noch den Stuhl in die Kniekehlen schob. Und nun wandte sich Lorenzen an seine Frau: »Ick bin im juten jekommen, Anna, ick bin kein Deibel und hebe mir janz alleine weg, ohne daß mir kommandiert wird. Ich bin ja ein toter Mann und hab' hier nischt zu suchen, bloß det du dir keinen andern jenommen hast, als gerade den da, det hab' ick nich von dir erwartet! Du hast doch als Meechen und junge Frau immer wat vorjestellt – siehst ooch heute noch janz schnuddlich aus!«

Sie weinte laut auf: »Jeh weg, Lorenz, jeh bloß wieder weg!«

»Weine dir aus, Anna, mach los! Det hat dir immer jutjetan, dann warste nachher sanft wie ein Täubchen!«

»Vater, setz dir doch«, bat Lore.

»Uffjeblühte Rose, siehste woll, wie ick mir fein jemacht habe? Selbst einen joldnen Ohrring hab' ick mir in'n Horchlappen jesteckt. Ich dachte, ick kriege hier 'ne schöne Sülze mit Bratkartoffeln, wie sie Mutter immer so jut jemacht hat! Und nu kolkt mir der da an . . .«

»Vater, setz dir doch!«

»Wo soll ich mir denn setzen – is doch kein Stuhl mehr da! Und nebenan in die jute Stube is ja dunkel!«

Die Mutter stand auf, ging zu Kranold. »Es ist das beste, wir sprechen uns mit ihm aus!«

Als er nickte, ging sie nach nebenan und zündete die Milchglaslampe an, aber der Docht erlosch wieder, als sie den Zylinder aufsetzen wollte, weil sie in ihrer Aufregung vergessen hatte, das gehäkelte Mützchen abzunehmen. Doch bald brannte die Lampe, und nun schoben sich die beiden Männer, Lorenzen voran, durch die Tür. Lore ging auf Fußspitzen hinterher – es kribbelte ihr vor Wonne in allen Gliedern, denn sie war ja wirklich stolz auf diesen großen, starken Mann, der also ihr richtiger Vater war, der jetzt nicht wie ein armseliger, abgerissener Matrose aussah, sondern wie ein weitgereister Seemann. Nur den Ohrring hätte er sich nicht anmachen sollen, aber das tat man wohl in fremden Ländern bei besonderen Gelegenheiten.

»Setzt euch beide mal aufs Sofa«, sagte die Mutter mit zitternder Stimme. Kranold hatte es schon für selbstverständlich gehalten, daß er dort sitzen müßte, Lorenzen aber blieb stehen.

»Nee, Anna, det is dein Platz, ick setz' mir auf kein Sofa nich, ick muß hart sitzen!«

»Denn also hier«, sagte sie und wies auf den Stuhl neben Lore, die schon saß und wie ein neugieriges Rotkehlchen von einem zum anderen sah.

»Vater, fang man an«, ermunterte sie, da keiner sprach.

»Ja, aber wo soll ick anfangen? Ich kann nur sagen, daß mein Leben buntscheckig wie eine Kuh jewesen is, seit ick von die Zille 'runter bin. Ja – na, und nu bin ick also wieder hier, bin aber ein toter Mann. Is mir janz recht, ein Toter braucht keine Steuern zu zahlen!«

»Sie nehmen's von die Toten und von die Lebendigen«, sagte Schuster Kranold düster.

»Dadrum wollte ick eben meinen Totenschein haben, desterwegen bin ick hergekommen!«

Die Mutter hob abwehrend die Hand. »Ich hab' ja damals was vom Jericht bekommen, aber das sah janz anders aus wie die Totenscheine von meine Eltern. Und ich weiß auch ja nich, ob ich das olle Papier noch habe!«

»Det wird sich schon finden«, sagte Lorenzen, »es braucht ja nich jleich zu sein! Papiere sind immer weg, wenn man sie braucht, det weeß man ja. Während die janzen Jahre haben sie mir überall nach meine Papiere jefragt, und ick hab' mir jedesmal schlimm totjesucht nach, aber det Richtige, wat sie jrade haben wollten, det hab' ick nie nich jefunden. Wie bin ick denn eigentlich jestorben?«

»Du bist ertrunken, Vater, und liegst unten in die Spree«, sagte Lore, so, als ob sie stolz darüber wäre.

»Wie ick das fertigjekriegt habe, is mir eigentlich schleierhaft, wo ick doch wie 'ne bleierne Ente auf'n Jrund schwimme!«

»Satan Alkohol!« sagte Kranold.

Lorenzen schüttelte den Kopf. »Wat hab'n Sie bloß immer mit die Satanasse, Menschenskind. Lassen Sie sich lieber mal die geölten Locken abschneiden, Sie sehen ja schon aus wie die Hirschkuh von die Jenofefa. Dann wird Ihr Kopp auch wieder 'n bißken klarer werden, und det wäre besser für meine Frau!«

»Det is meine Frau!« schrie Kranold.

»Siehste, Anna, nu haste zwei Männer – welcher jefällt dir denn nu am besten?«

»Du bist nich mehr mein Mann!«

»Aber du bist mein Vater«, sagte Lore und faßte nach seiner Hand.

»Ja – die!« sagte Kranold verächtlich. »Bei Nacht und Nebel ist sie weggelaufen – in die Finsternis hinaus, und wenn sie's so weitertreibt, wird sie auch noch in die ewige Finsternis eingehen!«

»Ich denke, in die Hölle is janz hell!« sagte Lore vorlaut.

»Streit dir nich mit dem da«, sagte Lorenzen. »Ick hatte auf einen anjenehmen Familienanschluß jehofft, aber damit is nu Essig, wie ick jetz sehe. Es riecht ja hier nicht bloß nach Pech, sondern auch noch nach Schwefel! In alle Ecken sitzen woll Deibels?«

»Es hat Sie niemand aufjefordert, hier rumzuschnüffeln und unsern häuslichen Frieden zu stören. Heute noch jeh' ich nach die Polizei und mache Anzeige!«

»Da wäre ick Ihnen sehr verknippert«, sagte Lorenzen, »wenn Sie mir den Jang abnehmen wollten. Ihnen wird man ja jlauben, det ick der tote Lorenzen bin – mir jlaubt's kein Schutzmann, weil ick doch keine Papiere nich habe.«

»Du wirst nich nach die Polizei jehn, Kranold«, sagte die Mutter. Dann wandte sie sich an Lorenzen: »Und du – was sind jetzt deine Absichten?«

»Ich hab' 'ne Kruke peruanischen Balsam und 'ne Kiste voll Joldsand mitjebracht – sozusagen ein kleines Vermögen, aber das möchte ich vorläufig nich anjreifen, det hat schon seine Bestimmung!«

»Ich meine, was du für Absichten mit uns beide hast?«

»Mit euch? Jar keine! Ick lieg' doch auf'n Spreejrund, mir kann keiner wat tun, und ick tu keinem wat!«

»Sie müssen sich doch aber sagen«, mischte sich Kranold wieder ein, »daß Sie hier nich so rumstrolchen können, was sollen denn die Leute zu sagen! Ziehen Sie doch in eine andere Jejend, daß wir nich immerfort über Ihnen stolpern!«

Lorenz sah den Schuster stier an. »Ick wohne doch bei meinen ollen Freund Jens – da krieg' ick mein Essen, dort is mein Loschi!«

»Aber du bringst uns doch in aller Leute Mund«, ereiferte sich nun Anna.

»Rege dir nich kinstlich uff, Anna! Heute über acht Tage spricht keiner mehr von euch, dann hacken sie bloß noch auf mir 'rum! Kann doch keiner von mir verlangen, daß ick nu wirklich ins Wasser hopse – wegen ein paar olle Klatschweiber in'n Kartoffelkeller!«

Die Unterhaltung war noch lange hin und her gegangen, und schließlich hatte sich auch Lore, die vorher merkwürdig zurückhaltend gewesen war, eingemischt. Bis die Mutter sie anherrschte: »Du hast hier überhaupt nischt reinzureden – verstanden! Schlimm jenug, daß alles vor deine Ohren jeht, aber wenn ich dir auch in die Küche jesperrt hätte, hätteste ja doch jehorcht. Stille biste, sonst jibt's eins drauf!«

Da war Lorenzen aufgestanden. »Was ich noch sagen wollte – das Papier, den Totenschein . . .«

»Kann ich dir nich jeben, das brauch' ich, denn so jlatt jeht die Jeschichte ja doch nich ab. Das wird nu noch jenug Scherereien jeben, und da muß ich doch nachweisen können, daß ich unschuldig bin und daß du wenigstens jerichtlich tot bist!«

»Dir wäre es woll am liebsten, wenn ich's janz wäre, Anna?«

»Nenn mir nich mehr so! Ein Mann, der Frau und Kind im Stich jelassen und . . .«

Lorenzen faßte nach der Türklinke. »Ick kann das nich mehr mit anhören, wie ein Vater vor seine leibhaftige Tochter schlechtjemacht wird.«

»Tun Sie Buße und bekehren Sie sich!« rief ihm Kranold nach.

»Juvivallera! Uffjeblühte Rose – du weißt ja, wo du mir finden kannst, wenn du mir brauchst!«

»Vater – ich komme mit!«

»Du bleibst hier!« Und an dem Zugriff der Mutter spürte Lore sofort, daß Widerstand zwecklos war. »Dir werd' ich's versalzen, mir den hier in die Wohnung zu lassen. Das war doch zwischen euch beide abjekartet – oder hältste deine Mutter wirklich für so dumm, daß ich das nich merke?«

In einer so furchtbaren Aufregung hatte Lore die Mutter allerdings noch nie gesehen. Sie duckte sich und hielt schützend die Ellbogen über sich. Doch Frau Kranold schlug nicht zu; sie sank auf den Stuhl, riß die Bluse am Halse auf und rang nach Luft.

9

Seitdem waren zwei Wochen vergangen, aber weder vom Gericht noch von der Polizei war jemand gekommen, um das Schusterehepaar ins Verhör zu nehmen. Zur Sicherheit hatte Frau Kranold den gerichtlichen Bescheid aus der Kommode genommen und hinter einem Bilderrahmen versteckt, denn sie fürchtete, daß Lore eines Tages heimlich ins Fenster steigen könnte, um das Papier für den Vater zu holen. Von Lore sah und hörte sie überhaupt nichts mehr, und darum war sie eines Tages in den Putzladen gegangen. Doch das Mädchen war gerade auf einem Bestellgang, und das alte Fräulein erzählte nur Gutes.

»Flink ist sie und fleißig, auch geschickt, ich bin sehr zufrieden mit Ihrer Tochter. Machen Sie sich also keine Sorgen, Sie haben es schwer genug – Herrgott, was kann doch über einen Menschen alles kommen!«

Schuster Kranold hatte am Morgen nach jenem erregten Gespräch seine Werkstatt wieder aufgesucht und fleißig zu arbeiten begonnen. Er war nicht mehr auf Sünderbekehrung ausgezogen, nur am Sonnabend noch zu den Versammlungen der »Erweckten« gegangen. Wie eine schwere Last war es von seinem Herzen gefallen, als er gesehen hatte, daß seine Frau zu ihm hielt. Trotzdem hatte er sie gefragt: »Soll ich verschwinden, dir den Weg frei machen, wenn du den andern lieber hast?«

»Was red'ste da! Tu deine Schuldigkeit, ich tue meine!«

Und dann waren sie einig darin geworden, daß es am besten sei, wenn sie sich jetzt beide so selten wie möglich auf der Straße sehen ließen, damit nicht jeder im Spreewinkel sie ansprach, um zu erfahren, was denn das mit dem toten Juvivallera-Lorenzen für eine Bewandtnis habe und was nun eigentlich werden würde.

»Er kann Ihnen ja nischt«, sagte heute Briefträger Pankraz zu Frau Kranold. »Ja nischt kann er Ihnen! Mein Sohn, der Rechtsanwaltschreiber, hat sich bei dem Notar erkundigt. Bloß wenn Sie sich scheiden lassen wollen, können Sie nochmals mit Ihrem Ersten zusammenkommen – anders jeht's nich!«

»Um Jottes willen – wer denkt denn an so wat! Einen Mann, der keinen Halt hat!«

»Es muß Ihnen doch aber janz komisch jewesen sein, als Sie ihn plötzlich wieder vor sich sahen«, fragte Pankraz und schnupfte bedächtig.

»Komisch – na ja! Aber weiter auch nischt! Ich hatte ihn mir eigentlich ganz anders jedacht, aber da kommt er mit'n joldnen Ohrring! Ich möchte bloß wissen, was er jetzt eigentlich macht!«

»Keine Ahnung«, sagte Pankraz, »aber nu muß ich weiter, bin ja noch lange nicht fertig mit meinen Bestelljang!« Damit setzte er sich in Bewegung, rascher als sonst, um die versäumte Zeit wieder einzuholen.

Ja – Lore hatte jetzt oft Besorgungen zu machen, wußte es dabei aber stets so einzurichten, daß sie ihren Vater wenigstens auf eine Viertelstunde sprechen konnte. Gleich beim ersten dieser Besuche hatte sie sich nach der Kruke mit dem peruanischen Balsam und der Kiste mit dem Goldsand erkundigt. Lorenzen hatte beides aus seinem Seehundskoffer hervorgeholt.

»Vater – wenn das Joldsand is, dann weiß ich, wo noch mehr liegt, falls du noch ein paar Kisten voll jebrauchen kannst. Und der Balsam, wenn der man nich schlecht wird, möchste den nich doch lieber bald verkloppen?«

Jens, der dabeistand, nahm seine Pfeife aus dem Mund

und stocherte sich mit dem Stiel im Ohr herum. »Hm – tja, tja, deine Tochter kann mehr, als bloß Knöppe fix annähen!«

»Wo hast du denn den Balsam her, Vater?«

»Na, woher! Aus Peru natierlich, dadrum heißt er doch so!«

»Wenn die Kruke leer is, kannst du dann wieder neuen kriegen?«

»Allemal – ich hab' jute Verbindung mit Hamburger Matrosen.«

»Dann werde ich dir mal was sagen, Vater. Ich werde beim Apotheker solche kleinen Spanschächtelchen besorgen. Die machste voll und jibst mir ein paar mit, vielleicht kauft die Kundschaft im Putzladen davon. Was soll ich denn für so eine Schachtel mit Balsam verlangen?«

»Fünf Silberjroschen«, warf Jens ein. »Wert is sie keine sechs Dreier.«

»Das wäre ja jelacht«, ereiferte sich Lore. »Barbier Quarge würde wenigstens einen Taler für verlangen!«

»Der klebte aber auch 'ne schöne, bunte Anpreisung mit Bild auf die Schachtel!«

Als Lore wieder zu Besuch kam, brachte sie ein halbes Dutzend solcher Schachteln mit. Da schloß der Vater seinen Seehundskoffer auf, ließ aber auch Lore nicht hineinsehen und kramte darin, bis er endlich fand, was er suchte: eine Stange schwarzen Siegellack und einen Feuerstein, der wie ein Petschaft aussah, auch eine gravierte Fläche hatte.

»Nanu, was soll das werden?« fragte Jens erstaunt, als Lorenzen ein Licht anzündete, den Siegellack in die Flamme hielt, die geschmolzene Masse auf eins der Schächtelchen tropfen ließ und das Feuerstein-Petschaft draufdrückte.

Neugierig sahen Lore und Jens auf das, was da entstanden war. Das Siegel zeigte einen Tiger, der einer dicken Schlange den Kopf abbiß. Rundherum war eine Schrift in lateinischen Buchstaben. Und Lore buchstabierte an den fremden Worten herum: »Don de ce diffeculta de los falsificatores.« Beide sahen Lorenzen verständnislos an, warteten auf eine Erklärung.

»Das Siegel mach' ick auf jede Schachtel drauf, und dann kostet sie fumfzehn Silberjroschen. Der Stein hier – na, der is ein Talismann, wenn ihr wißt, was das is, sonst schadet's auch nischt! Und das is Peruanisch und heißt auf deutsch: Hilft bei den meisten Krankheiten!«

»Und was soll das Bild bedeuten?« fragte Jens.

»Der Tiger is der Balsam, und die Schlange is die Krankheit – die beißt der Tiger den Kopp ab, damit sie stirbt und der Mensch labundig bleibt. Jens, oller Schwede, daß du dir das nich von janz alleine denken kannst!«

»Mensch, Lorenzen, oller Schwede«, sagte Jens bedächtig, »wenn sie dir man nich den Kopp abbeißen werden, weil das doch ja keen Balsam, sondern man bloß Schmalz is. Aber meinen Segen haste!«

»Dann is jut, Jens, mehr brauche ich auch nicht!«

Damit machte er sich an das Füllen von drei Schachteln und versah sie mit dem Siegel. »So, Frollein uffjeblühte Rose, damit fängste an!«

»Eine werde ich Fräulein Lohr schenken, die andern beim Barbier verkaufen, wenn er sie haben will. Aber, Vater, fumfzehn Jroschen ...! Wo er sie doch wieder verkaufen muß! Da hat er doch keinen Verdienst nich – und mehr wird doch keiner für jeben wollen!«

»Wenn er angjroh bezieht, kann er das Stück für zehn Jroschen kriegen, aber dann muß er wenigstens jleich immer ein Dutzend nehmen!«

»Na, dann will ich mal mein Heil versuchen! Adje, Vater, und morgen sag ich dir Bescheid, mach man inzwischen die andern Schachteln fertig!«

Auf dem Rückweg – sie wollte noch rasch zu Barbier Quarge – stieß Lore plötzlich auf Kapitän Gundermann, der sich wieder einmal die Haare hatte schneiden lassen und deshalb in verdrießlicher Stimmung war. »Immer wie so 'ne Wilde, als wenn einer mit'n jlühenden Eisen hinter ihr her ist! Warum rennste denn so, warum machste keinen artigen Knicks, wie sich das gehört – hä?«

»Weil ich längst kein Schulmädchen mehr bin, sondern eine, zu die man jetzt Sie sagen muß, wie sich das jehört!«

»Soso! Na, dann piek dir man hinten einen Zettel an, daß man jleich weiß, was du für eine bist! Schreib aber man bloß daruff: Spuckt und kratzt!«

»Päh!« Lore wollte an ihm vorbei.

»Stehenbleiben! Bis ich sage: Pascholl! Marsch! Was haste nur für infamigste Manieren! Wenn ich, Kapitän Gundermann, dir anhalte, dann hab' ich mit dir zu sprechen! Verstehste! Und wenn du mir Wippchen machst und wegrennst, komm' ich in den Putzladen – verstanden?«

Das wirkte. Trotzdem sagte sie: »Wenn ich's doch nu so furchtbar eilig habe!«

»Den Deibel hast du – verstanden! Richte dir andermal so ein, daß es dir nich unterwegs quälen kann, sonst bist du noch lange keine, zu die man Sie sagt! Und nu jib mal Antwort: Was is denn das mit dem Juvivallera-Lorenzen, was muß ich da hören?«

»Na, was denn?«

»Na – und zu so eine, die nich mal die einfachsten Fragen versteht, soll man Sie sagen, oder stellst du dir bloß so dämlich an? Wo hat er so lange jesteckt?«

»An'n Äquator!«

»Ach so, du denkst woll, ich hab' Appelsinen in die Tasche und werde dir dran erklären, was das is, der Äquator. Denn das weißt du nich, sonst würdest du doch vernünftig antworten!«

»Mein Vater sagt, er is den Äquator 'rauf und 'runter jerutscht!«

»Willst du frech werden? Was soll das heißen? Was erlaubst du dir einem alten Mann jejenüber . . .?« Kapitän Gundermann, kirschrot vor Ärger, hob jetzt drohend den Bambusstock.

»Ich weiß ja nich, warum der Herr Kapitän so wütend is!

Der Barbier hat ihm wahrscheinlich wieder die Haare ville zu kurz jeschnitten, und da glooben Sie, Sie werden sich erkälten! Wenn Sie sich aber den Kopp tüchtig mit peruanischen Balsam einschmieren, jeht alles Schädliche sofort weg. Da, ich habe drei Schachteln voll, die hat mein Vater mitjebracht, von'n Äquator, ja! Die soll ich jetzt bei Barbier Quarge verkaufen – Stück fumfzehn Silberjroschen, aber er wird woll dafür dann einen janzen Taler verlangen.«

»Hä, fräh!« machte der Alte und faßte sich unwillkürlich an den Hinterkopf. »Wat is das für verflixtes Zeug – peruanischer Balsam? Ich will mir selbst die neunschwänzige Katze jeben, wenn ich in meinem janzen Leben von so was schon mal jehört habe!«

»Ja, auf das Schiff, wo mein Vater mit zurückjekommen is, war einer mits kalte Fieber! Den haben sie mit peruanischen Balsam einjerieben, und da is ihm sofort wieder warm jeworden! Aber nu muß ich wirklich weg, Herr Kapitän!«

»Wirst du stehenbleiben, oder ich schmeiß dir den Stock mang die Beene! Wo ist dein Vater? Und was wird nu mit deine Mutter? Was sagt denn der Schuster zu? Hab' ich doch damals schon jewußt, daß sie sich mit dem Kerl bloß ins Unglück reitet! Also – wo ist der Juvivallera-Lorenzen, ich hab' ein Wörtlein mit ihm zu sprechen, bestelle ihm das! Sein oller Käpt'n läßt ihm das sagen! Her mit so 'ner Schachtel!« Er hatte ihr eine aus der Hand genommen, besah sich kopfschüttelnd das schwarze Siegelbild, drehte den Deckel ab und beschnüffelte den Inhalt.

»Riecht janz jut – so ausländisch«, sagte Lore.

»Ich riech' überhaupt nischt! Ausländisch riechen Känguruhdreck und Moschusböcke – verstanden! So, nu verjiß nich, deinem Vater zu bestellen, was ich dir aufjetragen habe! Glock vier nachmittags habe ich immer ausjeschlafen – da erwarte ich ihn.« Er steckte die Schachtel in seine Westentasche und wollte weiter.

»Na – wat denn, wat denn?! Ich kriege doch nu fumfzehn Silberjroschen für!«

»Die kann sich dein Vater bei mir holen, aber bloß, wenn das Zeug wirklich helfen tut, sonst jeb' ich's ihm mit'n Löffel zu fressen. Pascholl – marsch! Verdufte!«

Da war also nichts zu machen! Und jetzt hatte Lore auch keine Zeit mehr für Barbier Quarge, sie mußte in den Putzladen.

»Sie bleiben jetzt immer so lange weg!« klagte das alte Fräulein. »Eine Mannsperson war vorhin hier, ein Student, der wollte Krawatten kaufen – und so was habe ich doch nicht!«

Lore kniff die Augen zusammen und wandte sich ab. Der Student – das konnte doch nur der freche Johannes Perkholz gewesen sein! Und da sagte sie: »Vielleicht wäre es aber ganz gut, wenn wir auch Herrenartikel hätten – Hosenträger, Krawatten, und was die sonst noch so brauchen!«

»Um Gottes willen – daß auch er kommt, der Kapitän Gundermann, und hier herumspektakelt!«

»Ooch, mit dem würde ich schon fertig werden! Ich hab' ihn eben jetroffen – er hat mir so lange aufjehalten, deswegen komme ich so spät!«

»War er be . . ., roch er sehr nach Grog . . .?«

»Nee, nee, er hatte sich bloß seine Lodeln schneiden lassen, und das is ihm immer so unanjenehm, als wenn er Fefferminzplätzchen auf'n Kopp hat. Ja – und da hab' ich ihm für'n Taler sonne Schachtel mit peruanischem Balsam verkauft, den hat mein Vater selbst von dem Äquator mitjebracht. Kapitän Gundermann hat sich jleich den Kopp mit einjesalbt, und da is ihm sofort besser jeworden. Ja, und die Schachtel hier soll ich Ihnen jeben, Fräulein Lohr, for umsonste, hat mein Vater jesagt!«

»Kindchen, das kann ich doch nicht annehmen«, wehrte das alte Fräulein verlegen ab. »Nein, nein! Das ist doch das teure Zeugs, mit dem sich Lehrer Klaus den Zahn ziehen ließ!«

»Ja, aber die Schachtel is for Ihnen, hat mein Vater jesagt, weil Sie immer so jut gegen mir sind. Der Balsam hilft vielleicht auch bei Ihre Krankheit! Wollen Sie sich nich mal jleich den Bauch mit einreiben, dann müssen Sie sich aber ein dickes Tuch drüberbinden, sonst fettet es durch! Wenn der Balsam den Herrn Kapitän auf'n Kopp was nützt, hilft er Ihnen vielleicht da unten!«

»Pscht, pscht, Kindchen! Na, dann danke ich Ihnen ja sehr – natürlich auch Ihrem lieben Vater. Was macht er denn eigentlich?«

»Er is morgen bei Kapitän Gundermann zu'n Kaffee eingeladen, Herr Semper will auch kommen, weil er den beiden doch Bericht über seine Fahrt erstatten soll. Vater hat ja so furchtbar viel erlebt – an'n Äquator. Wer weiß, was bei die Jeschichte Jutes rauskommt!«

»Das wollen wir hoffen! Und nu mal fix an die Arbeit, es sind drei Bestellungen auf das Modell da, und alle sollen bis nächsten Sonntag fertig sein. Da liegt schon alles für Sie parat, Lore! Auf den blauen Hut Aurikel, auf den gelben Vergißmeinnicht und auf den roten Teerosen. Sie werden es nicht verwechseln – nein?«

Lore setzte den Stuhl ans Ladenfenster und begann zu nähen. Wenn sie aufblickte, hatte sie durch die Gardine freie Aussicht bis auf die gegenüberliegende Straßenseite. Und als sie justament hinausblickte, stand da drüben wirklich der Student Johannes Perkholz und starrte wie gebannt auf das Fenster des Putzladens. Sie horchte in die Nebenstube – ja, Fräulein Lohr war wohl gerade damit beschäftigt, sich mit dem peruanischen Zeug einzureiben. Und da nahm Lore den Staubwedel und jagte im Schaufenster eine dicke Fliege von dem Modell der Saison. Doch, nun setzte sich das häßliche Tier gar auf das Straußenei, es half nichts, sie mußte die Gardine beiseite schieben und sich weit vorbeugen, um die Fliege von dort verscheuchen zu können. Als sie dann wieder bei der Arbeit saß, verdunkelte sich plötzlich das Fenster, weil jemand davorstand ... Und das war der freche Student, der sich die Auslagen so genau besah, als wollte er sich eine Kopie des Modells der Saison machen lassen.

Lore hätte die Fliege vielleicht noch einmal verjagt, wenn

nicht Fräulein Lohr in diesem Augenblick in den Laden gekommen wäre.

»Kindchen«, sagte sie in tiefer Ergriffenheit, »ich glaube – nein, ich wage ja noch gar nicht zu glauben. Aber es ist mir ganz so, als ob der Balsam hilft! Der schwere Druck im

Leib ist weg – ja, reine weg. Ach, gebe der liebe Gott, daß das Mittel dauernd hilft – dann würde ich Ihren lieben Vater für meinen größten Wohltäter ansehn!«

»Haben Sie sich denn auch was Wollenes . . .«

»Na – gewiß doch, gewiß!«

»Dann könnte man den Balsam ja auch bei der Kundschaft empfehlen.«

»Ja, gewiß! Ich werde ihn jedem anpreisen, der ein Leiden hat. Ach, wenn es mir nur noch einmal vergönnt wäre, daß ich sonntags in die Kirche gehen könnte, ohne durch mein Hinauslaufen die anderen zu stören!«

»Lassen Sie man aber auch das warme Tuch um! Ich würde mir ja am meisten freuen, wenn Sie keine Schmerzen mehr kriegten«, sagte Lore fast mütterlich besorgt.

10

»Ich jeh' nich bei Käpt'n Jundermann«, sagte Lorenzen.

»Wenn dir aber der Olle bestellt hat, denn mußte«, sagte Steuermann Jens.

»Nee, wir sind nich mehr auf seinen ›Pottwal‹! Und was will er denn ieberhaupt von mir – doch man bloß wieder schnauzen!«

»Das wirste ja sehen!«

Sie standen beide am Spreeufer, rauchten ihre kurzen Tonpfeifen und spuckten von Zeit zu Zeit ins Wasser.

»Ich hab'n Jedanken«, sagte Lorenzen.

»Halt'n feste! Haste'n?«

»Nee, nu is er schon wieder weg!« Und mit einem Seufzer setzte Lorenzen dann hinzu: »Siehste, Jens, so jeht's mir immer, ick hab' was, aber uff eenmal is's wieder weg – wie fortjepustet!«

»Ja, du bist eben 'n Pechtriesel! Du kannst dein Jlück nich festhalten! Deine Olle, was is die doch für eine tüchtige Person – wenn ich die als Frau jekriegt hätte –, und du bist von sie wegjeloofen!«

»Warum haste ihr denn nich jeheiratet – als ich tot war?«

»Weil ich in all die Zeit jewußt habe, daß du noch mal retour machen würdest, darum hab' ich ihr nich jeheiratet, denn sonst hätte ich jetzt Ärger mit dir!«

»Ärger? Wie – wat denn? Ich hätte vielleicht ebenso segensreich auf dir eingewirkt wie auf den Schuster! Kranold arbeitet doch wieder, hat keinen Ärger nich mit mir!«

»Und deine Frau?«

»Hat auch keinen!«

»Liebst du ihr denn ja nich mehr?«

Lorenzen antwortete nicht gleich – döste über das Wasser hin, dann sah er in den blauen Himmel. Endlich sagte er: »Sie hat mir doch hinrichten lassen, durchs Jericht totmachen. Was soll ick von eine Frau halten, die es nicht nahejeht, wenn ihr Mann auf ihr Verlangen an einen bestimmten Tag und zu eine bestimmte Stunde als Leiche daliegen muß!«

Jens schüttelte den Kopf. »Sie hat jewartet und jewartet und jewartet! Was soll man von einem Mann sagen, der Frau und Kind in Stich läßt und sich sozusagen selber totmacht! Janz natürlich, dann muß er doch schließlich für tot erklärt werden!«

»Warum denn? Weil sie so jroßes Verlangen nach den Schuster Kranold hatte?«

»Den hat sie doch nie nich jeliebt, den hat sie doch man bloß so jenommen, weil in die Bibel steht: ›Es is nich jut, daß der Mensch allein sei.‹«

»Aber nu hält se doch janz feste mit den Schuster zusammen – jejen mir!«

»Soll sie dir jetzt woll um den Hals fliegen, weil du plötzlich wieder da bist? Was haste ihr denn Schönes mitjebracht? 'n Topp Fett und 'ne Kiste Kies!«

»Du meinst die Balsamkruke – die wird bald leer sind! Aber nu hab' ich wieder den Jedanken von vorhin!«

»Halt'n fest!«

»Ich halt'n!«

»Schieß los!«

»Sieh mal, Jens, die ›Erweckten‹, die wo Kranold is, verstehste? Die lassen sich nich bloß schöne Locken wachsen, sondern auch lange Bärte, weil kein Schermesser an ihren werten Kopp 'ran darf! Ick hab' jedacht, daß es vielleicht ein janz juter Verdienst wäre, wenn man ihnen nich mit'n Messer, aber mit 'ner Schere den Bart kürzer machte?«

Jens sah ihn mitleidig an. »Du jeh lieber bei Käpt'n Jundermann, laß du dir deinen Kopp waschen und zieh einen neuen Adam an!«

»Du jehörst woll ooch zu die ›Erweckten‹ . . .?«

»Ick war mal bei – ein einzigtes Mal, denn bin ick nich wieder hinjejangen, weil es mir zu sehr anjestrengt hat!«

»Das Knien oder wat?«

»Nee, das Singen! Da mußte immerfort singen – ich kann ja nich singen, nich mal die Tonleiter!«

»Ick hätte Bejabung für«, sagte Lorenzen, »ick kann janze Opern singen – mit Triller!«

»Dann jeh man bei Kranolden und laß dir heuern!«

Lorenzen antwortete nicht, er war in Gedanken versunken. »Wat ick nu jerne wissen möchte – in welcher Verwandtschaft steh' ick nu eigentlich jetzt zu den Schuster?«

»Vielleicht biste sein Schwager!« sagte Jens, nachdem er angestrengt nachgedacht hatte.

»So, meinste? Nee, ick jeh' nich bei ihn, auch nich bei'n Käpt'n! Weißte, was ick jetzt mache? Ick jeh' angeln. Wenn du nich mitkommen willst, jeh' ick alleine!«

»Wer sagt denn, daß ick nich will? Ick will schon!« Jens holte das Angelzeug. Dann bestiegen beide das Boot, den alten Kasten, der am Ufer geschaukelt hatte, und ruderten flußaufwärts, Stralau zu.

Lorenzen, der »Juvivallera-Lorenzen«, wie man ihn im Spreewinkel immer noch nannte, wenn man von ihm sprach, hatte recht behalten. Jetzt, nach vier Wochen, war die Aufregung über seine Rückkehr abgeflaut. Denn nichts von dem, was man erwartet hatte, war geschehen. Das Gericht und auch die Polizei kümmerten sich nicht um ihn – für sie war er auch weiterhin tot, weil er ja bei ihnen keinerlei Ansprüche stellte, als lebendiger Mann zu gelten. Es fragte sich nur, ob auch die Steuerbehörde gegen ihn so gleichgültig bleiben würde. So wäre der Spreewinkel vielleicht wieder in sein früheres Dahindämmern verfallen, wenn man nicht doch spürte, daß es nicht mehr ganz so war wie früher. Dieser Lorenzen verursachte, ohne daß man es sich gleich eingestehen wollte, eine gewisse Unruhe.

Mit seinem peruanischen Balsam hatte es angefangen. Zuerst war man nur, wie Steuermann Jens, neugierig gewesen und hatte gespöttelt. Aber schließlich konnte man ohne das »Zeugs« gar nicht mehr auskommen. Alle litten sie ja mehr oder minder an Rheumatismus, und wenn die anderen Mittel dagegen versagten, dann half ihnen eben der Balsam.

Jens hatte sogar persönlich den Vertrieb bei den Schiffern und Fischern übernommen, nachdem er sich durch Heilung seines Hexenschusses von der Wunderkraft der Salbe überzeugt hatte. Fräulein Lohr, die Putzmacherin, versorgte ihre Kunden damit, denn nun sahen ja alle, die in den Laden kamen, daß das alte Fräulein geradezu aufblühte. Barbier Quarge hatte ein Dutzend Schachteln auf einmal bezogen und ein zweites Dutzend bestellt, und selbst Drogist Bertram wollte »die Sache mal versuchen«.

Daß aber auch Kapitän Gundermann den Balsam gebrauchte und durch Bestreichen seines Hinterkopfes nicht nur den Ausbruch einer schweren Erkältungskrankheit verhindert hatte, sondern auch seinen Jähzorn und seine Grogneigung loszuwerden schien, war tagelang Gesprächsstoff im Gemüsekeller und anderswo gewesen. »Ja – wer hätte das gedacht«, hatte Frau Niclas gesagt. »Meine Marie, die bei Sempers das Silberzeug unter sich hat, ist vom ollen Kapitän extra zu Lorenzen hingeschickt worden, hat einen blanken Taler für die erste Schachtel bezahlen und für einen zweiten Taler jleich noch eine Schachtel kaufen müssen. Man denke: zwei blanke Taler für das Zeugs – ein schönes Stücke Jeld!«

Daß der Balsamverkauf etwas einbringen mußte, sah man dem Juvivallera-Lorenzen ja schon von weitem an: Er trug jetzt einen feinen blauen Anzug, der sicherlich nicht vom Mühlendamm war, und einen steifen, neuen Hut von ausländischem Format. Nein, dieser Hut war bestimmt nicht »aus dem Sack gegriffen« – wie man getragene Hüte bei den Trödeljuden kaufte. Man zahlte einen Silbergroschen und

durfte dreimal in den Sack mit alten Hüten fassen, also die beiden ersten wieder umtauschen, wenn sie nicht paßten oder nicht gefielen, den dritten Hut aber mußte man behalten, wie er auch war. Sollte Lorenzen wirklich solch ein Glück gehabt haben, einen feinen, fremdländischen Hut zu angeln ...? Doch – etwas ganz anderes noch verlieh Lorenzen ein besonderes Ansehen bei den Spreewinklern. Wie man erfuhr, hatte er nach Rücksprache mit dem Bezirksvorsteher die Erlaubnis erhalten, »Fremdenführer« zu sein. Zur größten Überraschung des ganzen Viertels erschien er eines Sonntagsmorgens mit einer Anzahl vornehmer Leute und erklärte diesen die Merkwürdigkeiten, die es im Spreewinkel zu sehen gab. Er sprach in so gewählten Ausdrücken, daß man den Alltagslorenzen kaum wiedererkannte.

Woher hatte er plötzlich diese Gelehrsamkeit und wußte, daß hier dies und jenes Besondere war: daß in der Fischerstraße einst Hans Kohlhase gewohnt hatte, daß die Schenke »Zum Nußbaum« das älteste Haus von Neu-Kölln war und daß die Gewerksabzeichen über den Türen und die schmalen Durchgänge zur Fischerbrücke ebenso bemerkenswert waren? Er wußte vielerlei zu erzählen und verdiente damit Geld. Man beobachtete es ja, daß, wenn der Rundgang beendet war, ihm alle Teilnehmer etwas in die Hand drückten – sicherlich nicht nur Silbergroschen.

Einige nahmen an, daß ihm der Bezirksvorsteher alles Wissenswerte gesagt hatte, andere aber tippten auf Lore, die zuerst immer bei den Führungen mitgegangen war, sich dicht neben dem Vater gehalten hatte, zuweilen in einem Buch nachgesehen und Lorenzen dann etwas zugeflüstert hatte.

Nun, wie dem auch sein mochte – es war nun einmal so, daß sich der »Juvivallerich« jeden Sonntag vormittag im Spreewinkel als Gelehrter aufspielte, und man mußte zufrieden sein, daß er den Fremden die Bewohner nicht wie wilde Tiere im Zoologischen Garten zeigte. Merkwürdig – seitdem aber begann man auf Lorenzens Meinung zu achten, wenn er einen Ratschlag erteilte, wie zum Beispiel dem Schlächter Neumann. Dem hatte er gesagt, er solle eine Girlande von Knackwürsten ins Schaufensterchen hängen und in die große Schmalzschüssel den Preis mit Zahlen aus schwarzen Pfefferkörnern eindrücken. Wie verlockend sah nun das Fenster aus – durch diese Knackwurstgirlande und die schwarzen Pfefferzahlen! Der Umsatz war so groß wie an den Tagen, an denen der Stuhl mit der weißen Schürze draußen vor der Tür stand, zum Zeichen, daß es frische Wurst gab.

Die einzigen, die von diesem offensichtlichen Aufstieg des erst so mißtrauisch behandelten Mannes scheinbar nichts wußten oder wissen wollten, waren Schuster Kranold und seine Frau. Sie waren menschenscheu geworden, sprachen mit fast niemandem, wichen allen möglichst aus und erwiesen sich erst recht als ganz unzugänglich für irgendwelche Unterhaltungen bei Begegnungen. Dies führte natürlich zu ihrer Absonderung von den übrigen Spreewinklern, obgleich diese mit ihnen Mitleid hatten – weniger mit dem Schuster, dafür um so mehr mit der Frau, die nun so unglücklich gemacht worden war. Überdies bekundete Lorenzen, seitdem er den blauen Anzug und den ausländischen Hut besaß, ganz offenkundig eine starke Zuneigung zur Weiblichkeit im allgemeinen.

Man nahm ihm das vorläufig noch nicht übel, denn so machten es ja wohl alle Seeleute in den Hafenstädten, wenn sie auf langer Fahrt den Anblick von jungen Frauen und Mädchen hatten entbehren müssen. Doch nun war es an der Zeit, damit aufzuhören, mit diesem Blinkfeuer seiner Augen und dem verheißungsvollen Lächeln. Denn wozu sollte es führen, wenn irgendeine wirklich mal anbiß? Gewiß, er war noch immer ein stattlicher Mann mit weißen, schönen Zähnen und einem dicken, blonden Schnurrbart im Gesicht. Sich aber mit ihm einlassen, mit einem »Toten« . . .?

Aber nun konnte man es sich ja auch erklären, warum er seinerzeit verduftet war: Weibergeschichten – nichts anderes konnte ihn weggetrieben haben. Und seine Tochter, die Lore? Traf man sie nicht fast alle Tage in Begleitung eines Studenten, so jung wie das Balg noch war? Nein, die Mutter hätte das Mädel nicht aus den Augen lassen sollen, denn so etwas gehörte in ganz strenge Zucht.

Wenn die zu solch einem Vater hielt, dann mußte es ja einmal ein schlimmes Ende mit ihr nehmen, anders konnte es gar nicht sein – wenigstens war dies die Meinung der Frau Niclas.

»Meine Tochter, die Marie«, setzte sie meist hinzu, »die

das Silberzeug bei Sempers unter sich hat, die is ein janz andrer Schlag!«

Nun war heute ein besonders schöner Sonntagnachmittag. Auf den Straßen wimmelte es von Menschen, die ins Freie zogen. Am Brandenburger Tor standen Kremser, bereit zur Fahrt nach Charlottenburg, und an der Jannowitzbrücke lag ein Dampfer, der nach Treptow wollte. Und oben auf der Brücke gab es viele Neugierige, die dem Schauspiel der Abfahrt zusahen, denn wer kein Geld hatte, der wollte doch wenigstens was sehen.

Schuster Kranold hätte, selbst wenn er reich gewesen wäre, zu solchen weltlichen Lustbarkeiten nicht einmal Zeit gehabt. Ihn trieb es zu den »Erweckten«, denen er ein schönes Beispiel demütiger Zerknirschung geben wollte, bei seiner Frau hatte er keinen rechten Anklang damit gefunden.

Anna, die unermüdlich Fleißige, war froh, daß er fortgegangen war. So konnte sie heute, am Sonntag, doch einmal etwas für sich arbeiten. Sie hatte sich ans offene Fenster gesetzt und zu sticheln begonnen, um die abgetretenen Rockborten und die eingerissenen Ärmel zu erneuern. Ab und zu blickte sie auf, denn die Schwalben, die über dem Wasser dahinschossen, kamen in ihrem Zickzackflug manchmal dicht am Fenster vorbei. Ach ja, ach ja! Was erwachten da für schöne Erinnerungen an glückliche Sommersonntage von einst! Wie hart und freudlos war doch ihr Leben geworden – aber nur nicht grübeln und seufzen ... Manchmal huschte eine Katze von Kellerluke zu Kellerluke, ab und an ging jemand vorüber, und am Schritt erkannte sie, daß es Fremde waren. Nein, die Lore war es nicht, das Mädel ließ sich nicht mehr blicken, seitdem es wieder einen Vater hatte. Ja – auch die Tochter hatte sie durch diesen Mann nun völlig verloren. Bei solcherart Gedanken seufzte Anna doch tief auf, war aber trotz ihrer Wehmut zufrieden, daß sie heute die alten Kleider wieder in Ordnung bringen konnte, um morgen, am Montag, mit sauber geflickten Röcken zur Arbeit gehen zu können.

Dort, wo damals Lorenz Lorenzen verschwunden war, bei den Zelten, schaukelten an diesem schönen Sommersonntag viele Boote mit Liebespaaren auf der Spree.

In einem von ihnen, mit der Aufschrift »Amor«, saß Lore Lorenzen mit dem Studenten Johannes Perkholz. Und wie die andern jungen Mädchen sang auch Lore – weithin schallte es übers Wasser:

»Macht man im Leben nur den ersten Schritt,
Bringt man als Kind schon eine Träne mit,
Und diese Träne trinkt als ersten Gruß
Die Mutter mit dem ersten Kuß.

Man wächst empor dann zwischen Freud' und Schmerz,
Dann taucht die Liebe ins wunde Herz –
Und offenbart das Herz der Jungfrau sich,
Spricht eine Träne: Ja, ich liebe dich!«

Sie sang mit so herzbewegender Stimme und solchem Gefühl, daß sogar dem Studenten die Augen naß wurden.

»Warum singen Sie denn so etwas Trauriges, Lore?« sagte er verlegen.

»Ach Jott, ich kann nich anders, wenn ich so an alles denke!«

»An was denn?«

»Wie's mal mit mir kommen wird!«

»Und ich dachte immer, Sie sind ein so ausgelassenes, fröhliches Mädelchen!«

»Hat sich was! Da sehen Sie ja, wie man sich täuschen kann! Wie oft liege ich nachts munter und heule meine Kopfkissen naß!«

Sie sah ihn mit einem schmachtenden Augenaufschlag an, wie ihn Fräulein Lohr zuweilen hatte, und sagte: »Na, Schwamm drüber! Wieviel Uhr mag's eigentlich sein?«

Er hatte seine Uhr als Pfand beim Bootsverleiher abgegeben und überlegte: »Ja – die Stunde wird wohl abgelaufen sein, wir wollen man lieber zurück, um bei der Anlegestelle nachzusehen, sonst berechnet er mir die angefangene Stunde als voll!«

»Schade, daß Sie immer so knapp bei Kasse sind und es Ihnen auf die paar Sechser ankommt!«

»Studenten haben doch nie viel Geld!«

»Ich denke, Sie sind aus juter Familie und Ihr Vater is reich! Wat is er denn eijentlich?«

»Rechtsanwalt und Notar. Das will ich auch werden und deshalb studiere ich Jura. Und was ist Ihr Vater?«

»Der war mal was, Kapitän auf einem Hamburger Kauffahrteischiff, aber das is beim Kap der Juten Hoffnung unterjejangen, und mein Vater hat bloß sein nacktes Leben jerettet!«

»Ach nee!«

»Ja – und denn is er nach'm Äquator jeschwommen und . . .«

»Zum Äquator geschwommen? Lore, wissen Sie denn auch, wo der ist und wo das Kap der Guten Hoffnung liegt?«

»Wissen Sie's denn? Ja? Na, dann brauch' ich's Ihnen ja nicht zu sagen, und wenn es nach Ihrer Meinung zu weit auseinander is, na, da hat sich mein Vater eben an'n Schiffsbalken jeklammert und sich treiben lassen – is doch janz einfach! Jedenfalls is mein Vater am Äquator jewesen, wie er hinjekommen is, is ja janz schnuppe! Er hat doch peruanischen Balsam mitjebracht, und das is der beste Beweis, denn Peru liegt direkt auf'm Äquator!«

»Und jetzt ist Ihr Vater wieder hier?«

»Na ja doch! Sie haben ihn ja selbst jesehen – den Seemann mit die Harmonika, an dem Sonntag, wo Sie mir anjesprochen haben!«

»Der Matrose, dem Sie ›Juvivallera!‹ zugerufen haben?«

»Ja, den meine ich! Und das war unser Erkennungszeichen. Er hatte sich verkleidet und wollte mir prüfen, ob ich ihn auch verleugne, und dann wollte er auch erst horchen, ob alles hier jut sei. Und das is's doch nich, weil meine Mutter in Bigamie lebt – mit einem andern Mann!«

Student Perkholz hätte beinahe ein anderes Boot in Grund gebohrt, so wenig hatte er bei Lores Erzählung auf die übrigen Fahrzeuge geachtet. Nach einigem Schimpfen lief es noch glimpflich ab. Der aber, in dem anderen Boot, war kein anderer gewesen, als Gustav Holzer aus Marienwerder . . .

Lore hatte ihn sofort erkannt, obwohl er nun ein großer, stattlicher Bursche war. Nach ihrer Meinung hatte er die Schuld gehabt, wenn ein Unglück geschehen wäre, denn er war offenbar absichtlich dem »Amor« in die Flanke gefahren. Wütend drehte sie sich noch einmal um und drohte mit der Faust, aber als Antwort kam nur ein höhnisches Lachen.

»Lassen Sie doch, Lore, mit solcher Sorte will ich nichts zu tun haben! Ja, wenn es ein Student gewesen wäre, aber solch ein Bauerntölpel! Doch was ich sagen wollte: Was Sie mir da eben von Ihren Familienverhältnissen erzählt haben, ist mir doch noch ein bißchen schleierhaft!«

»Na, nu können Sie ja woll verstehen, warum ich so oft schlaflos daliege und mir die Augen aus'm Kopp weine! Mir is's nämlich auch schleierhaft!«

»Ich werde zu Hause gleich mal den Paragraphen nachschlagen, um zu sehen, was auf Bigamie steht . . .«

Sie kamen noch zurecht, nur fünf Minuten fehlten an der abgelaufenen Stunde. Der Student bezahlte und bekam seine Uhr wieder. Durch den abendlichen Tiergarten gingen sie dem Brandenburger Tor zu. Obwohl der Park stark belebt war, kamen sie doch an einsamen Stellen vorüber, und dann legte Johannes Perkholz jedesmal den Arm um Lores schlanke Taille und zog sie zärtlich an sich.

»Nich doch – wenn das einer sieht, wat soll er denn dann von mir denken«, wehrte sie vorwurfsvoll ab.

»Wollen wir nicht Brüderschaft machen?« fragte er.

»Mit Vergnügen – bloß wir haben doch keinen Stoff!«

»Am Tor stehen Selterswasser-Fritzen, dann trinken wir da, obwohl Selterswasser nicht das Richtige ist – aber in der Not muß es gehen.«

»Jut, aber ich trinke eine mit ›mit‹«, sagte Lore. »Denn auf den Sechser wird's Ihnen ja woll nich drauf ankommen, sonst bezahle ich ihn aus meine Tasche!«

II

In einem Hof der Wallstraße, in einem ehemaligen Pferdestall, versammelten sich die »Erweckten«. Gerade dieser Stall mit seinen eisernen Krippen an den Wänden schien ihnen symbolisch für ihre Zusammenkünfte, an solchen entlegenen, dürftigen Örtlichkeiten hatten sich ja wohl auch die ersten Christen versammelt. An der Decke, von einem kurzen Strick gehalten, schaukelte eine Laterne, deren Licht nur einen kümmerlichen Schein verbreitete. Auf Brettern, die über leeren Fässern lagen, saßen die Mitglieder und hörten zu, wie Schuster Kranold predigte:

»Der Herr sprach zum Fisch: ›Spei aus!‹ Da spie der Fisch Jonas wieder aus. Was bedeutet das, liebe Brüder? Es bedeutet, daß uns der Böse wieder lassen muß, wenn wir auch schon in seinem Rachen stecken. Drum wollen wir nicht verzagen ...« Alle drehten die Köpfe und blickten zur Stalltür, durch die eben jetzt, kurz vor Schluß, zwei Gäste kamen, die sich auf den Fußspitzen in die letzte Bank schlichen und sich dort niederließen.

Schuster Kranold vermochte nicht mehr weiterzusprechen, denn er hatte in den beiden Ankömmlingen den Steuermann Jens und Lorenz Lorenzen erkannt. Wahrhaftig – diese beiden! Doch bald raffte er sich auf und sprach: »Nein – verzagen wir nicht, dann werden wir über das Böse triumphieren!«

Mit kräftigem Baß hob sofort das Mitglied, das früher der Heilsarmee angehört hatte zu singen an, und nach der Melodie »Im Wald und auf der Heide« fiel die Versammlung ein:

»Ach, wär mein Herz doch immer rein,
Könnt' ich ein blankes Sternlein sein
Ich sünd'ge Kreatur
Ich sünd'ge Kreatur!«

Zur höchsten Überraschung der kleinen Gemeinde bekam der Gesang plötzlich Begleitung durch eine Ziehharmonika, die schön und kraftvoll einsetzte und nach jedem Vers noch eine Überleitung gab. Endlich waren die zehn Verse abgesungen. Ein Mitglied sprach, wobei sich alle erhoben, das Vaterunser, das halblaut mitgemurmelt wurde. Und nun wandte man sich den beiden Nachzüglern zu. Steuermann Jens kannte man ja von früher her, und von Lorenzen wußte man auch so halb und halb, wer er war, aber was wollten sie denn hier – diese beiden sündigen Kreaturen?

»Wir hätten eigentlich jerne nach Treptow rausjemacht«, erklärte Jens, »aber da hörte ick plötzlich eine innerliche Stimme, die sagte zu mir: ›Jeh in den Stall, wo die Lämmer sind!‹ Na – da wußte ick jleich Bescheid, aber weil hier immer so viel jesungen wird und ich nie so recht mitkommen kann, hab' ich Lorenzen jesagt: ›Nimm deine Quetschkommode und bejleite mir!‹ Und da hat er mir bejlitten!«

Und nun sagte Lorenzen: »Auch mir hat eine innerliche Stimme was zujerufen, bloß ick hab's nich so deutlich verstanden, denn ick bin noch eine zu sündje Kreatur und zu neu für so was. Als mir Jens dann aber aufforderte, bin ick freudig mitjejangen, und da bin ick nu!«

Er hatte sich bei den letzten Worten an Schuster Kranold gewandt, und der trat jetzt auf ihn zu, reichte ihm die Hand und sagte feierlich: »Ich heiße euch willkommen in unserer Mitte – möchte euch die innere Stimme nur öfter zu uns treiben! Wir nehmen jeden mit offenen Armen auf, wenn er nur zur Buße bereit ist!«

»Na ja«, sagte Lorenzen und kratzte sich hinterm Ohr, »dieses Jefühl hatte ick nu jrade nich, ick habe eijentlich bloß an die Musike jedacht, aber det is ja nu Hose wie Jacke!

Was macht ihr Brüder denn aber so, wenn ihr hier fertig seid?«

Aus der Schar trat jetzt einer vor Lorenzen hin: »Kennst du mir noch, oder hast du mir verjessen?«

»Ob ich dir noch kenne? Mensch, wer dir einmal jesehen hat, der vergißt dir nicht! Denn du bist das schönste und dickste Vergißmeinnich, das ick je jesehen habe, und darum sage ick: Du bist der Schiffskoch Martin! Aber was machst du hier – du bist doch sonst jrade kein Frommer jewesen!«

»Seit dem Tage, wo Peter Gategast plötzlich in meine Stube saß, bin ich bei die ›Erweckten‹!«

»Aber nu is er doch längst wieder weg!«

Martin wiegte den Kopf hin und her: »Na ja, er kann aber wiederkommen, und dann jeht's mir vielleicht so wie unserm lieben Bruder Kranold!«

»Dem jeht's doch sehr jut, worüber hat denn der zu klagen?«

Der Schuster legte sanft die Hand auf Martins Schulter: »Lasset alles Weltliche draußen«, sagte er salbadernd, »ich murre ja nicht über das Kreuz, das mir auferlegt worden ist!«

Wieder trat einer auf Lorenzen zu und schüttelte ihm die Hand: »Wir beide haben uns doch auch schon jesehen!«

»Dunnerkiel! Ja, Pankraz! Darfst du denn hier schnupfen, und was machst du hier?«

Der Briefträger nickte vergnügt. »Es sind noch mehr da, die du von früher her kennen tust!« Er wandte sich um und winkte einem kleinen Männchen, das nun verlegen nähertrat.

»Ja – det is doch der Pelter! Mensch – ohne deine Olle? Dann is woll das Jüngste Jericht nahe!«

»Sie hat mir selbst jeschickt, sie wollte mir mal los sein – ich sprach ihr zu ville!«

Jens, der inzwischen ungeduldig hin und her gegangen war, sagte jetzt verdrießlich: »Wat stehen wir nur eigentlich hier so 'rum? Wollen wir nich woanders hinjehen und es uns ein bißchen jemütlich machen?« Er blickte von einem zum anderen, sah aber nur betroffene Gesichter, und Schuster

Kranold schüttelte sogar düster den Kopf. Der, der früher mal bei der Heilsarmee gewesen war, kam heran. Er hob die Hand und sagte beschwörend:

»Satan sitzt in allen Ecken
Tut sich nur vor uns verstecken
Wenn wir ihn gewahr!
Doch wir ahnen die Gefahr!«

»Jestatten, daß ick mir Ihnen vorstelle«, sagte Lorenzen, »denn wir beide haben ja noch nich Bekanntschaft jemacht. Wie ick heiße, det wissen Sie ja woll schon, bloß ick kenne Ihren werten Namen nich!«

»Ich bin Bruder Joseph!«

»Vorname oder Vatersname?«

»Ich heiße nich anders, als wie ich jesagt habe!«

»In Ejypten sind Sie nie jewesen?«

»Nee, aber in London, da war ick bei die Heilsarmee, und nu hab' ick hier die Jemeinschaft der ›Erweckten‹ bejründet, sozusagen einen Ableger.«

»Ick war in Peru, unten am Äquator – wissen Sie, wo das is? 'n Sticksken weiter noch wie London, wo ick übrigens jetzt auf meine Rückreise auch jewesen bin, vier Wochen lang! Ick hab' in Weitschappel jewohnt.«

»Was haben Sie denn da jemacht?«

»Ick hab' 'ne Tätowierung, die wollte ich mir wieder rausmachen lassen, weil meine Frau sie nich sehen sollte, aber sie jing nich 'raus, ick hab' ihr noch! Na – das schadet ja nun nischt, wo ich doch jetzt tot bin!«

»Was is denn das for'ne Tätowierung?« fragte Pelter, aber Schuster Kranold schob sich dazwischen: »Wollen wir doch solche weltlichen Unterhaltungen nicht in dieser Stätte unserer Erbauung führen. Kommt, liebe Brüder, hinaus, damit ich die Tür zuschließen kann!«

Dann standen sie in der engen Wallstraße, sahen sich unschlüssig an, rieben sich die Hände, als erwarteten sie etwas Besonderes.

Zwei junge Männer, die auf einer Steintreppe saßen und Tonpfeifen rauchten, machten halblaute Bemerkungen über sie: »Det sin die Uffjeweckten, eener weckt immer den andern, heute aber sind sie allesamt noch nicht janz munter – wie's scheint!«

Da sagte Lorenzen: »Ick möchte mir revangieren für die freundliche Aufnahme, die ick bei euch jefunden habe. Ick lade daher die janzen Brüder ein. 'n Seidel Bier werdet ihr doch janz jerne auf meine jlickliche Rückkehr trinken wollen! Ick übernehme also die Führung, denn wenn wir hier noch länger stehen, schlagen wir Wurzeln!«

Damit setzte er sich in Bewegung, und alle folgten ihm, selbst Schuster Kranold, so unschlüssig er auch war, aber er fürchtete, Lorenzen zu beleidigen, und es dünkte ihm gut, sich nicht aufs neue mit ihm zu verfeinden, nachdem eine so überraschende Versöhnung erfolgt war.

Es ging in den »Nußbaum«, in die Stube neben dem Schankraum, und die Kellnerin schlug die Hände über dem Kopf zusammen, als sie diesen unerwarteten Gästeschwarm eintreten sah. Ehe sie das bestellte Bier brachte, lief sie ins obere Stockwerk, klopfte dort an die Tür und weckte den Wirt, der sich ein wenig hingelegt hatte. Nein, diesem Ansturm fühlte sie sich allein nicht gewachsen.

Als der Wirt dann herunterkam und Schuster Kranold und die anderen Brüder sah, begriff er diese Aufregung nicht. Denn von den »Erweckten« trank doch jeder höchstens ein Gläschen – ausgenommen vielleicht Steuermann Jens! Na ja, auch der Juvivallera-Lorenzen würde wohl noch eins bestellen, aber das war noch fraglich, weil die beiden in dieser Gesellschaft gekommen waren. Und der Wirt schien recht zu behalten, denn nur Jens trank still und bedächtig, die anderen saßen starr da und hörten andächtig zu, was Lorenzen erzählte.

»Warum ick«, sagte er jetzt auf Pelters Frage, »nich eher wieder retour jemacht habe? Ick hätte schon, wenn ick bloß jekonnt, aber ich konnte nich!«

»Warum nich, das frage ich dir doch eben!«

»Weil ick eine Schuld von tausend Talers abzuarbeiten hatte, darum konnte ick nich, nu weißte es!«

Die Zuhörer sahen sich vielsagend an, und Schuster Kranold blickte verlegen in die Ecke, denn diese offenkundige Lüge, so dreist am Sonntag ausgesprochen, verriet ja am besten, was Lorenzen für ein Mensch war.

»Wieso hast du denn tausend Talers Schulden jehabt?« fragte Steuermann Jens, dem die Sache schließlich auch zu faustdick erschien. »Etwa für die Tätowierung?«

»Nee, für was anderes . . .!«

»Das jlaub' ick dir nu nich, Lorenzen«, sagte Schiffskoch Martin, »das könnte ick dir bloß jlauben, wenn du's mir plausibel machst!«

»Dann werd' ick dir's plausibel machen, Martin. Weißt du, wo Lima liegt?«

»Da bin ich ja selbst mal jewesen – Lima is doch die Hauptstadt von Peru. Nee, da kannste mir nich anführen, in Reljon un Jeographie war ick immer jut!«

»Dann weißte vielleicht auch, wo die Jalapagos-Inseln liegen?«

»Nu, natürlich weiß ick das – direkt auf'm Äquator!«

»Hab' ick nich immer erzählt«, wandte sich Lorenzen an Jens, »daß ich am Äquator jefahren bin?«

»Das hast du woll, Lorenzen, das kann ick dir jern bestätigen.«

»Also, von Lima nach die Inseln bin ick fünfhundert Mal jefahren – zweimal fünfhundert macht zusammen tausend Mal! Und bei jede Fahrt wurde mir von meine Heuer ein Taler abjezogen, wer von euch nu jut rechnen kann, weiß also, daß das summa summarum tausend Talers sind! Na?«

»Versteht ihr das?« fragte Martin. »Ick versteh das nich! Warum haste dir denn den Abzug jefallen lassen und bist immer so dusselig jewesen, nach Lima zurückzufahren?«

»Ob das nu jrade dusselig war, kannst du Dicker noch ja nich beurteilen, aber ick will dir 'n Talglicht anstecken: weil ick mit die Schiffahrtsjesellschaft einen Vertrag jemacht hatte, auf die Weise meine Tausendtalerschulden abzuzahlen.«

Alle saßen in dumpfem Schweigen da, dann aber fing Martin an: »Na ja, dann bin ick woll zu dämlich zu, denn ick versteh' die verflixte Jeschichte immer noch nich! Wieso hattest du denn bei die Schiffahrtsjesellschaft tausend Taler Schulden – Mensch, mach mir doch nich verrückt!«

»Verrückt wird einer von janz alleine, wenn er Bejabung zu hat! Aber ick kann dir ja die Sache noch jenauer, noch janz jenauer, erklären, vielleicht verstehst du's dann besser! Also, paß mal auf, Martin, nimm alle Kraft zusammen: Ick hatte mir doch von die peruanische Jesellschaft anheuern lassen und hatte schon drei Fahrten zu ihre höchste Zufriedenheit und die vom Kapitän jemacht. Der Kapitän hatte mir überhaupt sehr jerne, und eines schönen Tages sagte er zu mir: ›Ick müßte eijentlich selbst nach's Schiffskontor, aber bei das Wetter möchte ick nicht das Schiff alleine lassen, es wird ja bei den furchtbaren Sturm und Regen wie'ne Holzpantine hin und her jeschaukelt. Lorenzen, du mußt mir den Jang abnehmen, keinem andern trau ich hier. Siehste, in den versiegelten Umschlag sind Jeldscheine drinne, in deutsches Jeld so ville wie tausend Talers. Die bringste also jetzt hin und läßt dir eine Quittung drüber jeben. Nimm dir aber dein Ölzeug, sonst weicht der Umschlag auf . . .‹« Lorenzen unterbrach sich und sagte: »Aber warum trinkt ihr denn ja nich, bei sonne feuchte Sache muß man Naß schlukken! Also, prost, und denn, Hanne, 'ne neue Runde!«

Sie tranken alle aus, saßen stumm und erwartungsvoll, bis Hanne frisches Bier gebracht hatte.

»Jeht die Jeschichte nu noch weiter?« fragte Jens und sah die andern listig an.

»Weil ick ihr nich zu Ende erzählt habe, muß sie woll noch weiterjehen, aber vielleicht könnt ihr euch das andere nu von alleine denken!«

»Nee, ick nich«, sagte Pelter, »ick will doch das meine

Frau erzählen, und da muß alles janz jenau stimmen, sonst wird sie eklig!«

»Na, denn werde ick also weitererzählen. Wo war ick denn überhaupt stehenjeblieben?«

»Wo du mit die tausend Talers losjehen solltest«, sagte Martin. »Ick paß aber nu wie'n Schießhund auf, was nu eigentlich noch kommt, Lorenzen.«

»Ick bitte dir sogar darum, damit du nachher keine Konfusjon machst. Ich nahm mir also mein Ölzeug über – merk dir das mit das Ölzeug janz besonders, Martin –, denn fuhr ick mit das Boot an Land, legte mein Ölzeug ins Kontor ab, wo fortwährend Leute kamen und jingen – Chinesen, Zulukaffers, Feuerländer und Niggers –, und wartete jeduldig, bis ick drankam. Dann erst faßte ick nach den Umschlag in die Brusttasche, will ihn rausholen – aber, da is kein Umschlag nich ... Ich denke, der Affe soll mir lausen, fasse rasch in die andre Tasche – kein Umschlag nich! Ick kieke auf die Erde, ick kieke die andern an, kneif mir ins Ohr und in die Neese, aber ick träume nich! Alle sehen mir zu, denn ick hatte ja schon jesagt, daß ich von'n Kapitän mit Jeld komme – und nu hatte ick doch keins! Da rücken alle von mich weg, als wenn ich Knoblauch jefressen hätte, und der Kassierer läuft rasch nach die Tür und schließt zu. Dann untersuchen sie mir bis aufs Hemde, und alle andern müssen sich auch bis aufs Hemde untersuchen lassen – die Niggers müssen sogar das Maul aufmachen –, aber keiner hat den Umschlag mits Jeld ...

Was soll ick das nu so umständlich weitererzählen? Kurz und jut, der Kapitän, der zur Ablieferung verpflichtet war, mußte das Jeld ersetzen, denn an den hielt sich die Jesellschaft. Das konnte er nu auch nich so auf einmal, und da zogen sie es ihm nach und nach von sein Verdienst ab, und er zog es mir von mein Verdienst ab. Aber – ihr trinkt ja nich – prost, bis auf'n Jrund. Hanne, bring 'ne neue Runde!«

Das alte Mädel brachte das Bier und malte zu den zwei Kreidestrichen einen dritten auf die Schiefertafel.

»Ick bin woll doch zu dämlich«, sagte Martin, »ick jlaub' die Jeschichte nich!«

»Dann werd' ick dir die Wahrheit beweisen«, sagte Lorenzen. »Als die Zeit endlich 'rum war und ick meine Schuld an den Kapitän abbezahlt hatte, kam jenauso ein stürmisches Wetter wie damals. Ick war abjeheuert und konnte jehen und zog mir nu mein Ölzeug an. Und da fühl' ick auf einmal sonne harte Stelle, und wie ich nachsehe, is das der Umschlag mit die Jeldscheine – er war bloß durch 'ne kaputte Stelle in die Tasche bis unten an den Rand jerutscht!«

Eine lange Pause dumpfen Schweigens setzte am Tisch ein. Endlich sagte Martin: »Was ick bloß noch wissen möchte: In die janzen Jahre hat es da nich eher jeregnet, als bis du mit die Abzahlung jrade fertig warst?«

»Auf'm Äquator is sehr beständiges Wetter!«

Und nun fragte Jens: »Wenn die Sache so is, wie du sagst, müßtest du das Jeld doch woll noch haben?«

»Hab' ick!«

»Wo denn – in deinen Seehundskoffer, weil du da keinen reinkieken läßt?«

»Ick könnte ja jetzt ja sagen und dir dann zu Hause das Jeld zeigen, aber es is anners! Ick bin doch nich so dusselig, das Jeld in'n Koffer überall mit rumzuschleppen! Nee, die tausend Talers müssen doch Zinsen tragen, und die Zinsen müssen auch Zinsen tragen – und das nennt man dann Zinseszins! Und nu frage ich: Kann einer von euch Brüdern perfekt Englisch?«

»I speak English!« sagte Joseph.

»Dann werden Sie das hier lesen können. Ick sagte euch doch schon, daß ick auf die Rückreise in London jewesen bin. Da hab' ich das peruanische Jeld auf die Bank von England einjezahlt und eine Bescheinigung drüber erhalten.« Er nahm aus seiner Brieftasche ein mit Stempel und Unterschriften versehenes Papier und sagte: »Kommen Sie mal her, Joseph, und sagen Sie, was das hier is – aus die Hand jeb' ick's aber nich!«

Mit offenem Mund saßen sie alle da und starrten Lorenzen und Joseph an. Der besah sich lange den Schein, ließ ihn gegen das Licht halten und nickte. Ehrerbietig trat er zurück: »All right, Sir!« sagte er wichtig – und zu den andern gewandt: »Es hat seine Richtigkeit damit!«

Lorenzen steckte das Papier gelassen und würdevoll in die Tasche und winkte herrisch die Kellnerin heran:

»Wat macht nu hier die janze Schose, ick will bezahlen!«

12

Die Geschichte von Lorenzens Reichtum hatte natürlich schnell die Runde im Spreewinkel gemacht, war aber doch, obwohl Heilsarmee-Joseph die Echtheit des Papiers bestätigte, vielfach auf Unglauben gestoßen.

»Wer weiß, was da noch alles bei dem Kerl rauskommen wird«, sagte Frau Niclas im Kartoffelkeller, »mir is der janze Lorenzen nich jeheuer! Meine Tochter Marie – Sie wissen doch, die bei Sempers das Silberzeug unter sich hat –, also meine Marie hat die Jeschichte von das ville Jeld die jnädige Frau erzählt – warum soll sie denn auch nich, alle Leute sprechen doch von –, und Frau Semper hat man bloß den Kopp zu jeschüttelt! Sehen Sie mal, Frau Palmer, und dann die Sache, daß Schuster Kranold an den Sauftag in'n ›Nußbaum‹ mit dem Juvivallerich noch bis vors Haus von seine Frau jejangen is! Erst jehen sie zusammen kneipen, und dann jehen die beiden Männer von die eine Frau auch noch zusammen auf die Straße. Wer weiß, ob der Lorenzen dann nich sojar in die Stube war! Wie wäre Ihnen zumute, Frau Palmer, wenn Sie zwei lebendige Männer hätten?«

»Wo ich doch gar keinen habe, man bloß eine arme Witwe bin!«

»Dieser infamigte Kerl schmeißt ja die janze Sittlichkeit hier um!«

»Überhaupt allens«, sagte Frau Palmer. »Wissen Sie denn, Frau Niclas, was mir Pankraz heute morgen erzählt hat? Nee, wissen Sie nich? Na, denn halten Sie sich man feste, daß Sie nich umfallen: Kranold hat sich seine jeölten Locken abschneiden lassen ... Von seine Frau!«

Frau Niclas schlug nun wirklich die Hände überm Kopf zusammen. »Simson wurde schwach, als ihn die Delila geschoren hatte – so ville weiß ich auch noch aus die Riljonsstunde!«

»Dazu hat ihn doch bloß Lorenzen rumjekriegt«, sagte Frau Palmer. »Und dann hat er ihm jesagt, wenn es mit die Schusterei nich mehr jeht, dann soll er sich noch 'ne Kanalljenvogelhecke anlegen, denn damit wäre heutzutage schweres Jeld zu verdienen – echte Harzer Roller von die Friedrichsjracht!«

»Nu sag' ick aber ja nischt mehr! Oder wissen Sie vielleicht noch was? Wo er nu so ville Jeld hat, ja, was macht er nu damit?«

»Das rührt er nich an, sagte Pankraz, das soll doch die Aussteuer für seine Lore sein!«

»Na – die Lore!« sagte Frau Niclas verächtlich. »Mit das Meechen wird er ja noch sein blaues Wunder erleben, wenn die es jetzt schon so mit die Studenten treibt!«

»Und daß die Mutter das so zuläßt!«

»Jott, die arme Frau, die weiß doch von nischt, die is doch janz koppscheu jeworden. Sie plättet ja nich mal mehr bei Sempers, weil sie sich zu sehr schämt – nee, sie hat sich andre Stellen jesucht, wo man ihr nich kennt!«

»Traurig is das alles«, sagte Frau Palmer mitleidig. »Na, nu jeben Sie mir mal fünf Liter Kartoffel und zwei Heringe für sechs Dreier, aber recht jroße!«

Fräulein Lohr, gegen deren Leiden der peruanische Balsam nicht mehr so recht helfen wollte, und die deshalb wieder auf Bärentraubentee hatte zurückgreifen müssen, nahm den von Lore eben frisch aufgebrühten Trank, eine ganze

Kanne voll, ab. »Danke, Kindchen, danke«, sagte sie gerührt. Das Verhältnis war seit einiger Zeit, wohl seit dem Tage, da Fräulein Lohr die Balsamschachtel geschenkt bekommen hatte, sehr viel herzlicher geworden: Man sagte du zueinander, und Lore nannte die Putzmacherin sogar »Tantchen«.

»Also, dann geh man jetzt, wenn's dich so zu Muttern treibt, aber komme nicht wieder so spät! Ich will heute den Laden früher zumachen, denn mir ist gar nicht gut – und ich kann ja nicht einschlafen, bevor du wieder hier bist. Und mir tut der Schlaf doch so not!«

»Brauchst aber wahrhaftig nich wachzuliegen, Tantchen, puste ruhig die Lampe aus. Bloß, Mutter sitzt jetzt immer so allein und jrault sich, deshalb wird's manchmal 'n bißken später. Heute werde ich aber schon bald zurück sein, also, adje uff so lange.«

Eilig ging sie davon, bog jedoch nicht in die Friedrichsgracht ein, sondern strebte auf dem kürzesten Weg ins Kastanienwäldchen. Vor der Singakademie wartete schon Johannes Perkholz. »Na – endlich«, sagte er verdrießlich, »eine geschlagene Stunde stehe ich jetzt hier und warte, eben wollte ich gehen!«

»Ich konnte heute nich eher, in die Woche jeht das nich so!«

Er stopfte die hervorgerutschten Manschetten zurück und bot ihr den Arm. Wie immer, wenn sie sich trafen, schlugen sie den Weg zum Monbijoupark ein, den der Student »Garten des Paradieses« nannte. Der Schloßdiener, der den Eingang zu dem am Wasser gelegenen Teil des Parkes bewachte, faßte an die Mütze, und Johannes Perkholz reichte ihm eine Zigarre. Für diese Spende konnten sie passieren, weil das Schloß zur Zeit unbewohnt war.

Sie waren um diese Stunde die einzigen Besucher – gleich hinter dem ersten Gebüsch umarmten sie sich. Dann ging es zu »ihrer« Bank, dicht am Spreeufer.

Es war ein schöner, windstiller Abend, die Finken schmet-

terten noch lustig in den Baumkronen, und ein Mückenschwarm tanzte in der Luft. Auf den verankerten Zillen saßen die Schiffer mit Frauen und Kindern auf Deck: das war Feierabendglück. Zuweilen hörte man die Töne einer Ziehharmonika oder das Kläffen eines Hundes.

Lore hatte den Hut neben sich auf die Bank gelegt, ihr schönes Haar glänzte goldig im Abendsonnenlicht. Sie strich die Ponys über der Stirn glatt und wedelte dann mit dem Taschentuch in der Luft. »Die verflixten Mücken«, sagte sie, »steck dir man jleich 'ne Zigarre an, sonst halten wir's nich aus. Da!« Sie hatte eine Mücke, die sich auf ihren Arm gesetzt hatte, erschlagen.

Er gehorchte, blies eifrig dicke Rauchwolken nach allen Richtungen und sagte: »Fräulein Lohr wird's aber sofort riechen, der Zigarrendampf setzt sich in dein Kleid!«

»Ach, bei uns zu Hause is auch Tabaksqualm, da kann sie denken, ich hab's von da, außerdem laß ich nich an mir rumschnüffeln!« Sie sah ihn prüfend an: »Du bist heute so komisch – haste was jejen mir?«

»Nee, bloß ich möchte dir doch was sagen!«

»Nu jenier dir nicht!«

»Meine Kusine Lili ist wieder von ihrer Reise zurück!«

»Weiß ich doch – mindestens schon seit acht Tagen!«

»Ich glaube, sie hat uns neulich mal zusammen Unter den Linden gesehen . . .«

»Schadet das was?«

»Na, du weißt doch, wie sie ist!«

»Machst du dir denn noch was aus ihr . . .?«

»Nee, nee – kein Gedanke! Bloß, es ist mir auch nicht gerade angenehm, weil – na ja, sie kann mir doch allerhand Verdrießlichkeiten machen! Wenn ihre Mutter an meinen Vater schreibt . . .«

»Kriegst du dann etwa Senge von deinem Ollen? Was kann sie ihm denn schreiben? Bin ich dir etwa nich fein jenug?«

»Onkel Semper bezahlt doch mein Studium – daß ich hier die Universität besuchen kann. Wenn er das nicht täte, hätte ich Kaufmann werden müssen!«

»Is das 'ne Schande?«

»Koofmich . . .? Da hätte ich auch gleich Schuster werden können!«

»Was wolltest du nu eijentlich sagen?«

»Ich hab' Onkel mein Ehrenwort geben müssen, daß ich hier nicht bummle!«

»Tust du das denn?«

»Und daß ich keine Liebschaften anfange . . .«

»Ach – so 'rum jeht's also!« sagte Lore gedehnt. »Nu versteh' ich schon – kiek mal an, wie du bist! Weil deine Mondschein-Kusine noch immer denkt, du wirst ihr mal heiraten, willst du mir nu laufen lassen! Da hat woll deine Tante schon mit dir drüber jesprochen?«

»Anspielungen hat sie schon gemacht, bloß ich hab' mich natürlich dumm gestellt. Aber nun ist Lilis Großvater, der olle Kapitän Gundermann, ziemlich deutlich geworden!«

»Der hat doch aber dieses Zierpüppchen nie leiden können?«

»Ja – früher nich! Jetzt hat sie doch aber wegen ihrer schwachen Brust die weite Seereise gemacht, da unterhält sie sich mit dem Alten über allerlei seemännische Dinge – oder wie man sagt: nautische, und da . . .«

»Naute? Jott, die hab' ich auch mal jejessen – wenn's dadrauf ankommt. – Das is ja heute hier vor Mücken nich auszuhalten! Die janzen Beene haben sie mir schon zerpiekt, komm, wir wollen man jehen!«

Perkholz stand sofort auf, aber sie gingen schweigend nebeneinanderher. Erst vor dem Park, auf der Straße, fragte Lore: »Na, was haste dir nu also so jedacht?«

»Ich glaube, es wäre ganz gut, wenn wir uns in der nächsten Zeit nicht mehr so oft träfen, ich meine, bis wir wieder ganz sicher sein können. Denn ich fürchte, man spioniert hinter uns her!«

»Ach nee, was Besseres weißte nich?«

»Es ist das klügste, was wir tun können!«

»Nee, das klügste is es nich! Das klügste wäre, wenn wir jleich Schluß für immer machten – ja, das wäre bestimmt das klügste! Aber nu haben wir uns doch ewige Liebe und Treue jeschworen – da sitzen wir also beide in die Tunke!«

»Wirst du mich denn ewig lieben können?« fragte er.

»Weiß nich! So wie zu Anfang lieb' ich dir schon lange nich mehr!«

»Na, du, wenn die Liebe einmal nachläßt, dann ist es auch mit der Treue Essig!«

»Päh! In die schönen Jeschichten, die Fräulein Lohr immer abends ins Bette liest, is die Liebe überhaupt janz anders, da kommen wir mit unserer überhaupt nich 'ran!«

»Dann ist es also auch nicht die richtige . . . Wir sind ja auch noch reichlich jung . . .«

»Du vielleicht, ich nich!«

Wieder gingen sie schweigend nebeneinanderher, keiner fand das rechte Wort, bis sie im Kastanienwäldchen waren. Hier, wo sie bisher immer voneinander Abschied genommen hatten, blieben sie nun stehen. Stumm und verlegen, wenn es auch keiner den anderen merken lassen wollte. Aber plötzlich gaben sie sich die Hand und gingen hastig auseinander.

Als Lore dann aus der belebten Gegend an die einsame Uferstraße kam, konnte sie nicht mehr an sich halten. Sie weinte bitterlich. Ein Weilchen später überholte sie jemand, laut und fröhlich pfeifend. War dieser Bursche da nicht Gustav Holzer aus Marienwerder? Wie ein Verhängnis tauchte er immer auf! Und wirklich, an der Ecke blieb er stehen und erwartete ihr Näherkommen. Er hatte sich also nur verstellt, als er an ihr vorübergegangen war. Vielleicht sollte er hinter ihr her spionieren? Sie ging auf die andere Straßenseite und machte einen weiten Bogen um ihn.

Als Lorenzen, ganz erfüllt von all dem, was er Neues vorhatte, am anderen Tage in die Nähe seines Logis kam, sah er jemanden auf den steinernen Treppenstufen vor der Haustür sitzen. Nanu? War denn Jens nicht zu Hause? Daß auf ihn, Lorenzen, jemand warten könnte, kam ihm gar nicht in den Sinn, aber plötzlich kniff er die Augen zusammen. Donnerstag und Freitag! War das nicht gar die Frau vom Schuster Kranold? Was war denn da passiert?

»Juvivallera!« sagte er zur Begrüßung, als er vor ihr stand.

Sie hatte ihn mit einem raschen Blick gestreift, sah nun aber an ihm vorbei und sagte: »Ick habe 'ne Bestellung. Du sollst noch heute bei Herrn Kapitän kommen, er erwartet dir janz bestimmt!«

»Was will der Olle immerfort von mir?«

»Weiß ick? Er hat's mir bloß durch die Niclas-Marie sagen lassen!«

»Will er etwa wieder Balsam, der is jetzt teurer jeworden!«

Er bekam keine Antwort. Die Frau stand da, das Gesicht vergrämt, und sah an ihm vorbei, nervös an der weißen Latzschürze zupfend. »Ich hab's dir also ausgerichtet, damit es janz sicher wäre, sollte ich's dir selber sagen – adjüs!«

»Adjüs!«

Lorenzen sah ihr eine ganze Weile nach und spürte etwas Wunderliches in seinem Herzen. »Die da is nu mal meine Frau jewesen, aber da hat sie noch kein Jesicht jehabt wie Braunbier und Spucke. Ja, ja Anna – so'ne weiße Latzschürze hast du auch immer umjehabt, als wir damals bei Sempers vor die Haustür standen. Na ja – juvivallera!«

Jens, mit dem er sich besprechen wollte, war nicht zu Hause. Da stieg er hinauf in seine Kammer, setzte sich auf die Bettkante und überlegte. Sollte er den neuen Anzug nehmen oder sein altes Seemannszeug? Er entschied sich für den Anzug und machte sich fein wie zu seinen Fremdenführungen. Auch den ausländischen Hut setzte er auf – ja, und eine Balsamschachtel wollte er einstecken, man konnte doch nicht wissen, ob die nicht die Hauptsache war. Als er dann in der Breiten Straße am Semperschen Hause die Messingklingel gezogen hatte, öffnete ihm Marie Niclas. Er sah sie scharf an: »Na ja – die Beene kenn' ick doch! Du hast ja woll früher immer auf die Treppe von den muffigen Kartoffelkeller jesessen? Wenn du der Frau von Schuster Kranold die Bestellung jebracht hast, dann führe mir mal zu den Herrn Kapitän Jundermann!«

Marie sah ihn groß an, ging voran durch den Flur auf den Hof und zeigte auf einen kleinen Anbau.

»Du hast woll Pierese in die Backe, daß du nicht sprechen kannst? Jeh man 'rin und sag ihm, Herr Lorenz Lorenzen sei da!«

Marie schüttelte den Kopf, wies nur nochmals auf den Anbau. »Da wohnt Herr Kapitän. Sie sollen jleich bei ihn reinkommen, hat er gesagt!«

Damit machte sie kehrt und ging davon, ohne sich weiter um ihn zu kümmern. Gleich an der ersten Tür las er das

Porzellanschild mit der Aufschrift: »Gundermann, Kapitän zur See.« Er klopfte an – wartete. Nichts rührte sich. Also noch einmal und stärker. Wieder vergeblich. Ach so, ja richtig, der Olle war ja halb taub. So trommelte er denn mit der Faust gegen die Tür.

»'rein, zum Donnerwetter!«

Kapitän Gundermann saß im Lehnstuhl am Fenster und hatte ihn wohl schon vorhin mit Marie im Hofe stehen sehen. Lorenzen schloß die Tür und brüllte: »Hier bin ich, Herr Kapitän!«

Der Alte starrte ihn an, stand dann auf und winkte. Lorenzen trat ein paar Schritte näher. Kapitän Gundermann schüttelte den weißen Kopf, ging rund um ihn herum und besah ihn sich.

»Das is also der Lorenz Lorenzen?«

»Jawoll, Käpt'n – juvivallera!«

Kopfschüttelnd ging der Alte zurück zu seinem Korbsessel und deutete auf einen Stuhl. Als sich Lorenzen gesetzt hatte, sagte er: »Du bist auf lange Fahrt jewesen?«

»Jawoll, Käpt'n!«

»Ich hab' jedacht, du bist für immer unter Deck jejangen!«

Keine Antwort, nur stiere Blicke.

»Ja, das hab' ich jedacht, und nu biste wieder da und siehst aus wie einer von'n Mühlendamm. Du warst doch ein janz fixer Junge, damals auf dem ›Pottwal‹ – aber hier an Land segelste nich platt vors Laken!«

Der Alte legte die Hand ans Ohr und horchte, hörte aber von Lorenzen keine Antwort. »Erinnerst du dir an den schönen Spruch: Eene Hand for mi, die annere for't Schipp?«

»Jawoll, Käpt'n!«

»Das Schipp is deine Tochter! Halt dir mit die eine Hand feste bei't Segelreffen, aber mit die andere das Meechen ... Deine Tochter giert von'n Kurs ab!«

»Jawoll, Käpt'n!«

»Wenn ich dir wiedersehe, dann hoff' ich, daß du die

blaue Jacke anhast und die Brust frei – kein Schmisettche vor wie so'n Ladenschwengel! So jefällst du mir nämlich nich – adjüs!«

»Adjüs – Käpt'n!«

Draußen – vor der Tür – schüttelte sich Lorenzen. Er kam sich abgewettert wie ein Slüsenkrüpper vor. Ja, er hatte seinen Schornstein jedesmal umgelegt, war ergeben durch des Alten Schleusen gekrochen. Doch – nun richtete er seinen Schornstein wieder auf, es war ja besser gegangen, als er gedacht hatte, jetzt wollte er wirklich schärfer am Wind liegen ... Freilich, für heute hatte er genug, die Sache mußte doch erst mal gründlich überlegt werden, am besten bei einem Glase Grog im »Nußbaum«.

Eine Woche lang, Abend für Abend, aber auch tagsüber, beobachtete Lorenzen nun den Putzladen. Er schlich seiner Tochter nach, wenn sie einen Bestellgang machte, konnte aber niemals entdecken, daß sie vom Kurse abgierte. Was meinte denn Kapitän Gundermann nun eigentlich damit – ein besseres Mädchen gab's doch gar nicht! Zuweilen sah er ja, daß »der lange Schlaaks«, der Gustav Holzer aus Marienwerder, der Lore absichtlich über den Weg lief, aber sehr deutlich bewies ihm diese, daß ihr nicht das geringste an ihm gelegen sei.

Na ja, damals, als er gerade zurückgekommen war und er ihr zum ersten Mal sein »Juvivallera!« zurief, da hatte er sie wohl mit einem jungen Menschen zusammen gesehen, aber nun konnte er sein Mädel doch genügend eintaxieren, um zu wissen, daß ihr solch ein dummer Bengel nicht gefährlich zu werden vermochte. Wer weiß, wer da dahintersteckte! Vielleicht das Mädchen aus dem Kartoffelkeller. Diese Marie Niclas war doch sicherlich nach ihrer Mutter geraten, und die alte Niclasen, das wußten alle im Spreewinkel, war das ärgste Klatschmaul. Schade, daß er dem Kapitän nicht gleich ordentlich Bescheid gesagt hatte – aber hatte ihn der Alte denn zu Wort kommen lassen, mit seinem Schwadronieren?

13

»Die Substanz macht es«, sagte Lorenzen und rührte emsig weiter in der Tasse.

»Und was is das denn da?« Jens zeigte auf einen eisernen Topf, in dem über dem Herdfeuer etwas Fettiges zum Schmelzen gebracht wurde.

»Det is die Masse!«

»So, so – die Masse!« Jens stocherte sich mit dem Pfeifenstiel im Ohr. »Und was machst du mit die Masse?«

»Da tu' ick die Substanz 'rin!«

»Und denn?«

»Denn tu' ick's in kleene Spanschachteln!«

»Ach so«, sagte Jens, »und dann is das peruanischer Balsam!«

»Na ja doch – Stiebelwichse wird anders jemacht!«

»Wo kriegsten die Masse her?«

»Die besorg' ich mir!«

»Ach so, vom Schinder! Das is nämlich Pferdefett, und daß du das in meinen Suppentopp kochst . . .«

»Was kost't der Topp?« Lorenz faßte in die Westentasche.

Jens beantwortete diese Frage nicht, sondern sagte: »Nu weiß ick doch endlich, warum deine Balsamkruke nie nich leer wird, so ville du auch 'raus verkaufst!«

»Haste jedacht, daß der Balsam von alleine heckt?«

»Nee – du hast doch aber jesagt, daß du ihn von einem Hamburger Matrosen beziehst!«

»Die Substanz jawoll, aber nich die Masse!«

»Ick jlaube, die Substanz könntest du janz jut auch hier in die Nähe beziehen, wenn die in die vielen kleinen Pullen drinne jewesen is, wo Nelkenöl druffsteht und die ick jestern ins Ofenrohr jefunden habe.«

»Nee, nee, das Nelkenöl, das brauch' ich selbst, und damit du nich jleich wieder fragst wozu, sag' ick es dir: Mit das Nelkenöl schmier' ick mir meine Tätowierung ein, denn die soll wieder 'raus!«

»Ick hab' aber noch nie nich eine Tätjowierung bei dich jesehen.«

»Ick werd' sie dir mal beis Baden aus die Ferne zeigen, denn nahe is mir das doch zu schenierlich!«

»Dann wirste dir wohl inzwischen eene mit blaue Tinte uffjemalt haben!«

»Hab' ick blaue Tinte?«

»Dann schwindelste eben das Blaue vom Himmel 'runter und machst dir damit deine Tätjowierung«, sagte Jens grob.

Lorenz zog den Topf vom Feuer, rührte schweigend das Fett noch einmal kräftig um. Dann ging er hinaus, stieg mit dem Topf in seine Kammer und stellte ihn zum Erkalten ans Fenster. Es war ihm nicht angenehm, daß ihn Jens bei der Fabrikation des peruanischen Balsams überrascht hatte, ja, es vielleicht sogar auf diese Überraschung abgesehen hatte. Er hatte doch erst gesagt, daß er den ganzen Vormittag wegbleiben wollte, und dann stand er, gerade als das Fett zu schmelzen begann, plötzlich in der Küche. Aber nun ließ sich nichts mehr dagegen machen. Lorenz konnte nur hoffen, daß Jens den Mund halten würde, wie es sich für einen anständigen Stüermann gehörte. Auf jeden Fall wollte er ihm einen neuen Suppentopf kaufen, damit das wenigstens aus der Welt geschafft war. Jens war eben manchmal bockig. Wie auch die Geschichte mit Hanne Ströhlen aus dem »Nußbaum« bewies. Das alte Mädchen hatte es Lorenzen ja selbst erzählt: Erst fing er mit ihr an, und als sie auch Feuer fing, verlor er die Courage. Kein Wort mehr hatte Jens seitdem mit ihr gesprochen.

Doch – nun wurde es auch mit der Tätowierung brenzlig. Wenn er die nicht bald vorweisen konnte, würde Jens vielleicht ganz und gar tückisch werden und schließlich den letzten Glauben an den Freund verlieren. Lorenzen holte seinen Seehundskoffer vor, klappte ihn aber selbst jetzt nur so weit auf, daß er gerade hineinlangen und darin wühlen konnte. Schließlich fand er, was er suchte: ein Schächtelchen mit blauem Pulver und in einer Art Nähkasten eine krumme Nadel, mit der er das Pulver unter die Haut zu bringen hoffte. Und dann saß er da und grübelte über die Figur nach, die er sich einimpfen wollte. Er kam zu dem Entschluß, als Motiv zwei Herzen zu wählen, die sich mit der Spitze berührten. Als Vorlage stellte er die Cœur-Dame aus einem alten Kartenspiel auf den Stuhl, nahm den kleinen Wandspiegel ab und lehnte ihn an das Fußende des Bettes. Und dann schnallte er den Riemen ab, ließ die Hose fallen und legte sich so auf die Matratze, daß er durch seine hochgehobenen Beine die zur Einätzung bestimmte Körperstelle im Spiegel sehen konnte. Auf die eine Seite sollte ein Herz, auf die andere das Pendant kommen. Nein – es war bestimmt keine leichte Arbeit, im Gegenteil, eine sehr schwierige und schmerzhafte. Aber was tut man nicht alles, um seine Glaubwürdigkeit beweisen zu können. Bisweilen blutete er bei einem ungeschickten Stich so stark, daß er aufstehen, ein nasses Tuch auf den Bauch legen und ein Weilchen pausieren mußte.

Endlich war er mit den Umrissen fertig, hatte jedoch, um sich zu schonen, das zweite Herz bedeutend kleiner gemacht. Jetzt rieb er, die Zähne vor Schmerz zusammengebissen, das blaue Pulver in die Ritzungen, zog sich stöhnend wieder an und legte Schachtel und Nadel in den Seehundskoffer, den er sorgsam verschloß.

Als Lorenzen dann später wegging und Jens ihm durch den Spion am Fenster nachsah, fiel ihm auf, daß der sonst so flott nach Seemannsart Ausschreitende sich eigenartig steif hielt. Hatte er vor Ärger etwa Hexenschuß bekommen? Na, dann brauchte er sich ja bloß mit seinem Patent, dem peruanischen Balsam, einzureiben. Aber bei sich selbst wandte er diesen Schweinekram sicherlich nicht an. Vielleicht sollte es auch nur wieder etwas Besonderes bedeuten. Oder ging man am Äquator so steifbeinig, wenn man sich mit seinem besten Freund und Logiswirt verkracht hatte? Jedenfalls wußte Lorenzen ja genau, daß ihn Jens die ganze Uferstraße entlang beobachten konnte. Was sollte es also?

In der Dämmerung kam Lorenzen zurück, ging schweigend an den Herd und stellte einen neuen gußeisernen Suppentopf auf das Feuerloch.

»Was willste nu dadrinnen kochen – den Joldsand?«

»Nee, nee – das is for deine Stinte! Und wenn du mal zu ein Bejräbnis mußt, kannste dir den Topp auch als Schapoklack uffsetzen!«

»Mir kriegt doch keiner mehr labundig auf keinen Kirchhof nich mehr 'rauf!«

»Jraulst du dir so vor die Toten?«

Jens stocherte sich mit dem Pfeifenstiel in gewohnter Weise im Ohrloch. »Man soll sich nich zu sehr mit die Toten einlassen«, sagte er düster. »Sie zieh'n einen sonst unter die Erde. Willst du dir nich hinsetzen, dann könnte ich dir mal eine Jeschichte erzählen, die ich mit eine Tote erlebt habe, und wo ich mir dann bloß mit knappe Not habe retten können!«

»Ich stehe lieber. Willst du einen Korn haben, Jens?« Er zog eine flache Flasche aus der Brusttasche und quietschte verführerisch mit dem Korken.

»Wenn du jetzt deine Speckkartoffeln essen willst, werde ick mir einen Korn jenehmigen. Warum bist du nich zu's Mittagessen runterjekommen?«

»Ich wollte mir die Tätowierung rausmachen und hab' mir zu feste mit das verflixte Nelkenöl einjeschmiert. Aber mach man nu die Speckkartoffeln warm! Prost!« Er nahm einen Schluck und reichte Jens die Flasche, der nun auch trank und sich dann am Herd zu schaffen machte. Es roch gar lieblich, und Lorenzen aß mit dem Suppenlöffel die duftende, dampfende Masse so gierig, daß er nicht ein einziges Mal aufblickte.

»Wenn nu Pferdefett mang wäre, würde es dir nich so schön schmecken«, spottete Jens.

»Vielleicht noch schöner. An'n Äquator hab' ick mal Quetschkartoffeln mit Schnecken jekocht – an das Jericht denk' ick jetzt jrade, und dadrum stopp ick so! Fängst du aber wieder an, krötig zu werden, denn verjeht mir sofort der janze Appetit! Ich denke, du wolltest mir eine jrauliche Jeschichte erzählen?«

»Das kann ick ja immer noch! Ich weiß nich, ob du's weißt: Ich hab' doch mal ein Meechen jeliebt . . .«

»Ja doch – die hieß Susanne und war aus Marienwerder und is dann von die Kajütentreppe jefallen und war jleich mausetot!«

»Das weißt du also – was du aber nich weißt, ist, daß hier auf den Kirchhof ans Oranjenburger Tor eine bejraben liegt, die auch Susanne heißt!«

»Das soll auf andere Kirchhöfe auch vorkommen! Meine olle Tante hieß auch Susanne und liegt in Teltow bejraben! Da staunste.«

Jens verlor die Lust am Weitererzählen, aber Lorenzen fragte: »Also, was is nu mit die tote Susanne vons Oranienburger Tor?«

»Weil ick«, sagte Jens stockend, »meine Susanne so jeliebt hatte, aber ihr kein Verjißnichtmein aufs Jrab pflanzen konnte, hab' ick das eben immer hier bei die andere Susanne jemacht!«

»Wenn das nu aber eine janz olle Fummel jewesen is . . .«

»Die Jahreszahl und der andere Name waren ja ja nich mehr auf den Jrabstein zu erkennen, bloß noch Susanne, und das rührte mir eben so sehre!«

»Ja, ja, mein gutester Jens, du hast ein Jemüt wie ein weiches Ei!«

»Hab' ich auch! Ich täte zum Beispiel keine lebendigen Schnecken in Quetschkartoffeln und brate sie dann!«

»Dann würdest du also auch Pferdefett vorziehen?«

Jens antwortete nicht, er starrte versonnen in den Abendhimmel.

»Hat dir die Susanne nu ins Jrab jezogen?«

Der Steuermann schwieg, wischte sich aber mit dem Zeigefingerknöchel die feucht gewordenen Augen, stand auf und räumte das Eßgeschirr weg.

»Nu, aber«, sagte Lorenzen enttäuscht, »wo is denn da nu was Jrauliches?«

»Wenn einer«, sagte Jens, »wie du am Äquator jewesen is, dann is für ihn überhaupt nischt mehr jraulich, dann hat ihn die heiße Sonne das Jemüt verdorrt. Mir tut es leid, daß ick überhaupt von anjefangen habe – so, nu weißte es!«

»Jemüt – verdorrtes Jemüt! Wenn du wüßtest, wie jemütvoll ick bin! Aber das war ja heute ein janz verknackster Tag for dir, Jens!«

»Ja – denn heute war mein Jeburtstag!«

»Mensch – wie soll ick denn das wissen! Da freue ich mir, daß ick dir jrade heute den schönen Suppentopp jebracht habe. Warum hast du denn aber nischt spendiert? Also, ick jratuliere dir aus mein tiefstes Jemüt, und nu werde ick was zur Feier des Tages schmeißen. Jetzt jehen wir nach'm ›Nußbaum‹ und trinken einen Steifen, und da erzählst du mir dann die janze Jeschichte von die tote Susanne.«

Trotz jener neu bekräftigten Freundschaft an Jens' »verknackstem Geburtstag« kam der Steuermann ein paar Tage später wieder auf die »Tätowierung« zu sprechen.

»Du kannst sie jederzeit besichtigen«, sagte Lorenzen, »aber ich würde dir raten, einen Zeugen mitzubringen. Ich schlage dir den dicken Martin vor, denn dem möchte ich sehr jern auch mal was Schönes zeigen.«

»Wozu brauch' ich einen Zeugen?«

»Ich brauche einen«, sagte Lorenzen, »damit du es nachher nich abstreiten kannst – und der Schiffskoch is auch einer, der mir nie nich jlaubt!«

»Vielleicht laden wir überhaupt die janzen ›Erweckten‹ ein?« schlug Jens vor.

»Von meinswegen sind sie alle herzlich einjeladen, ob sie aber alle den Anblick werden ertragen können, is mir doch noch ein bißken sehr schleierhaft!«

»Is das so jraulich?«

»Na, jraulicher wie deine tote Susanne is es schon! Denn ick will dir man sagen, Jens, was du mir den Abend da im

›Nußbaum‹ von die Jeistererscheinung auf den Kirchhof erzählt hast, is blanker Quatsch. Du hast dir an dem Jrab bekümmelt und bist einjeduselt, und als du aufwachtest, da war's Nacht, und da haste dir so alleine mang die Leichensteine und Jrabkreuze jejrault – dadrum war dir das jraulich!«

»Bekümmelt – ick? Komisch! Wo ick doch, wie immer auf meinem Gang dorthin, bloß meinen schwarzen, kalten Kaffee in die Pulle jehabt habe!«

»Lassen wir's man – ick jlaube dir nich, und du jlaubst mir nich! Ick aber kann beweisen, daß ick die Wahrheit spreche, und dadrum sage ick: Komm morgen mit Martin an die Badestelle, da sollt ihr mal euer blaues Wunder erleben!«

Lorenzen nahm seine Angelrute und zog stromaufwärts, sang dabei sein »Juvivallera« so rein, als wenn er edlen Wein getrunken hätte. Jens jedoch ging düster ins Haus zurück und rieb sich mit peruanischem Balsam ein, denn er hatte schon wieder seinen Hexenschuß und konnte sich kaum geradehalten. Aber bald freute er sich tüchtig, daß die Salbe auch diesmal Linderung brachte – jedenfalls so gut, daß er sich aufzurichten vermochte. Da wurde er so munter, daß er die Runde machte und allen »Erweckten« ausrichtete, daß sich Lorenzen ihnen morgen enthüllen würde – mehr dürfe er nicht sagen. Wer also dabeisein wolle, müsse um drei Uhr nachmittags pünktlich an der Badestelle sein, »da, wo die olle, mulmige Weide steht!«

14

Obwohl die meisten Mitglieder der Gemeinschaft ihr Erscheinen zugesagt hatten, kam doch nur Martin mit dem alten Pelter, der aber auch nur mitgelaufen war, weil er nicht recht wußte, was er mit seiner freien Zeit anfangen sollte.

Martin war sehr enttäuscht, als er von Jens, der schon wartend an der alten Weide saß, erfuhr, daß es sich bloß um die

»Tätjowierung« handele. Der Schiffskoch hatte geglaubt, der Juvivallerich wollte Buße tun und reumütig seine Sünden bekennen, vor allem einmal gestehen, daß er eben doch ein arges Lügenmaul sei. Wenn ihm Jens das von der »Tätjowierung« nur gleich gesagt hätte. Um so interessierter an der »Besichtigung« war Pelter. Für ihn lohnte sich jetzt der weite Spaziergang, zu dem er anfänglich wenig Neigung gehabt hatte, da ihm das viele Laufen ganz ungewohnt war.

»Wenn er man überhaupt bloß kommt«, sagte Jens, der nicht gerade in allerbester Stimmung war. Er kniff das linke Auge zusammen und starrte in die Ferne. »Na ja – das könnte er sein! Nu bin ick doch jespannt, was er wieder für Ausreden haben wird!«

Lorenzen kam wirklich, aber als er vor den dreien stand, sagte er, verächtlich ausspuckend: »Mehr nich? Na, dann könnt ihr wenigstens nachher Skat kloppen! Na, schad' nischt! Also, hört mal zu: Mir hat eine peruanische Feuerländerin zwei Herzen einjeimpft, weil sie mir so furchtbar jlühend heiß jeliebt hat. Aber du, Jens, und du, Martin, ihr wollt mir das ja nich jlauben, und nu werde ich euch die Wahrheit beweisen – desterwegen bin ich jekommen!«

»Nu ja, denn man los«, sagte Jens ungeduldig. »Denn wenn du vielleicht noch lange erzählst, kommt es 'raus, daß jar keine da sind!«

»Ihr wollt also, daß ich sie euch zeige?«

»Ja, natierlich«, sagte Jens, und Pelter nickte zustimmend.

»Dann macht mir nachher jefälligst aber keene langen Jesichter!« Und Lorenzen, der schon den Gürtel aufgeschnallt hatte, zeigte, was die beiden zu sehen begehrten ...

Jens war wieder der erste, der was sagte: »Du, hör mal! Das sieht nich jerade so aus, als wenn das eine Tätjowierung wäre. Das sieht eher so aus, als wenn du dir in Blaubeeren jesetzt hättest!«

»Die Herzen sind auch nich mehr janz deutlich«, erklärte Lorenz, »weil's schon so lange her is.«

»Und ich dachte, du hättest janz was andres drauf«, sagte

Herr Pelter enttäuscht. »Man bloß zwei Herzen . . . Hm, da hab' ich bei Hamburger Matrosen janz andere Sachen jesehen!«

»Nu kommt mir nur nich noch mal mit eurem Unjlauben – und dir, Jens, hab' ick nu bewiesen, det ick bei Tag und Nacht immer die lautere Wahrheit sage. Hab' ick det . . .?«

Jens umging die Antwort. »Warum«, fragte er, »willste denn die schöne Tätjowierung mit Jewalt wieder raushaben?«

»Ick frage dir ja auch nich, warum du 'ne Neese ins Jesicht hast! Was jeht das dir also an?«

Der Schiffskoch hatte bisher nichts gesagt, nur zugehört. Jetzt setzte er sich ins Gras der Uferböschung und zündete sich gemütlich eine Pfeife an. Jens und Pelter, zunächst noch unschlüssig, ließen sich dann ebenfalls ins Gras fallen – nur Lorenzen blieb stehen.

»Wollen wir uns doch nich wegen so wat streiten«, sagte Martin sanft. »Wenn du, Lorenzen, die Jeschichte von deine Enthüllung die andern Leute erzählen tust, lachen sie uns ja alle aus, daß wir so dämlich jewesen sind. Nee, nee, wir sollten von Liebe jejeneinander erfüllt sein, und wenn ich's bis jetzt nich jejen dir war, Lorenzen, dann bitte ich dir heute hier vor zwei Zeugen um Verzeihung. Wenn ick etwas ruppig jejen dir jewesen bin, dann war es man immer bloß aus Angst, weil ick in dir einen Vorläufer von Peter Gategast jesehen habe und mir fürchte, daß er doch noch mal wiederkommt und mir und meine Frau unjlücklich macht!«

Ganz verblüfft starrte Jens den dicken Schiffskoch an, und Herr Pelter hatte unwillkürlich die Hände gefaltet.

Und dann sahen die drei Lorenzen erwartungsvoll an. »Das hört sich ja«, sagte dieser, »ja, das hört sich ja sehr schön an – unbedingt. Bloß, wodrauf willst du denn nu eigentlich 'naus, Martin, das möchte ich jenauer wissen!«

»Warum soll ich auf was 'naus wollen? Ick habe keine Hinterjedanken nich, ick bin bloß vom Jeist der Liebe und Versöhnung erfüllt!«

»Hat dir dieser Jeist hierherjetrieben?«

»Ick hab' nich jeahnt, daß du uns dein Achterdeck unter die Neese halten wolltest, ick hatte erwartet, daß du dir nich dein Jewand, sondern die Brust aufreißen würdest, um allen Unflat rauszulassen und um uns dein Herz zu zeigen, daß es wirklich nich so schwarz is, wie wir jlauben!«

»Nanu, warum denn man bloß?«

»Weil du eine Sündenkreatur bist, die endlich Buße tun soll!«

»Und was bist du denn, mein jutester Martin?«

»Nischt weiter als ein sündiger Madensack!«

»Scheen, sehr scheen! Dann will ick dir nu auch mal wat sagen, Martin. Ick bin ein armes Rabenaas, wie's so schon in das eine Jesangbuchlied heißt. Nee, noch schlimmer, denn ick bin man bloß meine eigene Leiche! Ick tu mit nischte dicke – ihr aber, statt sonntags in die Kirche zu jehen, spielt ihr Heiligen-Verein! Das hab' ich auch schon Kranolden gesagt, und es hat tiefen Eindruck auf ihn jemacht, so tiefen, daß er sich seine geölten Jenofefalocken hat abschneiden lassen. Ihr habt euch alle von den Halleluja-Joseph verrückt machen lassen, den sie bei die Heilsarmee rausjeschmissen haben, denn da können sie solche scheinheiligen Brüder nich jebrauchen, da meinen sie es ehrlich mit die Buße und Bekehrung und mit den juten Lebenswandel. Das hab' ich in London jesehen. Nee, ich hasse nischt so sehr wie frommes Jetue mit Augenverdrehen und jesalbte Worte!«

»Na, aber, du bist nich jrade der Mann, uns so wat zu sagen«, begehrte Martin auf, »denn du siehst nich den Balken in deinem Auge!«

»Dann is' ja jut, dann kannste mir'n ja mal zeigen – ick werd'n dann mal rausreißen!«

Martin überlegte, dann sagte er ernst und feierlich: »Den Balken, den hat dir der olle Käpt'n Jundermann schon jezeigt, aber du hast ihn nich rausjerissen, obschonst du dir mal wegen deine Tochter wirst verantworten müssen – da oben!« Und er verdrehte die Augen zum Himmel.

Lorenz blickte verdattert von einem zum anderen. »Wat willste denn damit sagen? Jetzt will ick aber mal 'ne ordentliche Antwort haben, sonst ...« Drohend sah er Martin an, streifte den Ärmel hoch.

»Ich will bloß mit sagen, det du dir nich um deine Tochter so bekümmerst, wie es ein ordentlicher Vater tun soll!«

»Wen hat sie was jestohlen ...?«

»Ihre unsterbliche Seele hat Schaden erlitten – sie treibt sich abends mit Studenten 'rum!«

»Det is jelogen und erstunken von olle Klatschweiber!«

Martin wandte sich ab. »Ick habe jenug von diese Unterhaltung, ick jeh' jetzt nach Hause! Besser wäre es jewesen, ick wäre ja nich hierher jekommen.«

»Lauf man zu – lauf feste zu! Nimm aber de Beene in die Hand und steck die Socken in de Tasche!«

Martin hörte anscheinend nicht auf diese Sticheleien. Er winkte Pelter, der ihm nach kurzer Überlegung nachging.

Jens stand verlegen dabei, aber Lorenzen beachtete ihn gar nicht, sondern nahm einen flachen Stein auf und ließ ihn mit einem geschickten Wurf über die Wasserfläche tanzen. Er schien von dieser »Butterstulle« sehr befriedigt zu sein, denn er ging ein Stückchen weiter und suchte sich einen geeigneten Stein nach dem anderen.

Auf diese Weise entfernte er sich, immer wieder einen Stein aufhebend, allmählich so weit von dem Steuermann, daß er ihn nun ohne Abschiedsgruß stehenlassen konnte.

Die nächsten Tage brachten unerwarteten Verdruß. Der Bezirksvorsteher hatte Lorenzen einen Brief geschrieben, daß er auf seine weitere Tätigkeit als Fremdenführer verzichten müsse. Die Gasthausbesitzer hätten sich beschwert, daß die Erklärungen den Fremden nicht genügten, ferner, daß Lorenzen die Besucher zu Ausgaben im »Nußbaum« verleite, ihnen dann dort seinen Balsam aufdränge und abfällige Bemerkungen über die zu geringe Höhe der Trinkgelder mache. Der Bezirksvorsteher habe sich deshalb gezwungen gesehen, eine andere, besser geeignete Persönlichkeit für die Führungen durch Alt-Berlin anzustellen.

Gewiß, dieser Ausfall war verdrießlich, viel schlimmer aber war, daß der Balsamverkauf böse ins Stocken geraten war. Wem er das zu verdanken hatte, war nicht gerade schwer zu erraten: Der Steuermann hatte offenbar das Fabrikationsgeheimnis verraten... Überhaupt der Jens! Der schien es doch darauf abgesehen zu haben, ihn aus dem Logis loszuwerden. Da war zum Beispiel das Essen. Seit Besichtigung der Tätowierung setzte Jens ihm stets nur Bohnen mit Speck vor, die er immer gleich für drei Tage in dem neuen Topf kochte. Gestern und heute hatte Lorenzen deshalb das Essen stehengelassen und es vorgezogen, gegen sofortige Barzahlung im »Nußbaum« zu speisen.

Das Verhältnis zwischen beiden war ziemlich niederträchtig geworden. Stumm wie die Fische schoben sie sich aneinander vorbei, hatten selbst morgens, wenn sie sich zum ersten Mal sahen, kaum noch ein Nicken füreinander übrig.

Lorenzen war am Vormittag bei Barbier Quarge gewesen, um sich gegen eine Schachtel Balsam die Haare schneiden und rasieren zu lassen. Nun saß er an seinem Fensterchen und überlegte hin und her, denn er spürte schon seit einiger Zeit, namentlich wenn er so wie heute dem Schwalbenflug nachsah, ein merkwürdiges Verlangen in sich aufsteigen. Ja, er hatte es mitbekommen, daß es nicht ganz so leicht war, sich im Spreewinkel heimisch zu machen, wenn man so lange draußen in der weiten Welt gewesen war. Er hatte geglaubt, er brauche bloß wieder zurückzukommen und alles sei gut! Gewiß, ganz so dumm war er ja doch nicht gewesen. Er war mit der Absicht gekommen, möglichst bald wieder – wie Peter Gategast – zu verschwinden, wenn er merkte, daß seine Frau, die Anna, mit dem anderen glücklich geworden war.

Aber das war sie nun eben nicht, und so blieb er hier im Spreewinkel ganz gegen sein Vorhaben kleben. Er erwartete eigentlich jeden Tag, daß man sein Eingreifen verlangen werde. Aber – das war ja nun nicht der Fall: Weder Frau noch Tochter schienen ihn zu brauchen. Er griff hinter sich, nahm die Harmonika vor und begann zu spielen:

»Wenn ich mich nach der Heimat sehn',
In meinem Aug' die Tränen stehn ...«

Als er damit fertig war und gerade überlegte, ob er nun noch »Die letzte Rose« spielen sollte, hörte er, daß jemand die Stiege zu ihm heraufkam. An dem Hüsteln vor der Tür erkannte er Jens. Der Steuermann kam herein, nickte ein paarmal und sagte: »Heute morgen war ein Schutzmann da!«

Lorenzen fing äußerst geschickt eine Fliege, die sich aufs Fensterblech gesetzt hatte. Er hielt die hohle Hand mit dem Tier ans Ohr und schien mit höchster Aufmerksamkeit dem Summen zu lauschen.

»Ick hab' dir damals vorschriftsmäßig anjemeldet«, fuhr Jens fort, »aber sie haben auf die Wache damals jleich zu mir jesagt, sie müßten auch die Abmeldung haben, wo du zuletzt jewohnt hast!«

»Spreejrund bei Zelt Nummer eins, daß de's weeßt!«

»Der Schutzmann hat jesagt, wenn du nu bis morgen mittag um Schlag zwölfe nich aufs Revier jekommen bist und deine Papiere vorjezeigt hast, dann kommt er dir holen. Mach mir also keine Späne nich, sonst kriege ick auch noch Strafe, daß ick dir Loschi jejeben habe!«

»Möchst mir woll jerne los sein, Jens? Nu ja, ick jehöre auch ja nich mehr in ein Haus. Mir hätten sie lieber in einen Sack jenäht auf See über Bord schmeißen sollen. Aber hab man keine Bange nich, ick werde dir keine Unjelegenheiten machen!«

Im ersten Morgengrauen des nächsten Tages fuhr Steuermann Jens von seinem Lager auf: ›Hoi – war da nicht eben jemand an der Haustür jewesen ...?‹

Er horchte ein Weilchen angestrengt, aber es rührte sich nichts. Nun konnte er aber nicht mehr einschlafen; er wälzte sich hin und her. Schließlich stand er auf und ging hinaus, um nach dem Wetter zu sehen. Ja, aber... Düwel noch mal! Hatte er denn gestern abend nicht die Haustür zugeschlossen? Der Schlüssel steckte zwar, aber die Tür war nur eingeklinkt!

Da durchzuckte ihn ein Gedanke. Er ließ die Holzpantinen im Flur stehen, stieg in Strümpfen die Treppe hinauf – und dann noch die schmale Stiege bis zu Lorenzens Kammer. Er legte das Ohr ans Schlüsselloch, horchte angestrengt. Nein – wahrhaftig. Kein Schnarchen war zu hören. Vorsichtig öffnete er die Tür – das Bett war leer... Sein Blick suchte den Seehundskoffer – verschwunden! Nur der Topf mit dem Goldsand und die leere Balsamkruke standen noch da. Die gefüllten Schachteln aber waren ebenfalls weg. Und auf dem Kopfkissen lag ein Zettel:

»Juvivallera!«

Der »tote Mann« hatte sich eine andere Unterkunft gesucht!

Das war nun aber nicht der Fall. Es stellte sich schließlich heraus, daß Lorenzen wieder einmal verschwunden war, genauso spurlos wie damals, als er Frau und Kind im Stich gelassen hatte.

Vierter Teil

I

Seit dem Tode des Kapitäns Gundermann – es waren wohl schon über vier Jahre seit dem Tage vergangen, an dem man den alten Herrn eines Morgens leblos in seinem Korbstuhl gefunden hatte – ging das Fräulein Lohr stets in Schwarz. In ihrem Laden sah man sie nur noch selten, und sie wurde auch nicht gerade vermißt. Man war gegen ihren Geschmack mißtrauisch geworden, weil das im Schaufenster ausgestellte »Modell der Saison« durch alle Jahreszeiten so unverändert blieb wie das danebenliegende Straußenei. Auch verhandelte die Kundschaft lieber mit Fräulein Lorenzen, die durchaus moderne Ansichten besaß und es auch durchgesetzt hatte – obwohl das alte Fräulein zuerst sehr dagegen gewesen war –, daß man in dem Putzladen jetzt auch Herrenkrawatten, Manschetten, Chemisetts und Handschuhe verkaufte.

Auch sonst hatte sich mancherlei in diesen vier Jahren ereignet, aber nichts davon war für Lore besonders wichtig gewesen. Was ging es zum Beispiel sie an, daß man den »Heilsarmee-Joseph« als Trinker entlarvt und mit Schimpf und Schande aus der Gemeinde der »Erweckten« gestoßen hatte. Oder daß der Student Johannes Perkholz auf den Namen seines Onkels, des reichen Ziegeleibesitzers Semper, Schulden gemacht hatte und deshalb zu seinem Vater nach Frankfurt an der Oder zurückgeschickt worden war, wo er nun Kaufmann lernte – was ging der sie noch an? In das abermalige Verschwinden ihres Vaters hatte sich Lore gefügt, wie man sich in das Herbstwerden und das Wegziehen der Schwalben fügen muß. Vielleicht war es so auch am besten, weil dadurch die Mutter wieder zu Ruhe und Frieden gekommen war. Daß Fräulein Lili Semper sich kürzlich mit einem Gardeleutnant verlobte, hatte Lore ebenfalls völlig kalt gelassen. Aber etwas anderes war doch nicht ohne starken Eindruck auf sie geblieben, daß sie nämlich bei einem Sonntagsspaziergang Unter den Linden mit Fräulein Lohr die Drogistentochter Agnes Bertram nach langem wiedergesehen hatte. Sehr geschminkt und seidenrauschend war sie am Arm eines älteren, fidelen Herrn dahergekommen. Die ehemalige Schulfreundin hatte auch Lore sofort erkannt, aber sie nur frech angesehen und dabei laut gelacht. Lore aber war zutiefst erschrocken: Agnes Bertram – »eine von der Friedrichstraße . . .« Denn so sahen die Wesen doch aus, die dort bei Einbruch des Abends allein spazierengingen, um Herrenbekanntschaften zu machen. Die sich in den teuren Weinstuben mit Kaviar, Austern und Champagner freihalten und vielleicht gar obendrein Geld schenken ließen. Von diesem Tage an war mit Lore eine völlige Umwandlung vor sich gegangen, und ein unbestimmtes Bangigkeitsgefühl hatte sie gepackt, das sie schließlich zur Mutter in die Friedrichsgracht getrieben hatte.

»Nanu . . .?« Frau Kranold, gerade mit Strümpfestopfen beschäftigt, war ganz verblüfft gewesen, sowohl über den Besuch wie über das Geschenk.

»Ja, Mutter, ick dachte, 'n bißchen Kaffee wäre dir das Liebste. Denn aus jebrannte Mandeln machste dir doch nischt!«

»Hast du's denn so dicke – das Jeld? Spar dir lieber einen Notjroschen!«

»Ich spar' schon!«

»Was verdienst du denn eigentlich jetzt?«

»Det is janz verschieden, Mutter – wie das Jeschäft jrade jeht! Wenn ein Monat 'rum ist, legt die Lohr zurück, was wir für den nächsten brauchen, und von das, was übrigbleibt, kriege ick allemal den dritten Teil. Das is also janz verschieden, aber es is jenug, so daß ick immer propper sein kann, denn das jehört zus Jeschäft!«

»Ja – so gut hat's nich jede wie du!«

»Ick denke, es wird ooch noch besser werden! Wenn das mit die Herrenartikel wirklich einschlägt, soll ick davon noch extra die Hälfte kriegen!«

»'n bißken blaß und schmal siehste freilich aus, Lore!«

»Jott, Mutter, das jehört mit zur Putzmacherin – auch die schlanke Tallje!«

»Schnür dir man nich zu feste . . .«

Lore lenkte ab. »Was – was macht er? Is er immer noch bei die ›Erweckten‹?«

»Ja, aber bloß sonnabends und sonntags. Jott sei Dank, daß er nu wieder feste arbeitet, aber dabei is er ja nich ordentlich auf'n Posten! Waschen läßt er mir ja nich mehr jehen, bloß noch zu Hause plätten, und wenn ick das nich wollte, brauchte ick's auch nich. Aber – was sollte ick denn dann den lieben langen Tag eigentlich anfangen, das bißken Wirtschaft is ja schnell jemacht.«

»Und die Kanalljenvogelhecke – verkauft er denn was?«

»Na ja, ab und zu. Das Jeld kommt aber in die Sparbüchse – er spart für sein Bejräbnis.«

»For wat? Will er denn sterben?«

»Na – heute ja noch nich! Aber du weißt doch: ›Rasch tritt der Tod den Menschen an!‹ Und: ›Wer weiß, wie nahe mir mein Ende!‹«

Die Mutter verfiel plötzlich in Sinnen, achtete kaum auf das, was Lore sagte. Und plötzlich fragte sie: »Hörst du eigentlich was von – na, du weißt schon . . .«

»Von Vater?« Lore schüttelte den Kopf.

»Ob das mit die tausend Talers auf die englische Bank eigentlich Mumpitz jewesen is?«

»Ja, det gloob' ick bestimmt. Der Heilsarmee-Joseph hat's doch nachher verraten. Das Papier, was er vorjezeigt hat, war man bloß ein Versetzschein von einer Londoner Pfandleihe!«

Und dann saßen die beiden ein Weilchen stumm, bis Lore sagte: »Ich möchte jetzt öfter mal auf'n Sprung bei dir kommen, Mutter.«

»Komm man, komm – aber, steckt da auch nischt hinter . . .«

»Nischt, ja nischt! Bloß mir hat neulich mal jeträumt, daß ich schlecht jegen dir jewesen bin!«

»Dann wer ich also woll bald sterben«, sagte die Mutter. »Schlecht – nee, eigentlich schlecht biste nie nich jegen mir jewesen, Lore! Wenn du dir freilich mit Kranolden besser verstanden hättest, wäre alles janz jut jejangen. Denn er is kein schlechter Mensch nich! Er hatte mir jesagt, wenn ick – na, zu deinen Vater wieder zurückwollte, sollte ick es ihm janz offen sagen. Als ick dann meinte, det müßte ick mir überlegen, hab' ick ihn in die Nacht, wo er dachte, daß ick schon feste schliefe, weinen hören. Er liebt mir in seine Art, kann's mir bloß nich so zeigen. Und für deinen Vater war ick ja auch nich mehr die richtje Frau – der braucht 'ne jüngere, denn wir sind beide jleich alt. Wenn du nich damals schon unterwegs jewesen wärst, hätte er mir ooch nie nich jeheiratet. Ach ja – ach ja!

Und nu haste von mir jeträumt, und da haste woll auch jedacht, daß sie mir bald einbuddeln werden, und bist schnell noch mal herjekommen! Na – es jeht mir jetzt aber wieder janz jut, bloß vor 'ner kurzen Zeit war ich mal mächtig 'runter, alle Röcke waren mir zu weit jeworden. Aber wie der Kaffee schön riecht. Is woll janz frisch jebrannter? Wenn ick mir aber jetzt noch welchen kochen wollte, könnte ick die janze Nacht nicht schlafen ... Sage mal, Lore, was ick jern wissen möchte: Hat dir noch keiner auf'n Kieker?«

»Ach Jottojott, Mutter, die Männer können mir alle den Buckel langrutschen! Wenn ich mit die Stiesels in'n Laden zu tun habe, denkt jeder, er kann mir in die Backen kneifen, weil er sich eine billige Krawatte kauft! Oder sie laden mir ein – in die Zelten –, zu 'ne Jauersche mit Meerrettich! Als wenn ich mir wegen ihre Liebe füttern lassen müßte! Aber dann sage ich allemal: Danke ooch scheen, aber Sie sind mir nich idjal jenug!«

»Na, ich weiß ja nich richtig, was idjal is und wie einer bei dir sein muß, und es is ja sehr schön, wenn du dir nicht verplemperst, bloß ...«

»Hab man keine Bange nich, Mutter, ich hab' ooch 'ne Warnung gekriegt! Ich habe die Agnes – weeste, die Agnes Bertram von den Drogisten, die hab' ich jesehen. Weißt du, was das für eine jeworden is? So eine ...!«

Im Spreewinkel sprach man schon seit vielen Tagen vom bevorstehenden »Stralauer Fischzug«, der wie immer nach altem Brauch gefeiert werden sollte. Die Leierkastenmänner, die auf der Straße oder in größeren Höfen vom frühen Morgen an dudelten, sangen mit heiserer Stimme:

»Kennst du das Dorf, wo die Kartoffeln blüh'n?
Wo Berliner lagern uff det Wiesenjrien
In jeder Faust 'ne Kimmelpulle blitzt

Wo überall die Knoblochsoße spritzt
Kennst du det Dorf? – Dahin, dahin
Will ick mit dir, jeliebte Juste, zieh'n!«

Lore sang allemal schmetternd mit, und selbst Fräulein Lohr summte die vertraute Melodie. Ach, was erwachten da nicht alles für Erinnerungen in ihr. Denn damals hatte sie mit ihm, dem Ungetreuen, auf der Stralauer Liebesinsel gesessen, und da – da hatte er ihr das Bernsteinherzchen geschenkt... Nun lag er schon seit über vier Jahren im Grabe, sie aber lebte noch immer, obwohl sie, bei ihrer ewigen Kränklichkeit, ihm schon längst hätte vorangehen müssen...

Kein Jahr war vergangen, ohne daß sie nach Stralau gefahren wäre und den 24. August dort in Erinnerung geschwelgt hätte. Selbst nach Kapitän Gundermanns Tode hatte Fräulein Lohr an diesem Brauch festgehalten, nun in dunkler Witwentracht, denn vor Gott war sie ja doch sein Weib gewesen.

Auch diesmal wollte sie hinausfahren, und Lore sollte sie, wie schon immer in diesen letzten Jahren, begleiten. Das alte Fräulein brauchte doch jemanden um sich – für den Fall, daß ihr wirklich mal das Herz bräche. Und so waren sie heute in einem Kremser, der hin und her zuckelte, mit vielen anderen Leuten hinausgefahren. Dem alten Fräulein war alles wie ein Traum, die Zeit schien stehengeblieben zu sein. Draußen in Stralau war es genauso wie früher. Geputzte Dörfler, dazwischen eine Menge Fischer- und Schiffertypen im Sonntagsstaat, die Gesichter glattrasiert, aber unter dem Kinn den charakteristischen Bart. Es waren meist verwitterte, braungebrannte Köpfe, mit wasserblauen Augen, die scharf prüfend über die glitzernde Fläche spähten. Aber da war wirklich nichts Besonderes zu sehen. Nur das übliche Bild: Boote mit hellen Segeln, verankerte Zillen, ein kleiner Dampfer, dessen schwarzer Rauch die Gegend verqualmte. Dort die Liebesinsel und – weiter hinten – der grüne Uferrand. Immer neuer Zuzug kam aus der Stadt – in Fuhrwerken, die sonst wohl ganz anderen Zwecken dienten. Und plötzlich begannen die Kapellen zu spielen. Ein wüstes Durcheinander von Tönen entstand, das aber sofort die richtige Feststimmung erweckte.

In den Leinwandzelten der fahrenden Leute und an den Schießständen und Würfelbuden wurde es lebendig. Brezelfrauen gingen von Tisch zu Tisch, versuchten ihre oft schon steinharte Ware loszuwerden, auch die Gurkenhändler bemühten sich um den Absatz ihrer Vorräte. Der eigentliche Fischzug war schon am Morgen gewesen, jetzt, in den Nachmittagsstunden, galt alles Sinnen und Trachten dem allgemeinen Vergnügen. Das alte Fräulein und Lore saßen an einem der großen Tische, dicht beim Wasser. Sie hatten die beiden freien Stühle mit den Lehnen an den Tisch gestellt – das hieß »Besetzt!« Fräulein Lohr wollte nämlich keine fremden Menschen so dicht bei sich haben, aber schließlich kam der Kellner und sagte: »Det jeht nun man nich, meine Damens, reservieren gilt heute nich bei den Andrang!« Damit rückte er die Stühle wieder zurecht, wandte sich fast gleichzeitig um, winkte und sagtē: »Hier, meine Herren, is noch 'n scheener Platz! Zwee Seidel, wat?« Verstimmt sah Fräulein Lohr auf die beiden jungen Männer, die sich mit artigem Gruß an den Tisch setzten – die Behaglichkeit war vorbei. Lore blickte »fachmännisch« auf Krawatten, Kragen und Manschetten. Ja, das waren bestimmt »bessere Herren«. Ihr Benehmen verriet, daß sie sich nicht aufdrängen wollten, denn sie vermieden jedes Anknüpfungsgespräch, unterhielten sich nur halblaut miteinander und sahen interessiert auf das lebhafte Treiben im Garten, das ihnen ganz ungewohnt und belustigend erschien. Offenbar waren es zwei gute Freunde, die sich auch schon mit Andeutungen verstanden.

Zuerst hatte Lore geglaubt, daß die beiden den Kellner durch ein Trinkgeld bestochen und sich nur ihretwegen an den Tisch gesetzt hätten, aber nun merkte sie, daß dies nicht der Fall sein konnte, denn beide vermieden es geflissentlich, sie überhaupt anzusehen. Auch Fräulein Lohrs Verstimmung wich. Nein, das waren keine Radaubrüder – Gott sei Dank! Und so begann sie sich, wenn auch gedämpft, wieder mit Lore zu unterhalten. Aber dann kam jener Augenblick, da das alte Fräulein wegen des bösen Leidens einmal aufstehen und sich für kurze Zeit entfernen mußte. Allein getraute sie sich nicht fort, und Lore sollte deshalb mit. Doch nun bestand die Gefahr, daß ihre Plätze inzwischen besetzt werden könnten – eifrig berieten sie hin und her. Da sagte Lore unvermittelt zu den beiden Herren: »Wir kommen jleich wieder, bitte passen Sie doch ein bißken auf unsre Stühle auf – die sind noch immer besetzt, wenn auch keiner draufsitzt –, wir jehen bloß mal wohin!«

Die Freunde sahen sich an, nickten zustimmend, wenn auch etwas lächelnd, und als Lore mit dem Fräulein zurückkam, konnten sie ihre Plätze wieder einnehmen.

Nun aber fühlte sich Fräulein Lohr gewissermaßen verpflichtet und sagte: »Zu meiner Zeit früher gab es so wat nicht, daß der Kellner reservierte Stühle einfach wieder umkippen konnte, wie der vorhin!«

»Haben Sie uns denn noch nicht verziehen, daß wir uns hier an den Tisch gesetzt haben?« fragte der eine. »Wir machen sofort wieder Platz, wenn Ihre Gesellschaft noch nachkommen sollte!« fügte der andere hinzu.

»Ach, Tante«, sagte Lore, »das is doch man bloß ein Aushilfskellner für heute, was ärgerst du dir denn noch! Und«, jetzt wandte sie sich an die beiden Herren, »von wegen wegjehn! Uns is's doch janz ejal, da können Sie sitzen, bis Sie schwarz werden, denn bei uns kommt keiner nich!«

»So, ich dachte, Ihr Bräutigam kommt noch nach!«

»Pöh – was Sie denken! Is nich . . .«

»Ach so, so sind Sie also noch zu haben?«

»Ich laß mir ja nich haben – ich habe selber!«

»Na – schön! Welchen von uns beiden . . .?«

»Ach nee – sind Sie ooch alle beede noch zu haben? Na, Tantchen, such dir mal einen aus, ich nehme dann den andern!«

Fräulein Lohr wand sich förmlich vor Verlegenheit; sie schämte sich. Und ordentlich böse sagte sie schließlich: »Ruf den Kellner, wir woll'n nach Hause fahren!«

»Sind Sie mit dem Dampfer oder im Kremser hergekommen?« suchte einer der Herren schnell abzulenken.

»Warum wollen Sie denn das wissen . . .?«

»Weil wir eben überlegt haben, was am vorteilhaftesten wäre!«

»'ne Droschke«, meinte Lore, »da drängelt Sie keiner – auf'n Taler wird's Ihnen doch nich ankommen?«

»Nehmen Sie heute ja keine Droschke, meine Herren«, mischte sich nun Fräulein Lohr ein. »Die Kutscher betrinken sich hier alle und verlangen nachher immer mehr, als sie gesagt haben. Man muß dann meistens erst einen Schutzmann rufen, und wenn keiner kommt – und gewöhnlich kommt ja keiner –, dann muß man bezahlen. Wir sind im Kremser hergekommen, aber 'ne Dampferfahrt ist natürlich viel schöner – alle Fremden fahren gern mit dem Schiff!«

»Wir sind aber keine Fremden!«

»Na, Tante, das hättste doch jleich an die feinen Krawatten sehen müssen!«

»Verstehen Sie sich denn auf Herrenkrawatten, Fräulein?«

»Wir führen ja selber welche!«

»Da könnten wir doch immer bei Ihnen kaufen, wenn es nicht gar zu weit weg von uns ist. Wir wohnen am Oranienburger Tor.«

»Warum denn jrade in diese Jejend?«

»Weil wir bei Borsig sind.«

»Ich habe Ihnen beide nun nich jerade für Maschinenschlosser jehalten. – Sie müßten dann doch ooch janz andre Hände haben . . .«

»Wir machen Konstruktionen – sind Ingenieure.«

»Na also – wat janz Feines! Nee, aber's Oranienburger is zu weit ab von'n Molkenmarkt, da kaufen Sie Ihren Bedarf man lieber in die Chausseestraße.«

Der Kellner kam, ein Holztablett mit Biergläsern auf der flachen Hand. »Noch'n Seidel jefällig, meine Damens?«

»Nee, wir jehen, und wenn Sie jetzt nich jleich das Jeld nehmen, dann legen wir's auf den Tisch und verschwinden!«

»Die sechs Dreier wird keiner wegnehmen«, sagte der Kellner verächtlich und rannte weiter, denn von allen Seiten wurde er gerufen.

»Müssen Sie denn wirklich schon gehen?« fragte einer der jungen Leute.

»Jawoll – die kleinen Kinder schreien zu Hause! Also, das Jeld liegt hier, Sie haben es jesehen, der Jroschen is sein Trinkjeld, obwohl er's ja nich verdient hat. Adje!«

2

Als Lore am nächsten Nachmittag die frischgefüllte Petroleumampel ins Schaufenster hängte, stand ein junger Mann vor der Scheibe und besah sich die Auslage. Nun blickte er zu ihr auf, beobachtete mit Spannung, wie sie das Bassin in den Messingring setzte, und als sie damit fertig war, lächelte er sie verlegen an. Lore nickte gnädig von oben herab und suchte rasch wieder hinter die Gardine zu kommen. Schon vor ein paar Tagen war er dagewesen und hatte sich die kornblumenblaue Krawatte gekauft. Und da hatte er dann gesagt: »Na, wir kennen uns ja – wat? Ick bin doch der Gustav Holzer aus Marienwerder! Nee? Na, dann wollen Sie mir woll bloß nich mehr kennen. Ick bin doch schon als janz junger Bengel mit Vatern immer mitjekommen, wenn wir Fracht nach Berlin hatten.«

»Ja, jetzt weiß ich's schon, wer Sie sind! Sie angelten immer, haben aber nie was jefangen. Sind Sie also wieder mal hier?«

»Ja – Vater hat jetzt zwei Kähne und einen davon führ' ich nu!«

»So – und jetzt wollen Sie sich was kaufen . . .?«

»Ja – die blaue Krawatte!«

»Die paßt sehr schön zu Ihre blaue Augen. Sie haben einen juten Jeschmack!«

Lore war froh, als sie ihn wieder aus dem Laden hatte, denn daß er nicht wegen der Krawatte gekommen war, das merkte sie ja an den Blicken, mit denen er sie angesehen hatte. Und nun stand er schon wieder draußen, wich nicht vom Fenster. Dachte er vielleicht, sie würde sich in die Ladentür stellen, um sich mit ihm zu unterhalten?

Plötzlich klinkte er auf und trat ein. »Ju'n Tag!« Und ganz geschäftsmäßig fragte er dann: »Was kostet ein Schmisett?«

»Janz verschieden!« Lore zog den gelben Karton aus dem Regal und legte große und kleine Vorhemden zur Auswahl hin. »Wenn es für Sonntag sein soll, würde ich Ihnen das hier empfehlen!«

Er blickte auf. »Jestern bin ick auch in Stralau jewesen und hab' Ihnen jesehen, auch die beiden Herren, mit die Sie sich so jut unterhalten haben.«

»Ach nee! Ich hab' Ihnen aber nich jesehen!«

»Ich stand bei die Türe vom Tanzsaal – ich dachte immer, Sie würden mal hinkommen.«

»Ja – sehen Sie, an Tanzen hab' ick ja nich jedacht. Na – welches Schmisett soll's denn nu sein?«

»Wenn Sie sagen, das hier, so nehme ick det!«

Fräulein Lohr kam in den Laden und machte sich mit den Hüten zu schaffen.

»Also«, sagte Lore nun ebenfalls ganz geschäftlich, »fuffzehn Silberjroschen!«

Gustav Holzer holte ein dickes Portemonnaie aus der hinteren Hosentasche und zählte das Geld umständlich auf den Ladentisch, während Lore das Vorhemdchen einpackte. »Na – denn also adjüs!«

»Adieu, mein Herr!«

Als er endlich draußen war, sagte das alte Fräulein vorwurfsvoll: »Das war doch der Sohn von dem reichen Holzer. Seine Mutter hat früher immer bei mir gekauft – warum hast du ihm denn nicht eins von den neuen Mustern gegeben?«

»Die alten müssen ooch weg – und bei dem is das ja janz ejal!«

Fräulein Lohr brummte etwas vor sich hin. Sie war seit dem Stralauer Ausflug verstimmt und hatte es Lore auch gesagt, daß die Art, in der diese mit den beiden Herren sprach, ihr ganz und gar nicht gefallen hätte. »Was sollen die Männer von dir denken, wenn du dich so schnoddrig benimmst . . .?«

»Na – es waren ja keine Jrafen!«

Fräulein Lohr hatte bei sich gedacht, daß es vielleicht doch sehr gut gewesen wäre, wenn sie Lore zum Geburtstag den »Guten Ton in allen Lebenslagen« geschenkt hätte, damit das Mädchen ein bißchen »gesetzter« würde. Jedenfalls war es höchste Zeit, daß Lore bessere Umgangsformen bekam, schon wegen der feinen Damenkundschaft. Ausgesprochen hatte Fräulein Lohr das jedoch noch nicht, sie wollte sich nicht durch Hinundherreden die Galle ins Blut treiben.

Und eben hatte sie sich schon wieder über das Mädchen ärgern müssen! Ach, es wäre am besten, wenn die ganzen Männersachen aus dem Laden verschwänden, sie verscheuchten nur die weiblichen Besucher von früher. Aber auch Lore wurmte es heimlich – mehr als es das alte Fräulein ahnte. Der Vorwurf, sich unfein benommen zu haben, hatte Saiten ihres Wesens angeschlagen, die in ihr schon in früher Jugend bei jeder Gelegenheit anklangen. Als sie, um fein zu sein, sich wegen der Goldkäferschuhe dem Teufel verschrieb, als sie, um Lili Sempers Freundin zu werden, Mutters kostbare Uhr zum Prahlen in die Schule mitnahm, als sie dann, statt Küchenmädchen, durchaus Putzmamsell hatte werden wollen. Ach nee, wenn es darauf ankam, konnte sie auch »fa-in« sein! Hatte sie nicht eben zu diesem Gustav Holzer »Adieu, mein Herr« gesagt, wie die Ladenmädchen in den eleganten Läden Unter den Linden?

»Fein, fa-in, fain!« Also – sie wollte von jetzt ab so »fain« werden, daß es schließlich dem Fräulein Lohr selbst auf die Nerven gehen sollte. Fehlte nur noch die Gelegenheit, daß sie damit anfangen konnte!

Die Gelegenheit ließ gar nicht lange auf sich warten, denn ein Weilchen später erklang die Türschelle, und in den Laden traten die beiden Ingenieure.

»Guten Tag, mein Fräulein, also haben wir Sie doch gefunden!«

»Sehr erfreut, meine Herren, aber Pardong, nur einen kurzen Momang, ich möchte man nur mein Fräulein Tante hereinbitten!«

»Ach – lassen Sie nur, wir wollen ja bloß . . .«

Doch Fräulein Lohr kam schon von selbst.

»Angenehm, meine Herren, die Bekanntschaft erneuern zu können! Und nun haben Sie sich den weiten Weg hierher gemacht. Hoffentlich haben wir die richtige Auswahl für Ihren Geschmack!«

»Womit kann ich dienen, meine Mossjeus?« Lore sprach plötzlich durch die Nase.

Der eine der Herren, der gesprächigere von den beiden, ging zur Ladentür und besah sie sich erstaunt. »Ich suche das Schildchen mit der Aufschrift: ›On parle français!‹ Wir sind aber nicht aus Französisch-Buchholz, warum also diesen Dreh? Gestern waren Sie doch so natürlich, Fräulein Lohr, und nun sind Sie heute so pariserisch!«

»Ich fürchte ja auch, ich brech' mir die Nase bei ab. Aber hier sind wir doch nich in Stralau – nee, hier jeht's immer sehr fa-in zu! Was ich sagen wollte: ich heiße ein bißken länger, Lorenzen, Fräulein Lohr is nich meine richt'ge Tante!«

»Entschuldigen Sie, bitte! Aber, was wollten wir denn gleich kaufen?« Er sah seinen Freund fragend an.

»Ja – was? Vielleicht solche kleinen schwarzen Knoten, die braucht man doch immer!«

»Na – hoffentlich nich so bald«, sagte Lore, »denn die Dinger trägt man doch bloß zu Bejräbnisse!«

»Wer weiß, welche Hoffnungen wir bald begraben müssen!«

Sie sahen sich beide an – es war jener Blick, der, zwischen jungen Menschen ausgetauscht, geradezu eine geheime Bindekraft besitzt. Aber gleich darauf lächelte Lore. »Man bloß nich melanklöterig werden, mein Herr, ick mache ja bloß Ulk, denn diese kleinen schwarzen Krawatten trägt man ja schließlich auch bei Konfirmation und Kindtaufen!«

Das alte Fräulein Lohr hüstelte warnend.

Lore drehte sich mit einem Ruck um: »Willst du lieber verkaufen . . .?« Und zu den Herren gewandt: »Bin ich etwa zu Ihnen unfein jewesen?«

»Aber Fräulein Lorenzen – nicht doch!«

Das alte Fräulein verschwand ohne ein Wort der Erwiderung in der Nebenstube, schloß aber die Glastür nicht ganz.

Während der eine Herr, der, der so wenig sprach und mit dem sie vorhin den Blick gewechselt hatte, jetzt absichtlich laut sagte: »Ja – was meinst du? Ich bin also dafür, daß wir die Begräbniskrawatten nehmen«, schob ihr der andere eine Visitenkarte zu und flüsterte: »Das ist unsere Adresse! Geben Sie uns doch bitte Nachricht, wann es möglich ist, Sie mal allein zu sprechen. Am besten abends nach sieben Uhr oder sonntags!« Und dann, ebenso laut wie sein Freund: »Na schön – also vorläufig ein viertel Dutzend von den schwarzen Knoten!«

Lore hatte die Karte in den Halsausschnitt der Bluse geschoben und nickte. »Sonntags is's am besten – in Jumperts Konditorei!«

Die Herren zahlten.

»Adieu, Fräulein Lorenzen, bitte, grüßen Sie Ihre Tante!«

Als sie aus dem Laden waren, befühlte Lore die Bluse. Ja, gerade bis ans Herz war die Karte gerutscht – wenn das nur nichts zu bedeuten hatte . . .

Schon kam Fräulein Lohr in den Laden. Sie, die zu Lebzeiten des alten Kapitäns Gundermann immer von fast elegischer Sanftmut gewesen war, zeigte – seitdem sie den alten

Herrn mit seiner Frau wieder im Himmel vereint wußte – stets ein mehr oder weniger nörgelndes Wesen. Vielleicht kam damit ihre frühere Art zum Durchbruch, die es damals dem jungen Gundermann hatte ratsam erscheinen lassen, die Holde nur mit einem Bernsteinherz zu beglücken, statt mit ihr in den Hafen der Ehe zu steuern. Und sehr scharf sagte sie jetzt zu Lore: »Hör mal, ich hab' mir um des lieben Friedens willen sehr viel von dir gefallen lassen – aber jetzt ist meine Geduld zu Ende. Was du dir da eben in Gegenwart fremder Menschen gegen mich erlaubt hast, das laß ich mir nicht zum zweiten Mal von dir bieten!«

»Nu möchte ick man bloß wissen, was ick jetzt schon wieder jetan haben soll ...«

»Das weißt du ganz genau, aber wenn du es wirklich nicht wissen solltest – na, um so schlimmer für dich. Dann geht dir eben etwas ab.«

»Fa-inheit ...«

»Nein, aber Feingefühl!«

»Pöh – is das nich janz dasselbichte?« Weiter aber sagte Lore nichts mehr, denn sie spürte, daß hier die Grenze war, wenn es nicht zum Bruch kommen sollte.

Ein wenig erfreulicher Tag war das heute gewesen, das empfand Lore, als sie sich am Abend in ihrem winzigen Stübchen zur Ruhe legen wollte. Auf der Kommode neben dem Kopfende des eisernen Bettes brannte eine kleine Petroleumlampe. Bei ihrem Schein besah sich Lore, gleichsam zum Trost, noch einmal die Visitenkarte. Neben dem dünn gestochenen Namen »Wilhelm Wedell« stand noch ein zweiter, mit Tinte geschriebener: »Joachim Lindner«. In der rechten Ecke war – ebenfalls handschriftlich – die Adresse hinzugefügt: »Invalidenstraße 102, bei Matthes«. Also wohnten sie zusammen, sicherlich nur möbliert. Der ihr die Karte gab, war wohl der mit dem gedruckten Namen – der Gesprächigere von den beiden. ›Ein janz netter Mensch‹, dachte Lore, und stellte sich sein lustiges, frisches Gesicht mit dem blonden Schnurrbart vor. ›Aber der jroße Schwarze

mit die braunen Augen jefällt mir eigentlich noch besser, bloß daß er ein bißken still is. Na, er traut sich vielleicht noch nich so, kiekt mir vorläufig nur seelenvoll an!‹

Sie überzeugte sich, daß das Rouleau vor dem Fenster gut schloß, setzte sich auf die Bettkante und löste ihr Haar, um zwei lange Zöpfe zu flechten, denn mit dem großen, schweren Knoten im Genick hätte sie zu unbequem gelegen. Nebenan hörte sie Fräulein Lohrs Bettstelle knacken. ›Wälz dir man zu‹, dachte Lore, ›wenn du mir nur ließest, wie ick bin, würde jenug Kundschaft kommen – natürlich lauter Männer! Aber mit die Damenhüte is ja nischt mehr los – da sind wir schon lange nich mehr auf die Höhe!‹

Sie blies die Lampe aus und kuschelte sich ein. »Joachim . . .« sagte sie leise und zärtlich.

Eine halbe Woche war seitdem vergangen und die Stimmung im Putzladen wieder besser geworden. Das im Schaufenster neuausgestellte Herbstmodell hatte – ganz überraschend für Fräulein Lohr – Anklang gefunden. Zwei »Fassongzen«, wie Lore sagte, waren bereits verkauft worden, und drei Bestellungen auf Umarbeitung unmoderner Hüte nach dem Modell lagen vor. Es gab also tüchtig zu tun, dennoch hatte Lore Zeit gefunden, einen Brief zu schreiben, der allerdings nur sehr kurz ausgefallen war:

»Werte Herren!

Würde mir gans angenehm sein, ihnen am bewußten Ort wiederzusehen. Um 5 Uhr pünktlich Sonntag.

Mit Gruß!!!

L. L.«

Zur Sicherheit hatte sie beide Namen auf den Umschlag geschrieben, denn mit nur einem der Herren wollte sie nicht zusammen sein. Oder vielleicht doch mit Joachim Lindner, um ihn ein bißchen gesprächiger zu machen? Aber die Woche sollte nicht zu Ende gehen, ohne noch eine andere Überraschung zu bringen. In der Nachmittagsstunde – um die Zeit, da sich Fräulein Lohr stets ein wenig hinlegte – kam ein dürres Männchen in den Laden, nahm artig seine Mütze ab und nickte vertraulich. Ach, das war ja Herr Pelter! Unwillkürlich blickte Lore zur Tür, um zu sehen, ob die dicke, große Frau Pelter gleich nachkäme, denn getrennt hatte sie das Ehepaar bisher noch nie gesehen.

»Nanu – was führt Sie denn her, Herr Pelter, wollen Sie etwa bloß bei mir . . .? Von wem wissen Sie denn, daß ick hier bin?«

»Jajaja«, sagte der Alte, »jewußt hab' ick's schon, und wenn ick's nich jewußt, hätte man es mir jesagt! Ja«, er blickte sich um, »schöner Laden – ville Spiegeljlas, aber kein Wind nich, hier flattert kein Segel, hier kann man bloß staken!«

»Sie wollten sich jewiß eine Krawatte kaufen?«

»Nee, ich wollte eigentlich ja nischt kaufen, aber wenn ich was kaufen muß, könnte es ja so'n Schmisett sein wie den Justav Holzer seins!«

»Ach so . . .«, sagte Lore und kniff die Augen zusammen. »Ick jlaube, es is doch Wind hier, bloß er kommt aus 'ne janz andre Ecke, als wie ick jedacht habe. Was macht denn Ihre Frau?«

»Jott, sie eßt man bloß noch Häppkens und wird doch immer schwerer. Ich merk's an'n Kahn – sie darf nich mehr hinten, sondern muß in die Mitte sitzen.«

»Vielleicht liegt's auch an Sie – daß Sie leichter werden, Herr Pelter! Aber wenn Ihre Frau man sonst jesund is – ick jlaube, sie hatte doch mal wat mit die Jalle oder Leber. Na – und wollen Sie nu ein Schmisett?«

»Ja – so eins wie der Justav Holzer!«

Der Alte blinzelte sie listig an, da Lore aber nichts sagte, nur den Karton mit den unmodernen Vorhemdchen zur Auswahl auf den Tisch stellte, setzte er hinzu: »Fixer Junge, der Justav! Und kein armes Luder etwa – nee, nee! Brauchte ja nich mit auf'n Kahn, denn wat der olle Holzer is – na, der hat doch jetzt ein Kontorjeschäft, jawoll!«

»Das sollen Sie mir woll alles erzählen, Herr Pelter?«

»Sollen – lieber Jott, was ich alles sollen soll! Die Hauptsache is: ob Sie wollen . . . Fräuleinken!«

»Ja – was denn eigentlich?«

Herr Pelter kicherte und wippte mit dem Ellbogen. »Ich weiß nich, ob Sie hier in den Laden ins richtige Fahrwasser sind, Fräulein Lore, und ob's nich woanders schöner sein könnte für eine, die auf 'ne Zille jeboren worden is! Ich frage Ihnen bloß: Is Ihnen nich manchmal so ums Herze 'rum wie einen jefangenen Stichling?«

Lore lachte spöttisch. »Oh, Herr Pelter, ich kenne Ihnen ja ja nich wieder, soviel haben Sie doch noch nie jeredet wie heute!«

»Wenn meine Olle bei is, hat sie's nich jerne!«

»Da sehen Sie, wat beis Heiraten rauskommt!«

»Aber Sie könnten schon mal heiraten.«

»Allemal – bloß ick überleg's mir noch!«

»Kann ick ihm das bestellen?«

»Jaja – wat denn und wem denn, Herr Pelter? Machen Sie bloß kein Heckmeck!«

»Sie haben jesagt, Sie werden's sich überlegen.«

»Und Sie – Sie wollten doch ein Schmisett haben.«

»Ja – so eins wie Justav Holzer.«

»Das hier is so eins – da! Ich laß' es Ihnen fünf Jroschen billiger, aber wehe, wenn Sie mir etwa dummes Jerede machen!«

»Und ich bestell' ihm doch, daß Sie es sich bloß noch überlegen wollen!«

3

Wie lange war es her, daß Lore mit Agnes Bertram in Gumperts Konditorei gesessen hatte! Nun fand sie das Geschäft ganz verändert: elegant, richtig fein war alles geworden.

Nein, sie brauchte sich nicht vor den Gästen zu genieren – in ihrem duftigen weißen Kleid und mit dem neuen Herbsthut war sie sich ihrer Wirkung durchaus sicher und trat sehr selbstbewußt auf. Absichtlich war sie zu früh gekommen. So konnte sie sich einen Platz aussuchen, von dem aus sie bequem den Eingang zu beobachten vermochte, und bestellte sich eine Tasse Schokolade, weil die sich durch ihre Schlagsahnedecke am längsten warm hielt. Wenn man sie gleich trinken wollte, verbrannte man sich elend die Zungenspitze. Das wußte sie noch von jenem Weihnachtstage, als sie mit Johannes Perkholz hier gesessen hatte. Nach Art der feinen Damen nahm sie sich ein Witzblatt vor, blickte sich aber vorher forschend um. Überall an den Tischen saßen Liebespärchen – die Mädchen ließen sich tüchtig traktieren. Nun, sie hatte ihre Schokolade gleich bezahlt, denn die Herren sollten nicht denken, daß sie sie in eine Konditorei bestellt hätte, um sich freihalten zu lassen. Sie schlug das Journal auf. Pöh, das sollten nun Witze sein! Nicht über einen einzigen konnte sie wirklich lachen, die Bilder waren noch das beste. Ja – und nun konnte sie wohl ihre Schokolade zu löffeln beginnen. Fein, daß es dazu zwei Biskuits gab, da brauchte man sich nicht extra Kuchen zu bestellen. So, den Rest noch in der Tasse lassen, und jetzt war es endlich soweit, daß die beiden kommen mußten. Anstandshalber hatten Herren doch eigentlich mindestens zehn Minuten vor der angegebenen Zeit dazusein, um die Dame nicht warten zu lassen. Und das waren sie wohl auch, die da eben hereinkamen? Ach, und der eine trug ein in Seidenpapier gehülltes Blumenbukett. ›Jott – wie schenierlich!‹

»Schon da, Fräulein Lorenzen? Aber wir sind doch mehr als pünktlich!«

»Ja – ich wollte meine Schokolade mit Jenuß trinken.

Wenn man sich bei unterhält, is die Tasse auf einmal leer, und man hat ja nich jemerkt, wie jut's jeschmeckt hat. Und die Blumen soll ich kriegen – na, hoffentlich sind's keine jelben Kirchhofsrosen! Nee – rote sogar! Aber das bedeutet doch heiße Liebe in die Blumensprache . . .?«

»Na, Gott sei Dank! Heute sind Sie doch wieder so wie neulich in Stralau.«

Die Freunde setzten sich zu ihr und bestellten Kaffee.

Lore blickte zufrieden. Ihre »Freunde« waren doch wirkliche Herren. Nicht solche »jrüne Jungen«, wie hier überall welche saßen. Sie lächelte, hielt sich die Rosen an die Nase und sagte: »Haach – wie schön! Bloß schade, daß sie auf Draht sind, da werden sie sich nicht lange halten. Aber ich kann ja die Blätter nachher in meine Kommode streuen, dann riecht die Wäsche jut. Und damit ich's nu janz jenau weiß«, sie wandte sich an den Blonden, »sind Sie Herr Wedell? Der Name paßt jut, weil Sie immer lustig sind. Dann sind Sie also«, zu dem Brünetten, »Herr Joachim Lindner? Na – dann is ja jut! Haben Sie nun eigentlich zusammengelegt, um die schönen Rosen zu kaufen, oder haben Sie sie allein spendiert, Herr Wedell?«

»Warum interessiert Sie das?«

»Wegen der Farbe!«

»Darin waren wir uns beide einig, daß es rote sein müßten!«

»So, wenn das bloß nich nachher Verwicklungen jibt!«

»Hoffentlich nicht«, sagte Wedell, »aber – darf ich fragen: Leben eigentlich Ihre Eltern noch?«

»Ja, meine Mama. Mein Papa is verschollen.«

»Nanu – wieso denn?«

»Na, er war doch Kapitän auf ein Kauffahrteischiff, und das is am Äquator verschwunden – aber das is schon sehr lange her. Wir hoffen zwar immer noch, daß er mal wiederkommen wird.«

»Aber – Sie wohnen doch bei Ihrer Tante, nicht bei Ihrer Mama?«

»Warum interessiert Sie denn das so?«

»Weil wir gern öfter mit Ihnen zusammensein möchten, aber befürchten, daß Ihnen das alte Fräulein Schwierigkeiten machen wird.«

»Dann müßte ich eben immer sagen, daß ich bei meine Mama jehe. Aber so oft werden wir uns ja woll nich treffen!«

»Das hängt von Ihnen ab, Fräulein Lorenzen, Sie brauchen bloß zu bestimmen. Wir sind nachmittags immer frei, und uns fehlt jemand zur Gesellschaft.«

Lore wandte sich an den schweigsamen Joachim Lindner: »Sie beide sind woll dicke Freunde?«

Er nickte. »Wir kennen uns schon von der Schulbank her.«

»Ja – aber zwei Herren und bloß eine Dame . . .? Herr Wedell, können Sie sich nich noch ein andres nettes Mädel mitbringen?«

»Das ist nicht ganz so einfach. Aber jetzt . . .«

Er hatte das Ladenmädchen herangewinkt und ihm etwas zugeflüstert. Das Mädchen nickte und nahm Lores leere Tasse fort.

»Frol'n, meine Schokolade is schon bezahlt!« rief Lore ihr nach.

»Das hätten Sie nicht tun sollen«, sagte Wedell, »denn selbstverständlich sind Sie immer unser Gast, wenn wir uns mit Ihnen treffen!«

»Na, na, so selbstverständlich is das nu jrade nich. Manche Herren sind sehr froh, wenn sie bloß für sich alleine zu bezahlen brauchen.«

»Haben Sie solche Erfahrungen schon gemacht, Fräulein Lorenzen?«

»Nee, aber ick weiß es von meine Freundinnen!«

»Haben Sie viele Freundinnen?«

»Was Sie bloß alles wissen wollen! Meine beste Freundin heißt Lili Semper – wissen Sie, die von dem reichen Ziegeleibesitzer Semper aus die Breite Straße – aber jetzt sind wir gerade schuß, sonst wäre ick heute, wie immer sonntags, bei sie einjeladen. Und dann hatte ich noch die Agnes Bertram als Freundin – aber die is jetzt ein jefallenes Mädchen!«

»Was ist sie?«

»Nu, die schminkt sich doch und jeht mit fremde Herrn in Weinlokale und läßt sich freihalten. Meine Mama hat mir diesen Umjang verboten, und darum bezahle ick meins immer jleich selbst. Wenn das hier etwa für mich sein soll«, sie wies auf die Türkische Torte und die Schokolade, die das Ladenmädchen eben vor sie hinstellte, »dann will ick man lieber jleich wieder bezahlen! Frol'n, was macht das?«

Aber das Mädchen sagte: »Ich muß mich an den halten, der bestellt«, und ging schon mit dem Servierbrett zum nächsten Tisch.

»Sie wollen uns doch nicht kränken?« fragte Joachim Lindner.

»Ihnen nich, aber Ihren Freund! Warum macht er so wat, ohne mir vorher zu fragen!«

»Ich ahnte doch nicht, daß Sie so empfindlich sind«, suchte sich Wedell zu entschuldigen.

»Jottejott – empfindlich! Nämlich, ick habe doch auch Jeld! Ick bin doch Teilhaberin vons Jeschäft – von die Herrenartikelabteilung!«

»Kommen denn da viele Kunden?«

»Die Sache is doch erst ins Aufblühen, augenblicklich jehen die Damenhüte besser. Was ick hier aufhabe, is das neue Herbstmodell – wie jefällt's Ihnen?«

»Entzückend!«

»Na, denn will ick die Torte aber nu doch mal probieren, daß Sie den juten Willen sehen.«

Die beiden Freunde waren auf dem Nachhauseweg; sie hatten Lore bis in die Nähe des Putzladens begleitet und ein Wiedersehen für die kommende Woche verabredet.

»Was machen wir nun mit dem angerissenen Abend?« fragte Lindner.

»Wir gehen nach Hause. Frau Matthes macht uns schon

was zurecht, holt uns auch ein paar Weiße nebenan aus dem Keller!«

»Bloß so öde, nun wieder den Sonntag in der Bude zu sitzen! Sieh mal«, Lindner deutete zum Brandenburger Tor, »wie der Himmel glüht! Und diese Menschen dort – es kribbelt ja wie in einem Ameisenhaufen.«

»Kommen alle aus dem Tiergarten oder aus den Zelten und vom Hofjäger. Da wird sich was getan haben – heute, an dem schönen Tag.«

»Zu schade, daß die Kleine schon in den Stall mußte!«

»Ja, die Olle scheint sie doch mächtig am Wickel zu haben!«

»Ich weiß nich«, sagte Wedell, »vielleicht war es auch bloß Getue von ihr. Man kann nie recht sicher sein, wann sie schwindelt und wann sie die Wahrheit sagt, obwohl sie so geradezu ist.«

»Also schön, gehen wir nach Hause«, meinte Lindner, »machen wir's uns da gemütlich. Hat ja auch sein Gutes, sonntags mal rechtzeitig in die Falle zu kommen!«

Als die beiden Freunde dann in der Chausseestraße an der »Reitenden Artillerie-Kaserne« vorbeigingen, sahen sich beide an und nickten.

»Jaja, das war auch 'ne Zeit!« sagte Lindner.

»Aber schön war sie doch!«

Damit kamen sie auf ihr Einjährigen-Jahr zu sprechen und verloren sich in Erinnerungen an Regimentskameraden.

In der Invalidenstraße angelangt, fanden sie beim Aufschließen die Korridortür durch die vorgelegte Kette gesichert.

»Wer is da?« fragte eine ängstliche Frauenstimme.

»Machen Sie man das Ding weg, Frau Matthes, wir sind's!«

»Nanu – die Herren? Schon zurück heute? So . . .«

Sie hatte die Kette ausgehakt. »Wegen die Einbrecher«, erklärte sie, »an so'nen Sonntag stehen ja alle Wohnungen leer, da haben's die Diebe leicht! Wo nach's Klingeln nich aufjemacht wird, brechen sie ein. Aber wieso denn heute schon so zeitig? Hat's Ihnen nirgends gefallen? Wären Sie man bei Kroll jejangen!«

»Also, liebe Frau Matthes, wir haben noch kein Abendbrot gegessen. Können Sie uns ein paar Stullen zurechtmachen – haben Sie was im Hause? Und Weißbier hätten wir auch ganz gerne gehabt.«

»Brot und Butter is da – auch'n paar Joldleisten. Aber wenn ich nu schon mal in die Destille jeh', dann lassen Sie sich doch 'n paar Rollmöpse mitbringen. Komisch, den janzen Abend hab' ich schon Appetit drauf und hätte mir jerne einen jeholt, ich wollte bloß die Wohnung nich so alleine lassen.«

»Den Rollmops spendieren wir Ihnen fürs Holen, Frau Matthes. Und hier jleich Jeld! Bloß nischt auslegen, dann gibt es nachher immer Kuddelmuddel!«

»Wenn ich man immer solche Mieter jehabt hätte!« –

Wedell und Lindner bewohnten zwei nebeneinanderliegende Zimmer, die durch eine Tür verbunden waren. Der Ausblick ging auf den Invalidenmarkt. Sie hatten es sich bequem gemacht, mit schwarzen Lüsterjacketts und Hausschuhen, und saßen nach dem Essen, das ihnen Frau Matthes in ihrer mütterlich-betulichen Weise nett zurechtgemacht hatte, am weitgeöffneten Fenster von Wedells Stube. Sie rauchten ihre Zigarren und unterhielten sich halblaut.

»Ich hatte gefürchtet, der bisherige Eindruck würde sich beim heutigen Wiedersehen abschwächen, aber im Gegenteil, das Mädel hat mich direkt verhext.«

»Sei doch froh«, sagte Joachim Lindner, »daß du endlich eine gefunden hast, die so stark auf dich wirkt.«

»Ja – und gleich beim ersten Sehen, neulich in dem Stralauer Garten.«

»Sie ist aber auch eine ganz aparte Erscheinung.«

»Wenn sie nur ein bißchen...« Wedell sprach nicht weiter.

»Ich weiß schon, was dich stört. Aber gerade ihre Sprechweise finde ich so originell.«

»Glaubst du, daß sich das gibt?«

»Bestimmt! Sie weiß es ja selbst, deshalb doch die komischen Wendungen, wenn sie ›gewählt‹ sprechen will. Bloß korrigieren darf man nicht – das verträgt das Mädel schlecht bei seiner Empfindlichkeit!«

»Hm, das ist auch so'n Punkt«, sagte Wedell.

»Nee, das ist gar nicht auch so'n Punkt, wenigstens nicht an ihr, sondern an dir, Willy. Weil du immer was auszusetzen hast. Wer weiß, wie sie uns beurteilt! Ich glaube, wir würden eine ganze Menge von unserem Nimbus einbüßen, wenn sie uns vorhin mit den Rollmöpsen und den Käsestullen gesehen hätte. Denn vorläufig denkt sie doch noch wunder, wer wir sind und wie bon wir leben.«

»Aber sie ist doch sicherlich aus allerkleinsten Verhältnissen! Kapitän ...? Wer weiß, was für ein Kapitän! Wahrscheinlich auf einem Spreedampfer!«

»Ist doch ganz egal«, sagte Lindner, »aber wollen wir nicht Licht machen und eine Partie Schach spielen?«

»Meinetwegen, aber nur eine, denn ich wollte den Abend eigentlich ausnutzen und Briefe schreiben. Man kommt ja sonst nicht dazu, wenn man solch eine Gelegenheit nicht wahrnimmt.«

4

Die Tür des Putzladens wurde aufgedrückt, die Schelle bimmelte.

Fräulein Lohr, die mit Lore beim Mittagessen in der Hinterstube saß, schüttelte verdrießlich den Kopf, denn sie hatten eben erst angefangen.

»Ich jeh' schon, Tante, eß man ruhig weiter!«

Im Laden stand Gustav Holzer mit einer hageren, großen Frau – seiner Mutter.

»Tach Frol'n, mein Sohn sagte mir, daß Sie so schöne Hüte haben – was kosten sie denn?«

Lore ließ gelassen den musternden Blick der Frau auf sich ruhen, lächelte süß.

»Je nachdem, Frau Holzer! Wollen Sie eine bestimmte Fassong, das Allerneueste – unser Herbstmodell? Oder nischt so Auffallendes? Wozu wollen Sie ihn denn haben – für sonntags zur Kirche?«

»Zeigen Sie doch mal was Schönes!«

»Haben Sie die ins Schaufenster jesehen? War da nischt bei für Ihren Jeschmack?«

»Ins Schaufenster is 'n jroßes Ei, das ich schon lange kenne, und sonst bloß solch firlefanziges Zeug für junge Meechens, aber nischt for mir.«

»Vielleicht 'ne blaue Samtkapotte mit'n Kakaduschwanz?«

»Wenn Sie mir nischt zeigen, kann ich nischt sagen – erst mal sehen!«

»Bitte sehr . . .!«

Lore, die Mutter und Sohn recht kühl behandelte, zog nun unter dem Ladentisch eine große Pappschachtel vor. »Hier haben Sie eine Auswahl. Natürlich, alles noch nich jarniert, das wird dann so jemacht, wie's jewünscht wird, mit Blumen oder Federn oder Schleifen.«

»Sind das nich lauter olle Schinken . . .? Meinen Sohn haben Sie auch ein Schmisett verkauft, das immer aus die Weste rausrutscht, und dabei jibt's doch welche mit Seitenteile, die man ans weiche Hemd anpieken kann.«

»Wenn er's jesagt hätte, hätte ich ihm so eins jejeben!« Lore warf Gustav einen ärgerlichen Blick zu.

Die Mutter drehte sich nach ihm um. »Warum haste denn nischt jesagt – bist doch sonst nich so maulfaul! Überhaupt, ich denke, ihr kennt euch von klein auf? Sind Sie nicht dem Juvivallera-Lorenzen seine, der den peruanischen Balsam macht? Einer von unsern Stakern hat 'ne Schachtel von det Zeugs nach Marienwerder mitjebracht, und mein Mann, der auch auf alles reinfällt, hat sie ihm abjekauft. Jetzt schmieren wir die Türen mit – dajejen hilft der Balsam sehr jut!«

Lore legte schweigend eine schwarze, eine grüne und eine rote Samtkappe auf den Tisch. »Zu der hier«, sagte sie dann,

»wäre ein Reiherstutz am besten, zu der hier Aurikel – und bei der hier genügte eine Seidenschleife oder ein Perlenbesatz.«

Fräulein Lohr kam jetzt hastig in den Laden, nickte erfreut.

»Ooch, Frau Holzer – ja? Unverändert geblieben – und wie lange is das nu her, daß Sie das letzte Mal hier waren! So – und nu wollen Sie was Neues! Warten Sie mal, ich werde Ihnen was zeigen, das soll Ihnen jleich jefallen!«

Sie schob eifrig die Glastür des Wandschranks beiseite und nahm eine schwarzseidene Kapotte heraus. »Das wird nie unmodern und kann bei jeder Gelegenheit getragen werden.«

Lore war zurückgetreten, packte nun die drei Samtkapotten wieder in den Karton und stellte ihn unter den Tisch. Dann nahm sie eine neue weiße Schachtel mit der Aufschrift »Cri de Paris« und legte sie geöffnet vor Gustav Holzer hin.

Herablassend sagte sie: »Das Allerfeinste in Schmisetts – die Hosenträger werden hier an die Seiten durchjesteckt, dann kann das Ding nie nich verrutschen.«

Er starrte auf die Vorhemdchen und sagte leise: »Ich bin mit Muttern hierherjekommen, damit Sie ihr besser kennenlernen – meine Mutter is eine sehr jute Frau!«

»Ich hab' doch ja nischt jegen ihr! Warum soll ich ihr denn aber noch näher kennenlernen?«

»Weil der alte Pelter sagte, Sie wollen sich's erst noch überlegen.«

»Wat denn ...? Möchten Sie nu so ein Schmisett?«

»Mutter – sieh mal, die hier! Das sind doch solche, wie du meinst?«

Frau Holzer, die gerade vor dem großen, goldgerahmten Spiegel die Seidenkapotte probierte, sagte: »Nachher, jetzt kann ich nich! Siehst doch ...«

Gustav seufzte, dann sagte er: »Ich habe Ihnen vor'gen Sonntag jesehen, wieder mit die beiden aus Stralau ...«

»Nanu – Sie lauern mir woll auf?«

»Nee, nee«, er sah Lore treuherzig an, »es war der reine Zufall. Als ich in die Königstraße kam, gingen Sie drüben auf die andere Seite. Nee, belauern tu ich Ihnen nich, denn das macht mir keine Freude, wenn Sie mit andre Herren jehen. Ich kann doch nischt dafür, daß ich Ihnen so jerne als Frau haben möchte, ich schimpf' mir ja selber aus, aber es nutzt nischt. Wenn Ihnen aber einer von die beeden kaputtmacht, dann brech' ich ihms Jenicke. Sie sind das schönste Mädchen, das ich in mein Leben jesehen habe, bloß, wenn Sie einer heirat' – da kann ich natierlich nischt machen . . .«

»Zum Heiraten bin ich noch viel zu jung!« sagte Lore ärgerlich.

»Ooch – ich warte so lange, bis Sie mir wollen!«

»Sie können mir direkt leid tun, wenn ich doch bloß 'ne Schwester hätte, der würde ich jleich jut zureden, damit sie Ihnen jlücklich macht!«

»Nee – keine andre! Ihnen möcht' ich haben!«

»Das möchte mancher ...«

Frau Holzer, den neuen Hut auf dem Kopf, kam jetzt heran, blickte in den Karton. »Na ja doch – das sind doch solche, wie Vater sagt! Also, da nimm dir man jleich zwei!«

Dann wandte sie sich an Fräulein Lohr: »Ick werde den neuen Hut man jleich aufbehalten, da drückt er sich nich so ins Papier. So, und nu will ich berappen, die Schmisetts zahl' ich auch. Justav, das jilt dann aber jleich als Jeburtstagsgeschenk. Nächste Woche wird er ja nun schon vierundzwanzig! In das Alter hat mir sein Vater jeheiratet – ja, ja, wie schnell die Zeit doch verjeht!«

Sie legte ein Goldstück auf den Ladentisch. »Rausjeben können Sie doch?«

Es klappte mit dem Wechseln, freilich mußte Fräulein Lohr den schon lange beiseite gelegten Mansfelder Segenstaler mit aufzählen.

»Adje«, sagte Frau Holzer. Und zu Lore: »Sie sind ja ein janz jeschäftstüchtiges Meechen, aber so jeschäftstüchtig, wie ich dachte, det sind Sie doch nich. Na, Sie werden mir schon verstehen, wie ich das meine!«

»Pöh, auf ein jewisses Ohr bin ich etwas schwerhörig«, sagte Lore lächelnd. Sie achtete nicht auf Gustavs Nicken, wandte sich kurz ab und machte sich am Hutregal zu schaffen, bis sie hörte, daß die Tür ins Schloß schnappte.

Fräulein Lohr bückte sich, hob ihren Rock ein wenig in die Höhe und steckte das Goldstück in die Unterrocktasche. Dann ging sie in die Nebenstube und holte aus dem Schrank, hinter Wäschestücken versteckt, eine Rolle mit Wechselgeld, das sie dann in das Drahtkörbchen des Ladenschubs schüttete.

»So«, sagte sie befriedigt, »aus Kupfer wird Silber, aus Silber wird Gold! Wenn ich bloß noch dreißig Jahre jünger wäre!«

»Ick hab' mal in ein' Märchen jelesen«, sagte Lore:

»Schönheit verjeht, Schweinsleder besteht!

Du kannst also steinalt werden, Tante, denn mit deine Blase jeht's doch wieder janz jut!«

Das alte Fräulein seufzte mitleidig. »Du kannst nischt dafür, Lore, denn du weißt manchmal ja nicht, was du da so rausplapperst und wie du mich kränkst. Rechne bloß nicht damit, daß das mit dem Laden hier ewig so weitergeht. Eines Morgens werde ich tot im Bette liegen, dann kannst du mir das Bernsteinherz umbinden . . .«

»Nee, det mach' ich nich; ick jraule mir vor Tote. Mach's dir man jetzt schon um, damit du's dann jleich anhast!«

»Und was soll mal später aus dir werden? Den Laden kannst du allein doch nicht halten!«

»Ach, wer weiß, was dann ist. Leute, die immer vons Sterben reden, werden am allerältesten! Voriges Jahr um diese Zeit war's so schlimm mit dir, daß dein Lebenslicht keinen Dreier mehr wert war. Und heute haste vier janze Königsberger Klopse jejessen!«

»Machst du mir das etwa zum Vorwurf?«

»Ins Jejenteil – Klopse hab' ich nie jerne jejessen. Ich meine bloß, is doch sehr erfreulich, wenn du noch so stippen kannst. Jlaube mir man, Tante, der Umjang mit mir macht dir wieder jung. Nee, is nich wahr, ick bin nich der Nagel zu deinem Sarg. Nee, is nich. Die olle Seidenkapotte hast du doch bloß verkaufen können, weil die Holzern nu endlich mal im Laden war! Und warum war se hier? Weil ihr Justav se herjeschleift hatte. Und warum hatte er se herjeschleift – wegen mir! Wenn sie sich nich hätte dicketun wollen, hätte sie überhaupt nischt jekauft, aber sie wollte sich eb'n vor mir dicketun, und dadrum hat sie ooch das Joldstück rausjeholt, obschon sie jenug Talers hatte und ja nich zu wechseln brauchte. Ich hab' immer Angst jehabt, das schwere Pottemonnäh wird ihr auf die Hühneraugen fallen. So is die Jeschichte, verstehste?«

»Wenn sie bloß deinetwegen gekommen ist, warum biste denn da so patzig zu ihr gewesen?«

»Weil sie mir beschnüffeln wollte, und det paßte mir nich.«

»Ach, du denkst wohl gar . . .?« Fräulein Lohr lachte spöttisch auf. »Na, zureden wird sie ihrem Justav nun woll nicht mehr!«

»Nee, der braucht auch kein Zureden mehr, bloß Abreden! Und wenn sie das täte, wäre ich ihr sehr dankbar.«

»Du sprichst, wie Mädels in deinem Alter sprechen. Es hat deshalb gar keinen Zweck, mit dir mal ernsthaft zu reden. Ich tue es auch nicht mehr, denn es regt mich bloß auf. Geh jetzt, setz das Kaffeewasser auf, und dann hol vom Bäcker zwei Stück Mandelkuchen, die wollen wir uns heute mal leisten.«

Am nächsten Tage ging Lore zum Stelldichein. Als sie ins Kastanienwäldchen kam, stand am Gitter des Universitätsgartens nur einer der beiden Freunde, der blonde Wilhelm Wedell.

»Nanu? Wo ist denn Herr Lindner?«

»Ich soll ihn entschuldigen, er mußte heute zu seinen Eltern.«

»Das is doch aber recht schade! Wenn ich das gewußt hätte, hätten wir's doch auf ein andermal verlegen können.«

»Sehr schmeichelhaft für mich.«

»Ick meinte bloß, weil Sie beide doch so zusammenjehören. So allein mit einem Herrn – wat wollen wir denn überhaupt nu machen?«

»Wie lange haben Sie denn heute Zeit?«

»Ick habe Tante jesagt, ick bin bei meine Mama. Am besten wäre es schon, wenn ick nu hinjinge.«

»Wollen wir uns ins Café Bauer setzen? Oben auf den Balkon? Ich habe Achim nämlich gesagt, daß ich mit Ihnen dorthin gehen würde und daß er nachkommen soll, falls er sich noch rechtzeitig frei machen kann.«

»Dann, freilich, müssen wir also auch hin.«

Von dem langen, schmalen Balkon hatte man einen prächtigen Ausblick: die Linden hinunter bis zum Brandenburger Tor. Lore sah neugierig auf das buntbewegte Leben an der Ecke Friedrichstraße.

»Ich wußte ja, daß es Ihnen gefallen würde!«

»Is woll aber alles mächtig teuer hier?«

»Fräulein Lorenzen, wenn Sie mit einem Herrn ausgehen, ist das Bezahlen dessen Sache. Nur die Dienstmädel in der Hasenheide bezahlen für sich selbst oder sogar noch für ihren Grenadier!«

»So!«

»Und nun möchten Sie wohl am liebsten Schokolade?«

»Nee!«

»Sondern?«

»So wat, was man mit'n Strohhalm lutscht!«

»Also, Kellner, einen Eiskaffee und mir eine Schale Haut!«

»Oh, wat is denn det?«

»Milchkaffee – die Wiener nennen ihn so, wenn die Sahne gleich in die Tasse hineingegossen worden ist.«

»Soso!«

Schon servierte der Kellner.

»Warum«, fragte Lore, indem sie den Strohhalm benutzte, kriegt man zum Kaffee eigentlich immer ein Glas Wasser?«

Wilhelm Wedell erklärte ihr diese sonderbare Sache.

»Kommt es Ihnen nich janz komisch vor, daß Sie heute ohne Ihren Freund sind?«

Er erzählte ihr, wie sie sich schon als Sextaner kennengelernt hatten, dann die gleiche Ausbildung gehabt hatten und nun zum Glück auch an derselben Stelle tätig sein konnten. »Wir sind aus dem gleichen Milieu, deshalb auch die Übereinstimmung in unserer Lebensführung. Wir können nur durch Sparsamkeit zu etwas kommen, haben uns aber jetzt schon einen kleinen Rückhalt gesichert. Nein, wir möchten und können gar nicht eine sogenannte gute Partie machen, wollen aber auch mal ganz nach unserer Neigung heiraten.

Lore hatte ihn, während er sprach, sehr aufmerksam angesehen. Er wirkte sehr sympathisch mit seinen blauen, ehrlichen Augen, gewiß, aber der Freund war hübscher.

»Sehen Sie, da sind Sie man besser dran wie ick«, sagte sie, »ick muß machen, daß ich einen mit ville Jeld bekomme. Wenn Tante stirbt, bin ick einfach ufjeschmissen – ja, mir steht ein sehr trauriges Schicksal bevor, als Frau eines Jeldsackes!«

»Aber Fräulein Lore, Sie werden sich doch nicht verkaufen wollen?«

»Ich muß, ich muß! Alte Jungfer darf ick nich werden, und Möpse kann ick sowieso nich leiden!«

»Aber muß es denn nun gerade durchaus ein Geldsack sein? Ein Mann in gesicherter Position, der Ihnen doch etwas bieten könnte ...«

»Päh! Woll egal sonntags nach die Hasenheide oder nach'm Tivoli! Und immer nich mits Kostjeld reichen und deshalb in die Woche zweimal Kartoffelpuffer machen! Nee, ick danke für Obst und Südfrüchte!«

Er antwortete nicht gleich, zündete sich mit umständlicher Sorgfalt eine Zigarre an. »Würden Sie das meinem Freunde auch gesagt haben?«

»Wieso denn? Das war doch nich auf Ihnen jemünzt. Ich denke, Sie sind Inschinier und haben was auf die hohe Kante?«

»Was stellen Sie sich eigentlich unter einem Ingenieur vor?«

»Jott, so einer paßt scharf auf, wie die andern feste arbeiten!«

»Na ja, so ungefähr, hm, hm . . .«

Eine drückende Pause trat ein.

»Nee – nich«, sagte Lore dann hastig abwehrend, als ein Blumenmädchen mit Rosen und Nelken an den Tisch kam.

Trotzdem kaufte Wilhelm Wedell einen Nelkenstrauß und legte ihn vor Lore auf den Tisch.

»Nu auch noch die Ausjabe, danke ooch schön. War aber doch wirklich nich nötig. Ick hab' ja noch die Rosen von neulich, aber ick hab' auch jeden Morgen 'n Stück Stengel abjeschnitten und Salz ins Wasser jetan.«

»Hätte ich bloß nichts von Sparsamkeit gesagt! Das scheint Sie doch ganz irre an mir gemacht zu haben, nun halten Sie mich offenbar für einen Knauser?«

»Das jrade nich, bloß für sehr solide. Ick denk' mir, Sie schreiben sich nachher in Ihr Notizbuch, was das Rendewuh jekost' hat, und bereuen es, wenn es mehr is, als Sie anlegen wollten.«

»Na, dann möchte ich Ihnen verraten, daß ich für heute viel mehr angelegt habe, als Sie sich vielleicht gedacht haben. Ich wollte Ihnen jetzt nämlich den Vorschlag machen, daß wir uns eine Droschke nehmen und durch den Tiergarten nach Charlottenhof fahren.«

»Was is denn da los?«

»Nichts Besonderes gerade, aber man sitzt wunderschön im Grünen, und das Abendessen ist sehr gut.«

»Ich denke, Ihr Freund wollte nachkommen?«

Er sah auf die Uhr, schüttelte den Kopf. »Jetzt wohl nicht mehr.«

»Sie haben det doch auch bloß so jesagt vorhin.«

»Und wenn es nun so wäre, weil ich mal mit Ihnen allein sein wollte?«

»Was haben Sie nu davon? Sie jeben sich die janze Zeit die jrößte Mühe mit mir und kriegen kein freundliches Wort.«

»Weil ich Sie vorhin gekränkt habe? Mit der Hasenheide und den Köchinnen oder Dienstmädchen, ich weiß nicht mehr genau, was ich gesagt habe.«

»Dadrüber hab' ick mir auch jeärgert, aber nu Schwamm drüber!«

»Also – wollen wir jetzt nach Charlottenhof?«

»Es wird zu spät für mich, bleiben wir noch'n bißken hier, und dann jeht jeder artig in seine Baba.«

»Wie Sie wollen, ich möchte Sie zu nichts überreden. Aber dann können wir nicht länger vor den leeren Tassen sitzen. Was darf ich Ihnen also anbieten?«

»Können Sie nich alleine was trinken? Nee? Na, jibt's denn hier kein Bier?«

Er bestellte, und Lore besah sich kopfschüttelnd die hohen, engen Gläser.

»Jejen die in Stralau, was? Und kosten wahrscheinlich ebensoviel? An was denken Sie, Herr Willy, weil Sie so ein komisches Gesicht machen?«

»An den Tag, an dem ich Sie beim Fischzug in Stralau zum ersten Mal sah, Lore. Darf ich Sie so nennen?«

»Wenn's Ihnen Spaß macht, aber ick sage nich Willy!«

»Sie haben es doch aber eben getan.«

»Wenn es Sie jlücklich macht, nu, dann kann ich auch ebensogut wie Herr Wedell Herr Willy sagen – das is nu Hose wie Jacke!«

»Vielleicht lassen Sie auch das ›Herr‹ weg?«

»Das jeht mir aber auf einmal zu schnell. Und dann sind Sie auch noch nicht zufrieden und duzen mir vielleicht, und dann soll ich es auch tun, und das jeht mir jejen meine Natur.«

»Na, dann prost, Lore!«

»Prost, Willy! Aber mit'n Sie, nich mit'n Du, nich wahr?«

5

Ein paar Tage später kam eines Morgens ein älterer Mann in den Putzladen, Lore war gerade mit einem Federwedel beim Abstauben.

»Womit kann ich woll dienen?«

»Kragen will ich haben, aber genau solche!« Er hob das Kinn, so daß man unter der grauen Schifferfranse seinen Kragen sehen konnte.

Ja, nach der Barttracht war es sicherlich ein Schiffer, aber gewiß kein armer, denn er hatte einen ganz neuen Rock von schwerem, blauem Tuch an, und die blankgeputzten Stiefel, deren hohe Schäfte sich gegen die Hosen drückten, knarrten so abscheulich laut, wie eben nur neue Stiefel knarren können.

»Der Kragen drückt Sie doch – is ja ville zu eng, der muß mindestens eine Nummer jrößer sein wie's Hemde! Welche Halsweite haben Sie denn?«

»Weiß ich nich!«

Lore nahm das Zentimetermaß und legte es ihm um. »Sechsundvierzig, und nu machen Sie das Ding da mal ab. Ick werde nachmessen, und dann werden Sie ja selbst sehen, daß Sie einen größeren brauchen. Aber nich doch, nich so hastig, mein Herr, alles mit die Ruhe! Wir haben ja Zeit, was brauchen Sie denn da die Knopplöcher zu zerreißen!«

Endlich hatte er den Kragen losbekommen.

Lore besah sich die Innenseite und sagte kopfschüttelnd: »Der is schon so ofte jewaschen worden, daß man keene

Nummer mehr erkennen kann, den haben Sie sich woll als junger Mann jekauft? Nu sehen Sie mal selbst den Unterschied in die Jröße! Ach Jottejott, und was haben Sie denn für olle Hornknöppe ins Hemde? Auf die dicken, runden Dinger kriegen Sie doch keenen neuen, steifen Kragen nich 'rauf – da müssen Sie welche mit 'ne Spitze wie'n Feil haben. Machen Sie mal jleich die jelben Dinger 'raus und steck'n Sie die hier 'rein. Wenn Sie hinten nich rumlangen können, mach ick's Ihnen jerne – bloß nich den Ärmel von den schönen, neuen Rock ausreißen!«

Er war nun schon so rot geworden, daß sie ihm wirklich helfen mußte.

»So – nu jleich auch den Kragen an! Sehen Sie, wie das reinjeht, da bricht man sich keine Fingernägel bei ab. Und nu können Sie doch den Hals bewegen, ohne sich zu erwürgen. Nu noch 'ne kleine, scheene Krawatte, wenn man ihr auch nich unter Ihre Franche sieht.«

Der Mann drehte, wie erlöst von einem Halseisen, den Kopf hin und her.

»Also, wollen Sie een Dutzend Kragen?«

»Wenn der Hals nu aber noch dicker wird, werd'n se mir auch wieder zu eng!«

»Na, denn vorläufig nur ein halbes Dutzend. Nehmen Sie man aber jleich ein halbes Dutzend von diese modernen Hornknöppe. Die Dinger fallen leicht 'runter, und wenn man sie sucht, tritt man allemal drauf, und dann sind sie jleich futsch. So, und die Krawatte, das wäre für heute alles? Keene Schnupftücher nich? Na, nee, is ja man auch bloß een Luxusattickel.«

Als der Mann bezahlte, sagte Lore: »So'n dickes Pottemonnäh hab' ich neulich schon mal jesehen. Hoffentlich wechseln Sie nich auch ein Joldstück.«

Er zählte Silbergeld auf, und Lore sagte erfreut: »Jottejott, da is ja unser Mansfelder Taler wieder! Sie sind woll aus Marienwerder . . .?«

»Ich bin den Justav Holzer sein Vater.«

»Ach nee? Nu kenn ick ja bald die janze Familie.«

»Sie könnten ihr noch besser kennenlernen, Frol'n . . .«

»Naja – wenn ich mir mal in die Jejend verlaufen sollte, werde ich zur Kaffeezeit dasein.«

»Wenn's jrade ein Sonntag is, kommen Sie lieber zu's Mittagessen.«

»Anjenehm! Jerne! Vielleicht zu Fingsten, wenn die Äppel reif sind.«

Herr Holzer kniff das linke Auge ein und sah sie scharf an. »Sie könnten«, sagte er bedeutungsvoll, »ein Wiedersehen feiern.«

»Jott – der Justav war doch erst neulich mit seiner Mutter hier.«

»Ich meine nicht den Justav – ich meine einen andern!«

Lores Blick wurde plötzlich starr. »Na – wen denn sonst?«

Ein pfiffiges Lächeln glitt über Herrn Holzers Gesicht. »Sie sind ein fixes Meechen, und ich kann meinen Sohn schon bejreifen!«

»Jrüßen Sie ihn schön – und auch den ollen Pelter!«

»Pelter? Warum denn den? Ach so, Sie meinen von wegen Wiedersehen. Nee, det is ein janz andrer, einer, der jetzt den neuen Kahn nach Hamburg fährt – und det liegt ja nich weit von'n Äquator ab!«

»Wollen Sie mir nich sagen . . .«

»Ich sage nischt weiter wie – Juvivallera! Adjüs, Kleene, machen Se Ihre Klappe wieder zu – adjüs, adjüs!«

Damit war er aus dem Laden.

Es hielt Lore nicht länger, noch an demselben Tage mußte sie zur Mutter. Gleich nach dem Abendessen machte sie sich auf den Weg. Unaufhörlich überlegte sie: Sollte sie's der Mutter sagen oder noch warten, bis sie wirklich Gewißheit hatte? Denn es konnte ja auch nur eine Finte sein, mit der dieser Herr Holzer sie fangen wollte – er hatte gar so verschmitzte Augen.

Es war noch so ein schöner, milder Abend, Frau Kranold

hatte deshalb ihren Stuhl vor die Haustür gestellt; sie saß und strickte.

»Na, Lorekin, kommste doch mal wieder? Nee – nich immer was mitbringen, ich freue mir ja auch so. Was is's denn – woll wieder Sprotten? Ach Jottejott! Honig! Meechen, halte doch deine paar Jroschen lieberst zusammen, denn du wirst sie mal nötig jebrauchen.«

Lore machte eine Kopfbewegung nach dem offenen Stubenfenster.

»Nee, Kranold is nich da«, fuhr da die Mutter fort, »aber er hätte lieberst zu Hause bleiben sollen. Denn es jeht ihm ja ja nich jut. Ach ja – es is schon ein Elend –, ich komme nich aus die Sorgen 'raus!«

»Was fehlt'm denn?« Lore hatte sich, wie früher als kleines Mädel, auf die steinerne Treppe gesetzt.

»Er sagt, er hat was mit'm Herzen, aber er hätte ja nischt von gemerkt, wenn er nich mal beim Doktor jejangen wäre. Aber das kam bloß von die Versicherung! Na ja – det is 'ne lange Jeschichte, wie soll ick dir das erzählen? Da is alle Tage so'n Ajent gekommen von eine Lebensversicherung und hat ihn breitjeschlagen, daß er was für seine Familie tun müßte, weil wir doch keene Ersparnisse nich haben. Also er hat sich wirklich rumkriegen lassen, hat sich – mitten in die Woche – ein reines Hemd anjezogen und is bei den Doktor jejangen. Die Untersuchung hat zwar nischt jekostet, aber der Doktor hat ihn behorcht und den Kopp jeschüttelt und ihn jefragt, ob er schon früher mal was mit's Herz jehabt hat.«

»Hat er doch aber nich«, sagte Lore.

»Nu nee! Ick hab' doch auch nischt bemerkt, und es wäre also alles janz jut und schön jewesen, wenn der Ajent nu den Versicherungsschein jebracht hätte – aber der Kerl ließ sich seitdem reinweg nich mehr sehen. Nu fing Kranold an, sich desterwegen allerlei auszuklabistern: warum ihn der Doktor so lange und jenau untersucht hat und warum er so komisch mit'n Kopp jeschüttelt hatte – und den einen Abend, wo er schon ins Bette lag, mußte ich an seine Brust horchen, ob ich was Besondres hörte. Aber das Herz machte janz richtig ticktack – und auch janz regelmäßig!« Die Mutter seufzte. »Ja, ja, Lore, so is das nu hier. Von da ab jab Kranold keine Ruhe mehr und jlaubte, ich verheimliche ihm was Schlimmes. An'n schönsten Appel nagt oft ein Wurm, sagte er, wenn man's von außen auch nich sehen tut. Ich sagte ihm, ich wollte die Frau Pelter kommen lassen, die versteht sich auf Krankheiten besser wie so'n Doktor, und den Martin hat sie doch auch mal mit ihre Pillen und einen Salzhering einen janz langen Bandwurm abjetrieben. Nee, 's war nischt zu machen mit seinen Dickkopp! Er blieb dabei: Es is eb'n das Herz und nich der Bauch, und es piekt ihn manchmal drinne. Jetzt liegt er nachts in seine Kamurke und stöhnt, hat die Hand auf die Brust und fühlt nach das Herzklopfen. Janz runterjekommen is er nu schon, weil er doch nischt mehr ißt! Wäre er man heute lieber zu Hause jeblieben und nich bei seine heiljen Brüder jejangen, denn die machen ihn bloß noch janz verrückt, weil jeder was anderes jejen Herzschmerzen weiß.«

»Da kannste mir wirklich leid tun, Mutter, da is's ja hier nich jrade sehr schön.«

»Und wie jeht's dir denn, Lorekin?«

»Mach dir um mir keine Sorgen nich, ich krabbele feste weiter. Mit die Lohrsche werd' ick mir woll nächstens janz und jar verkrachen, denn wir kabbeln uns jetzt alle Tage.«

»Na und denn, Lore – was wird denn aus dir?«

»Jott, Mutter, ich werde schon was anderes kriegen, vielleicht sogar was Besseres. Ins ›Intellijenzblatt‹ sind ja immer so ville Stellen anjezeigt.«

Die Mutter schüttelte zweifelnd den Kopf. »Die Marie Niclas – ja, die kann lachen! Die hat bei Sempers ihren juten Posten, bis det sie heiratet!«

»Haste nischt von die Lili Semper jehört?«

»Die haben die Doktors nach'n Süden jeschickt, die soll eine janz schwache Brust haben.«

»Siehste, Mutter, so is das mit die Reichen. Erst haben sie so ville Jeld, und dann sind sie krank.«

»Schneckensuppe soll sie jeden Tag essen – von die dikken schwarzen Schnecken, die keen Haus nich auf'm Rükken haben!«

»Dann würde ick aber lieber sterben«, sagte Lore und stand auf. »Hör auf zu stricken, Mutter. Is ja schon janz dunkel, und dann wird's auch kühl. Nee, ick komme nich mehr mit 'rein, ick habe die Stuben nich mehr jerne! Ick seh immer noch Vatern mit'n Ohrring am ersten Abend drinne sitzen. So'n Ding soll ja jegen Reißmatichtich helfen, aber er hatte doch ja keins! Und dann hätte er sich doch auch mit seinen Balsam einreiben können, der sollte doch so jut jejen sein! Na ja – Vater! Ick will nischt jejen ihn sagen, er is eben janz anders wie die hier in'm Spreewinkel. Und ick kann ihm auch nich jram sein ...«

»Sollste auch nich, Lore! Er kann nischt dafür, er hat zu wildes Blut, das sich noch immer nich beruhigen kann, so alt er nu auch schon is. Der hätte Seeräuber werden müssen, und weil es die jetzt nich mehr jeben darf, heckt er sich eb'n andere Streiche aus!«

»Wo mag er jetzt woll sein?«

»Nu – doch am Äquator! Da wollte er ja schon immer hin, als wir noch die Zille hatten.«

»Ob er jemals wiederkommt?«

»Du sagst das so komisch, Lore!« Und als sie keine Antwort bekam, sagte die Mutter – trotz der Dunkelheit wandte sie dabei den Kopf weg –: »Es drückt mir was, Lore, aber ick hab' keinen Menschen, dem ick's jestehen kann.«

»Aber mir doch, Mutter, mir!«

Frau Kranold fing leise an zu weinen, daß es ihren ganzen Körper erschütterte.

»Aber, Mutterkin, was haste denn?« Lore umfaßte sie und drückte sie an sich. Ach, wirklich, das war nicht mehr die große, starke Frau von einst, das war ein abgehärmtes,

schwaches Wesen, mit dem das Mädel plötzlich tiefes Mitleid empfand.

»Mutterkin – 'raus mit die Maus!«

»Ick glaube, ick bin an Kranolds Krankheit schuld!« stieß Frau Anna hervor.

»Aber wie kannste bloß so was sagen, Mutter! Wieso denn? Du hast ihn doch keen Rattenjift in'n Kaffee jetan!«

»Eh dein Vater wieder verschwand, is er noch mal hier jewesen! Kranold war bei die ›Erweckten‹!«

»Na und . . .?«

»Ja – und da hat er jesagt, er würde wiederkommen, später, wenn's soweit wäre!«

»Was denn?«

»Wenn's soweit wäre! Und da hab' ick mir was bei jedacht, was eine jroße Sünde war!«

»Nu verstehe ick schon; du meinst, wenn Kranold . . .«

»Nu ja – und nu is er wirklich krank jeworden!«

»Jottejott, sterben müssen wir doch alle mal!«

»Aber es is so furchtbar, daß ich dadran schuld bin.«

»Biste doch ja nich, Mutter! Kranold bildet sich seine Krankheit bloß ein. Und wenn nich, müßte er sich doch jetzt freuen, daß er bald in den Himmel kommt. Nee, nee, um den is mir nich bange! Aber nu mal was anders, Mutter, ick jlaube, du liebst Vatern noch immer?«

Frau Kranold begann wieder zu schluchzen. »Er hat jesagt, wenn er noch mal wiederkommt, würde er janz anders sein, dann sollte ick mir wegen ihn nich zu schämen brauchen. Und dann hat er mir mit seinen schnellen Jriff von früher plötzlich um die Tallje jekriegt und mir jeküßt!«

»Na – das is doch sehr schön von Vatern!«

»Aber es is Sünde jewesen, und nu kommt die Strafe hinterher.«

»Ach weißte, Mutter, ick dachte, wunder was du jetan hast. Aber nich mal 'ne kleine Sünde hast du bejangen! Er is doch mein Vater und dein Mann, warum soll er dir da nich mal ein bißken abknutschen!«

»Aber ick hab' in den Augenblick jedacht, wie schön es wäre, wenn's so wäre! Und da habe ick das Unjlück eb'n über Kranold ranjehext!«

»Nee, haste nich! Hast dir bloß jewünscht, glücklich zu werden, denn mit Kranolden bist du's doch nich jeworden. Diese Heirat war eine Meßalljangs, sein schwarzer Daumen, vor den ick mir schon als Kind so jejrault habe, hätte dir warnen sollen. Aber du hast nich auf mir jehört! Und nu wollen wir erst mal abwarten, wie alles kommt.«

Sie schüttelte der Mutter die Hand. »Adje – mach dir morgen früh mal 'ne schöne Honigschrippe, und versüße dir ein bißken dein Leben. Schmier aber vorher erst Butter 'rauf, dann zieht der Honig nich jleich so ein. Sollst mal sehen, wie das schmeckt.«

6

Lore kam diesmal von der anderen Seite, vom Finanzministerium, zum Kastanienwäldchen, stellte sich dann hinter die alte, große Kanone und spähte zum Gitter des Universitätsgartens hinüber. Wenn wieder nur Herr Wedell allein kam, wollte sie sich davonschleichen.

Aber nein, da bogen die beiden jungen Männer eben von den Linden ab, blieben stehen und sahen in die Richtung, aus der Lore neulich gekommen war.

Da ging sie schnell an der Seitenfront des Zeughauses entlang und näherte sich, von einer Gruppe Spaziergänger verdeckt, den beiden, die sie erfreut und überrascht begrüßten.

»Also, was machen wir heute?«

»Bloß nich schon wieder was essen oder trinken.«

»Spazieren wir also zum Tiergarten«, schlug Wedell vor.

Lore in der Mitte, schlenderten sie die Linden hinunter.

»Wir haben neulich verjeblich auf Ihnen jewartet, Herr Lindner.«

»Ja, ich war bei meinen Eltern. Meine Mutter hatte mir geschrieben, und ich konnte ihr nicht gut absagen.«

»Ich meine bloß: Wenn Sie neulich mitjewesen wären, könnte ich heute zu Ihnen Achim sagen! Zu dem da«, sie machte eine Kopfbewegung, »sage ich nämlich Willy . . .«

»Wenn Sie auch mich beim Vornamen nennen wollen, würde ich mich sehr freuen, aber dann darf ich wohl auch Lore sagen?«

»Wenn's Ihnen Spaß macht – jerne! Sehen Sie«, zu Wedell gewandt, »das jing bedeutend schneller als wie bei uns beide!«

Im Tiergarten roch es schon nach Herbst, und auf dem Goldfischteich schwammen die ersten gelben Blätter.

»Jetzt müßte man mit die Schwalben fort in fremde Länder ziehen können«, sagte Lore.

»Haben Sie diese Sehnsucht auch?« fragte Achim.

»Ja, die hab' ich von meinen Papa jeerbt, der hatte so unruhiges Blut! Ach, ich denke immer, er wird noch mal wiederkommen – und dann wird alles jut für mich!«

Beide sahen sie überrascht an.

»Ja, da wundern Sie sich woll! Ach, wenn Sie wüßten, wie oft ich nachts schlaflos daliege und mein Kopfkissen naß weine!« Sie seufzte tief. »Im Joldfischteich soll sich mal ein junges Mädchen ertränkt haben. Und ich war schon mal über das Jeländer von die Jungfernbrücke, aber da hat mir ein Schutzmann zurückjerissen! Was, da sind Se janz baff.«

»Ob wir nicht lieber nach den Zelten gehen?« fragte Achim. »Lore wird hier zu traurig.«

»Nee, bleiben wir man hier«, sagte sie, »nicht wieder unter so ville Menschen. Ich bin ja so froh, daß ich jetzt jemanden habe, dem ich mal so was sagen kann.«

»Aber Sie haben doch gar keinen wirklichen Grund, traurig zu sein«, meinte Wedell. »In Ihrem Alter hat man oft solche Stimmungen!«

»Ach, wenn Sie wüßten!« Plötzlich hob sie den Finger: »Horchen Sie mal – eine Nachtigall!«

»Nein – das ist ein Fink!«

»Na, mein'twegen dann also ein Fink. Die singen auch immer auf Kirchhöfe.«

Wedell lächelte. »Wie die jungen Mädchen sonntags beim Kahnfahren immer ›Ich weiß nicht, was soll es bedeuten‹ singen.«

Sie sah ihn kühl an. »Ja, weil die Mädel dann immer fühlen, wie schön alles sein könnte, wenn vieles andre nich so häßlich wäre. Da sind se dann eben traurig, weil nich alle Tage Sonntag is – mit Kahnfahren und jrüne Bäume und Sonnenschein und schöne Kleiders.«

»Da haben Sie sicher recht, aber soll man sich deswegen nun auch die paar glücklichen Stunden verbittern?«

»Wenn man nur immer so könnte, wie man wollte! Früher – ja! Da brauchte ich bloß zu sagen: ›Verflucht und verhext!‹, und dann half mir der Deibel jleich. Aber jetzt will er nich mehr!«

»Vielleicht, weil Sie frömmer geworden sind.«

»Frömmer? Ich war nie nich fromm. Mein Stiefvater is aber sehr fromm.«

»Sie haben einen Stiefvater . . .?«

»Ja – auch 'ne alte Tante«, sagte Lore, ärgerlich, daß sie sich so dumm verschnappt hatte.

»Er ist wohl sehr streng zu Ihnen?«

»Deswegen hab' ick doch von zu Hause weggemacht! Er hat 'ne jroße Schuhfabrik mit viele Jesellen – und die kommandiert er wie ein Unteroffizier. Aber ick hab' mir nich mitkommandieren lassen – nee!«

»Da scheint doch wirklich manches zu sein, was niederdrückend auf Sie wirken muß«, sagte Achim. »Aber, wer weiß, wie bald sich das ändert! Sie müßten eben in eine ganz andre Umgebung – in ganz andre Verhältnisse!«

Ihr erwartungsvoller Blick ließ ihn verstummen. Er wurde plötzlich verlegen und wandte sich an Wedell: »Meinst du nicht auch, Willy?«

»Lore will deshalb doch einen reichen Mann heiraten!«

»Ach, wenn ich jemand liebte, brauchte er nich jerade reich zu sein!«

»Na, neulich, im Café Bauer, sprachen Sie nur von einem Geldsack!«

»Ja, da wußte ick noch nischt anders – heute weiß ich's aber besser. Sehen Sie, da is der Gustav Holzer, ein schwerreicher Junge – der möchte mir jleich, und doch sag' ich nich ja, obschonst er ein junger, hübscher Kerl is!«

»Von dem haben Sie uns doch noch nie erzählt«, sagte Wedell, »wer ist das, und seit wann kennen Sie ihn denn?«

»Von klein auf kennen wir uns. Sein Vater is Schiffseigner und hat ein Kontorjeschäft, aber nich hier in Berlin.«

»Und den schlagen Sie aus . . .?«

»Weil ick immer denke, daß ich noch 'n andern kriege. Ick bin ja auch noch ville zu jung zu's Heiraten.«

Am Teich waren jetzt Spaziergänger stehengeblieben und fütterten die Goldfische mit Semmelbrocken.

Das muß ick sehen«, sagte Lore, »da sollen janz riesige Biesters drinne sein, so groß wie Karpen!« Sie nahm den Rock zusammen und lief zum Wasser, dann wandte sie sich um und winkte.

Ein Weilchen später stand Achim bei ihr.

»Sehen Sie man bloß den Riesen mit die schwarzen Flecke«, sagte Lore.

Er nickte. »Seien Sie doch nicht so abweisend gegen meinen Freund, Lore«, bat er halblaut, »er liebt Sie doch so sehr!«

»Aber ick ihn nich!«

»Dann hätten Sie heute lieber nicht kommen sollen.«

»Wär' ick auch nich, wenn Sie nich bei jewesen wären.«

»Ich kann meinen einzigen Freund nicht verlieren, und es würde sofort mit uns aus sein, wenn ich . . .«

»Ist er Ihnen mehr wert, als wie ick?«

»Ich würde unehrenhaft handeln, wenn ich . . .«

»Sie brauchen sich doch bloß auszusprechen!«

»Das haben wir schon getan. Er darf nicht einmal ahnen, daß ich Ihnen das eben gesagt habe. Dort kommt er . . .«

Es wimmelte von Goldfischen, die gierig nach den Brokken schnappten.

Lore wandte sich zu Wedell: »Komisch, wie die hier auf so was jierig sind. Unser, den wir zu Hause auf die Kommode in'n rundes Jlas hatten, fraß nie was. Die Miereneier spuckte er jleich immer wieder aus, und Schrippe wollte er überhaupt nich. Aber, wie spät is es eigentlich – ick muß jetzt zu Hause!«

Keiner der Freunde widersprach.

Auf dem Rückweg durch den Park blieb Lore einmal stehen, sah in die hohen Baumkronen hinauf und sagte mit einem sonderbaren Lächeln: »Jetzt könnte ich janz laut singen ›Ich weiß nich, was soll es bedeuten!‹«

Wedell fragte: »Wollen Sie denn wirklich schon heim, Lore? Es wäre doch sehr schön, wenn wir jetzt noch . . .«

Lore beachtete ihn gar nicht, sondern wandte sich Achim zu:

»Ob Joldfische auch Menschenfleisch fressen?«

»Nun, ich weiß das nur von Aalen!«

»Die jibt's aber doch nich im Joldfischteich?«

»Das kann man nicht wissen.«

Recht einsilbig schleppte sich die Unterhaltung fort. Unter den Linden, an der Ecke der Charlottenstraße, blieb Lore stehen und sagte ganz eigentümlich hart: »Kommen Sie heute nich weiter mit, ick finde mir alleine. Adje!«

Sie reichte den Freunden kaum die Hand und ging eilig davon.

Schuster Kranold und Briefträger Pankraz bogen in die Friedrichsgracht ein. Sie gingen beide sehr langsam, nicht, weil sich Pankraz mit einer Sitzbadewanne schleppte, sondern weil Kranold an starker Atemnot litt.

»Sie tun mir leid, Pankraz, daß Sie das schwere Ding so allein tragen müssen, aber ich kann nich mit anfassen, denn sonst kommen wir überhaupt nicht vom Fleck!«

»Ick mach's jern, und ick freue mir, daß ick Ihnen das Ding pumpen kann. Es stand ja bis jetzt bloß auf'm Boden 'rum, an dieselbichte Stelle, wo ick's hinjestellt hatte, als meine jute Olle tot war, denn für die hatte ick damals die Wanne anjeschafft. Also das Wasser nich zu heiß und ein halbes Pfund Salz 'rein, dann 'ne Decke über die Beene und 'ne Viertelstunde sitzen. Dann 'raus und jleich ins Bette ohne abtrocknen. Ick sage Ihnen, Kranold, dann schlafen Sie die janze Nacht wie gewiegt und so feste wie in Abrahams Schoß!«

Sie waren ein Weilchen stehengeblieben, weil Kranold erst wieder zu Atem kommen mußte, aber nun hatten sie endlich das Haus erreicht, und der Briefträger pochte an die Fensterscheibe.

»Ju'n Abend, Frau Kranold, soll ick das Ding jleich reinbringen?«

Doch sie war schon draußen, nahm ihm die Wanne ab und trug sie in die Wohnung.

»Ich danke Ihnen schön, Pankraz!« sagte der Schuster. »Wenn's nur hilft und ich wieder arbeiten kann, bringen Sie mir dann man immer Ihre Stiebel – Sie kriegen Doppelsohlen aus Kernleder!«

»Werden Sie man erst wieder jesund, eh' Sie an so was denken, und fangen Sie jleich heute abend noch mit die Bäder an!«

In der Küche, wo schon der Wasserkessel über dem Feuer summte, ließ sich Kranold ächzend auf dem Stuhl nieder.

»Jeht's denn heute wieder schlimmer?«

»Das war mein letzter Ausjang! Das nächste Mal tragen sie mir mit die Beene voran und die Neese nach'n Deckel!«

»Ich weiß nich, ob das jut is mit det Sitzen ins Wasser.«

»Wenn's morgen nich besser is, laß ick mal die Peltern kommen. Die kann mir dann die Augen zudrücken!«

»Wenn du bloß nich immer so reden wollst, Kranold! Mach dir man schon zurechte, denn das Wasser is jleich soweit. Willste denn nischt essen?«

»Ich sehn' mir bloß nach's Bette!« –

Schuster Kranold hatte nach diesem Bad seit langer Zeit wieder eine ruhige Nacht, nur war er sehr matt, als er am anderen Morgen erwachte.

»Bleib in die Posen und lieg stille!«

»Jib mir mein Jesangbuch und die Brille. Nee, ich will nischt essen und trinken. Kümm're dir sonst nich weiter um mir, mach bloß noch das Fenster auf, daß frische Luft 'rein kann und meine Seele den Ausgang findet!«

Am Abend, als er wieder das Sitzbad genommen hatte, sagte er: »Sieh mal, was ick für dicke Beine habe – da is Wasser drinne!« In der Nacht fuhr er plötzlich aus dem Schlaf in die Höhe und starrte entsetzt um sich: »Was is da eben in meine Brust los jewesen!«

Seine Frau sagte: »Schlaf man ein, morgen kommt Frau Pelter, und dann wirste wieder janz jesund!«

In der Dämmerung des nächsten Tages legte ein Kahn vor dem Hause an, und die dicke, schwere Frau Pelter, gefolgt von ihrem dürren Männchen, kam zu Besuch. Auch Pankraz und Steuermann Jens fanden sich ein. Sie stiegen zwar die Steinstufen hinauf, zögerten aber lange, ehe sie durch die nur angelehnte Tür in die Küche zu treten wagten. Herr Pelter hockte in einem Winkel, saugte an seiner kalten Pfeife und nickte bedeutungsvoll.

Dann kam Frau Kranold aus der Kammer, sah verwirrt auf die Männer und flüsterte: »Sie will mit ihm allein sein!«

Die Besucher nickten, als wüßten sie, daß das immer so sein müßte. Frau Pelter hatte ja ihre eigene Methode.

Man hörte den Kranken ächzen und die Bettstelle knakken. Dann und wann auch die Stimme der heilkundigen Frau – was sie aber sagte, war unverständlich.

Frau Kranold brühte inzwischen Kaffee auf, zählte heimlich die Anwesenden, von einem zum andern blickend, und stellte für jeden eine Tasse auf den Tisch, goß aber noch nicht ein. Endlich öffnete sich die Kammertür, Frau Pelter erschien – ein starker Geruch von Baldriantropfen ging von ihr aus. Sie sagte kein Wort, sah auch keinen an, sondern setzte sich auf den Stuhl, den ihr der Mann hinschob.

Vorsichtig abmessend goß Frau Kranold den Kaffee ein. Ja – es blieb so viel in der Kanne, daß Frau Pelter noch eine zweite Tasse bekommen konnte.

»Wollen Sie den Jrund nachher besehen, Peltern . . .?«

Sie schüttelte den Kopf. »Ich bin mir schon im klaren!«

Und nun hörte man nur das Schlürfen des heißen Getränks. Die anderen waren bald fertig, aber Frau Pelter trank doch noch die zweite Tasse. Dann nahm sie ihr rotes Wolltuch um die Schultern.

Endlich wagte Frau Kranold zu fragen, bewegte jedoch nur lautlos die Lippen, legte die Hand auf die Schulter der großen Frau und sah sie flehend an.

»Hätten Sie mir man früher holen lassen«, sagte Frau Pelter hart.

Na ja – das wußten alle: Die Peltern wurde immer zu spät gerufen, wie konnte sie da helfen!

»Vor 'ner Woche! Da hätte ick ihm Blutigel angesetzt, die hätten ihm den dicken Saft von's Herz abjezappt!«

»Is denn ja nischt mehr zu machen?«

»Wenn er Appetit auf Hering kriegt – nich jeben!«

»Wie lange noch?« wagte Steuermann Jens zu fragen.

»Wenn's Wasser ans Herze steigt, is aus – jetzt steht's hier!« Frau Pelter fuhr mit ihrer Hand über den Leib.

Aus der Ecke, wo Frau Kranold an der Wand stand, kam leises Weinen.

Pankraz fragte: »Aber die Sitzbäder?«

»Jift«, sagte Frau Pelter, »jroßes Jift! Wo Wasser is, darf kein Wasser 'ran!«

Alle begriffen sofort, daß das richtig war.

Ein lautes Stöhnen kam aus der Kammer, erschrocken sah man zur Tür. Sie war nicht zugeklinkt worden oder unbemerkt wieder aufgegangen. Kranold mußte also alles gehört haben, was hier gesprochen worden war.

Da wurde es den Besuchern so unbehaglich, daß sie langsam und vorsichtig zur Ausgangstür gingen und einer nach dem anderen mit einem scheuen Blick auf die weinende Frau hinausschlichen.

Frau Kranold griff in die Kleidertasche, holte einen in Papier gewickelten Taler heraus und drückte ihn Frau Pelter in die Hand.

»Also – kein'n Hering, denn dann will er trinken, und jeder Tropfen füllt mit an. Jottejott, Lorenzen – ja, ick sag' immer noch so, denn an die Kranoldsche hab' ick mir nie nich jewöhnen können –, es ist das beste für ihn, er quält sich ja mächtig. Nee, Sie hätten nich wieder heiraten sollen. Dann hätten Sie jetzt nich den Kummer. Na, adschüs, machen Sie's jut!«

7

In jener Nacht noch war Schuster Kranold gestorben und drei Tage später beerdigt worden.

Seitdem waren schon wieder zwei Wochen vergangen – die Zeit lief eben schnell dahin, das merkte man aber erst dann, wenn man auf einem Kirchhof gewesen war. Da hatte man stets das Gefühl, gestern oder vorgestern an dem offenen Grabe gestanden zu haben ... Ja, zwei volle Wochen war es her, seitdem man den schwarzen Sarg aus dem Häuschen in der Friedrichsgracht getragen und die Schar der »Erweckten« das »Befiehl du deine Wege« so rührend in der Leichenhalle gesungen hatte.

Und das war auch der letzte schöne Spätsommertag gewesen. In der Nacht schon hatte es zu regnen begonnen, so heftig, daß der ganze Spreewinkel in Dunst und Nässe verschwamm.

Die Menschen wurden verdrießlich und gereizt, die Schiffer zankten sich laut von Kahn zu Kahn, wenn sie in dem von Zillen vollgestopften Spreebecken Anlegestellen suchten, und die Hunde, naß und zottig, kläfften erbittert bei ihrem Umherrasen auf den Laufbrettern.

Dumpfe Traurigkeit herrschte in der Kranoldschen Wohnung. Gestern endlich hatte Pankraz die Unglückswanne wieder abgeholt und der Witwe geholfen, das Bett wegzuräumen. Dann hatte er sich erkundigt, was die Kanarienhecke kosten sollte, und die Witwe hatte ihm einen Preis genannt, den er gern in monatlichen Raten abbezahlen wollte.

Vom Mühlendamm war ein Händler gekommen, der die Sonntagsgarderobe des toten Schusters unter der Bedingung gekauft hatte, daß er die Alltagssachen geschenkt bekam.

Nun war nur noch die Einrichtung des Werkstattkellers loszuschlagen, und täglich kamen Leute, die das eine oder andere Stück für ein paar Groschen erstanden, nächste Woche konnte auch das letzte fort sein. Ja, und dann waren eigentlich nur noch die Stahlbrille und das Gesangbuch da, die an den Toten erinnerten, denn die Bibel hatte Schiffskoch Martin geerbt.

Die Witwe besaß für wochentags keine Trauerkleidung, nur sonntags trug sie ihr »gutes Schwarzes«. Lore hatte ihr deshalb eine dunkle Samtkapotte geschenkt; da die Mutter den Hut aber auch nur sonntags aufsetzte, ging sie in der Woche wie immer – nichts Äußerliches verriet also, daß sie trauerte.

Lore jedoch besaß ein neues schwarzes Kleid, denn Fräulein Lohr hatte darauf bestanden, daß es angeschafft wurde. Schon lange hatte sie es als peinlich empfunden, daß das junge Mädchen nicht auch dunkel gekleidet ging wie sie, die Geschäftsinhaberin, die doch in Trauer war.

Seitdem es so regnete, kam keine Kundschaft mehr in den Putzladen, es gab für Lore nichts zu tun, und so saß sie hinter der Schaufenstergardine und las die Geschichten in den alten Volkskalendern. Was waren das doch für Männer damals – diese Ritter mit dem Falken auf der gepanzerten

Faust! Damals hätte man leben sollen, natürlich nicht als Küchenmagd, sondern als Edelfräulein! Aber noch besser hätte sie sich wohl zur Seeräuberbraut geeignet – fand sie.

Ach, sie ließ mit einem leisen Seufzer den Kalender in den Schoß sinken und starrte durch die Gardine auf die nasse Straße. Den Tod des Stiefvaters hatte sie den beiden Freunden mitgeteilt und geschrieben, daß sie nun vorläufig nicht mehr kommen könnte. Und beide hatten ihr geantwortet – jeder auf einer Visitenkarte: »Herzlichstes Beileid und treues Gedenken«. Nun, so war es wohl üblich, nur so ein paar Worte, die wie gedruckt wirkten.

Fräulein Lohr kam in den Laden, zog die Geldschublade auf und starrte in das Drahtkörbchen mit dem wenigen Wechselgeld. »Das Geschäft geht nicht mehr«, sagte sie bekümmert, »und ich glaube auch nicht, daß das noch mal anders werden wird, die Konkurrenz in der Leipziger Straße ist zu groß geworden!«

»Laß man erst das Regenwasser vorbei sein«, suchte Lore zu trösten.

Aber das alte Fräulein schüttelte den Kopf. »Nein, nein, es ist vorbei hier!«

»Na, Tante, was hast du dir denn dann nu so jedacht?«

»Wenn du nicht wärst, Lore, und ich allein stünde, so wie früher, wüßt' ich sofort, was ich täte!«

»Auf mir brauchst du doch keine Rücksicht zu nehmen.«

»Nein, mein Kind, so schlecht, wie du denkst, bin ich nun doch nicht.«

»Das weiß ich ja! Wir können aber doch mal zusammen überlegen. Am liebsten würdest du doch die Bude hier zumachen?«

»Ich könnte ja probieren, ob sich das Geschäft verkaufen läßt und ob dich die Neue dann mit übernimmt.«

»Nee, mitverkaufen laß ick mir nich. Außerdem – wer soll das hier kaufen? Doch höchstens einer von'm Mühlendamm!«

»Es könnte ja auch eine geschickte, tüchtige Putzmacherin sein!«

»Und du, Tante?«

»Na, ich hab' ja ein bißchen was, daß ich nicht gleich verhungern werde. Und wenn ich mir irgendwo eine Parterrestube nehme und ein Schild ans Fenster mache: ›Hier werden Hüte billig und geschmackvoll garniert‹, kommt vielleicht doch noch die eine oder andere von der alten Kundschaft zu mir.«

Lore starrte düster vor sich hin. »Mach's man so, Tante«, sagte sie dann. »Ick werde sehen, daß ick was andres finde. Ick kann ja jetzt wieder bei Muttern wohnen, sie hat schon jefragt, ob ick nich bei ihr ziehen will. Wenn mußte denn da kündigen?«

»Jetzt, in dieser Woche noch.«

»Dann kündige man jleich heute! Nur nischt Unjewisses, denn das is schrecklich!«

»Beinahe vierzig Jahre habe ich den Laden gehabt, ich kann mir einfach nicht vorstellen, daß ich hier 'raus soll!«

»Setz dir man jleich hin und schreib die Kündigung, ick nehme den Brief dann mit, wenn ich bei Muttern jehe.«

»Und du bist jar nicht traurig, daß du hier weg sollst?«

»Soll ich dir was vorheulen und dir das Herz noch schwerer machen?«

»Vielleicht wird's aber doch noch mal anders – vielleicht kommen bessere Zeiten!«

»Nee, Tante, das hier is schon lange Essig! Wenn die Leute bei uns kaufen wollten, wären sie jrade jetzt jekommen, wo's mit die Strohhüte aus is. Aber du siehst ja, nich mal vors Schaufenster bleiben se mehr stehen. Und das olle Straußenei is mir neulich beis Abstauben aus die Hand jekullert und hat einen Knicks jekriegt – da hab' ick jleich jewußt, daß das Unjlick bedeutet!«

»Das Straußenei ist zerbrochen?« fragte Fräulein Lohr entsetzt. »Ja – das hast du mir doch jar nicht jesagt! Dann is es wohl doch am besten, wenn ich gleich kündige! Ach Jott, und ich hab' dich doch so gemahnt, mit dem Ei vorsichtig umzugehen!«

»Na, Tante, dann will ick's dir man janz ehrlich sagen, ick hab's mit Absicht hinjeschmissen, weil's uns bloß das Jeschäft verdirbt!«

Fräulein Lohr fuhr sich verzweifelt mit beiden Händen an den grauen Kopf und stöhnte: »Det war ein Glücksei, ein Geschenk von Kapitän Gundermann! Er hat es selbst ausgeblasen, und er sagte, als er's mir mitbrachte:

›Zerbricht das Ei
Ist auch vorbei
Dein Glück
Und kommt nicht mehr zurück!‹

Nun weiß ich auch, warum das alles so traurig geworden ist. Ach, wenn ich doch auch schon im Grabe läge!« Schluchzend ging das alte Fräulein in die Nebenstube.

Lore hörte, wie der Rollpultdeckel in die Höhe ging – na, dann wurde wohl jetzt die Kündigung geschrieben.

Der Wind hatte sich gedreht und die schwarze Wolkendecke zerrissen, am Nachmittag jedenfalls hörte der Regen auf, nur in den Dachrinnen gluckste es noch ein Weilchen. Lore hatte den Kündigungsbrief an den Hauswirt zur Post getragen. Nun stand sie auf der Straße und war zufrieden, daß sie den großen, schweren Schirm, den ihr das Fräulein geborgt hatte, nicht wieder aufzuspannen brauchte. Sie zog nur ihr Cape fester um die Schultern.

Sollte sie nun zur Mutter – oder?

Fast gegen ihren Willen hatte sie bereits die Richtung zur Invalidenstraße eingeschlagen. War sie anfangs sehr hastig gelaufen, ging sie, als sie von der Chausseestraße einbog, langsam und widerstrebend weiter. Nun stand sie vor dem Hause, in dem die beiden Ingenieure wohnten, und spähte zu den Fenstern hinauf, in der Hoffnung, daß sich dort vielleicht einer zeigen könnte.

Vergeblich! Da zog sie den auf der Post geschriebenen Zettel aus der Rocktasche, besah sich noch einmal die Worte: »Lore wartet unten!« und winkte den größten der vor der Tür spielenden Jungen heran.

»Hier ins Haus wohnt eine Frau Matthes!«

»Kenn ick!«

»Willste dir'n Sechser verdienen? Da jehste also 'rauf, klingelst und sagst, sie soll diesen Zettel jleich an die Herren abjeben, die bei sie wohnen. Und dann wartest du auf Bescheid. Ick jeh' hier auf und ab, und wenn du runterkommst, erzählste mir, was sie jesagt hat – und dann kriegste deinen Sechser!«

Der Junge verschwand. Lore ging auf die andere Straßenseite und sah zum Hause hinauf. Was sie erhoffte, geschah:

Eines der Fenster oben wurde plötzlich aufgerissen, jemand beugte sich hinaus. Es war Achim Lindner – er nickte und winkte ihr zu.

Gleich darauf kam der Junge aus dem Haus geschossen, sah sich um und rannte auf Lore zu. »Der Herr wird jleich runterkommen, Sie sollen bloß 'n Oogenblick warten!« Er hielt ihr die Hand hin, und sie legte ihm den Sechser hinein.

»Janz warm! Danke schön!« Er sauste zu seinen Freunden zurück.

Da trat auch schon Achim aus der Tür. »Nanu – Fräulein Lore? Und Willy ist gerade heute nicht zu Hause! Hoffentlich ist Ihnen nichts Unangenehmes passiert?«

»Ich werde Ihnen schon alles erzählen!«

»Ja, doch, gewiß, entschuldigen Sie nur! Ich fürchtete im ersten Augenblick – ja, ich war zu sehr überrascht! Warten Sie – wohin gehen wir denn jetzt, damit wir hier nicht so auf der Straße stehen! Wenn nicht alles so naß wäre – aber im Invalidenpark kommen ja noch bei jedem Windstoß Duschen von den Bäumen! Sind Sie hergelaufen? Dann müssen Sie doch sehr müde sein!«

Er sprach sehr hastig, und Lore fühlte, daß er nur seine Verlegenheit verbergen wollte.

»Ick bin vorhin bei einem Konditor vorbeigekommen, da könnten wir ja hinjehen, obschonst, na ja, mit Konditoreien hab' ick nie Jlück. Da steht dann immer was Süßes auf dem Tisch, und alles andre is traurig.«

Beim Weitergehen fragte sie: »Was haben Sie denn inzwischen jemacht, wir haben uns ja so lange nich jesehen?«

»Ach, bei uns geht alles seinen alten Zuckeltrab weiter, ein Tag ist wie der andere. Wir schuften uns tagsüber ab und machen es uns dann abends gemütlich. Nur heute – ausnahmsweise – ist Willy mal allein weg. Ich glaube – denn genau weiß ich es nicht –, er ist zum Molkenmarkt gegangen.«

»Da kann er sich ja mit Tante Lohr unterhalten!«

Es war ein altes, gemütliches Ding, diese Konditorei, in

der man auch Bäckertorte und Semmeln bekommen konnte. Die Stube, in die das Ladenfräulein wies, wurde, wenn keine Gäste da waren, auch von der Familie benutzt. Jedenfalls stand jetzt ein Junge, der dort über seinen Rechenaufgaben gesessen hatte, erleichtert auf, stopfte Bücher und Hefte in die Schulmappe und verschwand.

Lore hatte die Wahl zwischen Windbeuteln und Baiser – sie entschied sich für den Windbeutel, weil er größer war. Ja gewiß, auch eine Tasse Kaffee würde sie trinken. »Die Schokolade hier«, flüsterte sie Achim zu, »is ja doch man bloß Kakao!«

»Wie wird es nun bei Ihnen daheim, nach dem Tode des Stiefvaters?«

»Ick will wieder bei Muttern ziehen. Die Stellung im Putzladen jeb' ick auf, weil Tante die Bude zumachen will. Morjen schon muß ick anfangen, mir nach was Neues umzusehen.«

»Und wenn Sie nun nichts Passendes finden?«

»Dann werde ich Rentjehre spielen!«

»Und wenn Sie einen Heiratsantrag bekämen?«

»Von Ihnen?«

Er sah sie gequält an: »Lore, Sie wissen doch, daß ich mich nicht um Sie bewerben kann, weil ich sonst meinen Freund verliere.«

»Sie lieben mir eben nich!«

»Ich will Ihnen mal etwas sagen: Willy ist heute zu Ihnen gegangen, um Sie zu fragen, ob Sie seine Frau werden wollen!«

»Bedaure sehr! Da er mir nu heute verfehlt hat, werde ick es ihm also bei nächste Jelejenheit sagen, na – und dann haben Sie doch freie Hand!«

»Auch nicht! Stellen Sie sich bloß vor, wie mein Freund, der Sie so liebt, es ertragen sollte, wenn wir beide . . .«

»Was braucht er denn dabeizusein!«

»Liebe Lore – unter wahren Freunden gibt es einen Ehrenkodex!«

»Sie wollen eben nich!«

»Ich darf nicht!«

»Komisch, was es bei euch Männern alles gibt!« Sie lächelte dabei, aber plötzlich zogen sich die Mundwinkel nach unten, und Tränen standen in den Augen.

»Weinen Sie doch nicht, Lore, mir ist ja genauso zumute!«

Er faßte in die Brusttasche, zog ein Seidentüchlein heraus und tupfte ihr die Augen.

»Schnupptuch hab' ick allein – weg damit!« Dann, als sie sich das Gesicht abgewischt, sagte sie: »Wenn ick Ihnen nich so liebte – ick weiß ja selber nich, wie das so über mir jekommen is –, hätte ick mir jewiß nich so aufjedrängelt. Jetzt schäme ick mir die Augen aus deswegen. Aber ick wollte ja heute Jewißheit haben, darum bin ick ja bloß herjekommen. Sagen Sie also Ihrem jeliebten Freund, er soll mir nie mehr unter die Augen kommen, denn er weiß ja janz jenau, wie der Hase läuft, und hätte deshalb zurücktreten müssen. Aber er hat sich in diese Beziehung jenauso kleinlich benommen wie in anderes! Aber, hat ja keinen Zweck mehr, drüber zu reden – vorbei is vorbei! So, und nu will ick jehen. Nee, nich, bleiben Sie hier, Bejleitung nehme ick nich mehr an, sonst kommen Sie bloß noch bei Ihren Freund in Verdacht! Er wird's Ihnen sowieso schon übelnehmen, daß Sie mit Ihren Ehrenkodex hier jesessen haben, ohne vorher zu fragen, ob Sie auch dürfen. Adje, Achim – es wär' so schön jewesen, es hat nich sollen sein!«

»Und das ist das Ende für immer?«

Sie sahen sich starr in die Augen.

Plötzlich trat sie dicht an ihn heran und sagte leise: »Ja – Sie hätten mir jlücklich machen können . . .«

Ehe er es sich versah, hatte sie ihn geküßt. »Adje, lieber Achim, krieg eine, die dir so liebt wie ick dir!«

Da er ihre Hand nicht gleich freigab, riß sie sich los und ging eilig davon.

8

Seit vierzehn Tagen flatterte nun schon das Pappschildchen mit der Aufschrift »Dieser Laden ist sofort zu vermieten« über der Tür des Putzgeschäfts.

Die grünen Möbelwagen ratterten allerorts durch die Straßen, der große Oktoberumzug hatte begonnen. Nur im Spreewinkel blieben die Leute seßhaft. Wenn einer von ihnen fortzog, dann war es in einem schwarzen Wagen, der die Richtung zum Kirchhof einschlug.

Am Ladenfenster hatte Lore einen großen Zettel angeklebt: »Gänzlicher Ausverkauf wegen Aufgabe des Geschäfts«. Auf den Auslagebrettern türmten sich Stroh-, Filz- und Samthüte, die nun – da sie fast verschenkt wurden – reißenden Absatz fanden. Die Herrenartikel waren in einem einzigen Posten verkauft worden und wurden jetzt billig in einem der Trödlergeschäfte des Mühlendamms abgegeben. Für die leeren Pappschachteln begeisterte sich die Straßenjugend, die täglich vor dem Laden stand.

Es war ein recht jämmerliches Ende des alten, soliden Geschäfts, das doch so gut hätte verkauft werden können, wenn man sich Zeit gelassen hätte und die Kündigung nicht so spät erfolgt wäre.

Am Tag zuvor war der Hauswirt mit einem Mietlustigen dagewesen, der sich die Räume sehr kritisch besah und verlangt hatte, daß alles tapeziert und frisch gestrichen werden müßte. Was der Wirt dem alten Fräulein nie bewilligte, sagte er jetzt sofort zu, so daß der Kontrakt gleich unterschrieben werden konnte.

Fräulein Lohr hatte sich in der Petristraße eine Parterrestube genommen, und dahin schaffte dann ein Hundefuhrwerk die wenigen Möbelstücke, die zur Einrichtung notwendig waren.

Mit einem großen Pappkarton bewerkstelligte Lore ihren eigenen Umzug zur Mutter ins Häuschen in der Friedrichsgracht. In der Tasche hatte sie ein schönes Zeugnis ihrer

Tüchtigkeit; wo auch immer sie es aber in den nächsten Tagen vorzeigte, erregte sie Mißtrauen. Niemand wollte »die selbständige, fleißige Kraft« haben, die aus einem Geschäft kam, das »nicht floriert« hatte.

»Na, dann nich, wenn Sie so aberjläubisch sind – und das sind Sie, denn sonst hätten Sie doch kein Hufeisen vor die Ladentüre«, hatte sie einem Geschäftsinhaber gesagt.

»Ach ja, Mutter, das Leben is doch janz anders, wie ick jedacht habe«, meinte sie nun heute seufzend. »Vielleicht habe ick aber Jlück, wenn ick hier an unsere Fensterscheibe einen Zettel klebe: ›Damenhüte werden geschmackvoll und billig garniert!‹ Die Lohrsche hat mir doch einen janzen Karton mit Federn und Bändern jeschenkt! Es kommt doch bloß auf'n Versuch an.«

»Lore, ick weiß was Besseres! Wir machen ein Plättjeschäft auf – in Kranolds Keller, der is nich vermietet und eignet sich sehr jut zu.«

»Nee, Mutter, ick hab' keinen rechten Fiduz zu!«

»Na, dann schaffe ick's auch alleine, denn ick jlaube ja selbst, daß dir die Arbeit zu schwer sein wird. Aber mir bleibt nischt andres übrig, ich muß doch Jeld verdienen. Jewiß, es braucht ja nich jleich morgen zu sein. Du hast Zeit und findest am Ende noch was Besseres für dich. Wenn ick bloß nich . . .«

»Mutter, allein kannst du's nich, du bist ja man bloß noch Haut und Knochen!«

Frau Kranold blickte in den kleinen Wandspiegel und strich sich das Haar aus der Stirn. »Bloß von die ville Aufregung in die letzte Zeit, denn jesund bin ick ja, Jott sei Dank!«

»Aber du eßt nichts Ordentliches! Früher, wo du bei Sempers arbeitetest, setzten sie dir 'ne jute Portion vor, und da hattest du immer rote Backen und warst stark. Wenn Vater nu wirklich mal wiederkommt, darfste nich so klapprig aussehen wie jetzt, nee, Mutter, jlaub mir man!«

»Denkste denn wirklich, er kommt noch mal?«

»Vielleicht will er bloß det Trauerjahr abwarten!«

»Wie soll er denn überhaupt wissen, daß Kranold – ach Jottejott, ick darf ja nich dran denken! Und ehe so 'ne Nachricht nach'n Äquator kommt . . .«

»Vater is nich an'n Äquator, is auch nie nich dajewesen, den sein Äquator liegt bei Hamburg!«

»Du weißt es?«

»Ja, ich weiß es!«

»Was weißte denn?« Frau Kranold, die gerade nach einem

glühenden Bolzen im Feuerloch stocherte, hielt inne und sah die Tochter fast ängstlich an. »Na, Lore, was denn?«

»Mir hat einer jesagt, daß Vater einen Kahn nach Hamburg fährt!«

»Is das wahr . . .?« Die Mutter hatte sich setzen müssen.

»Warte man ab, die andern Schiffer werden es dir schon erzählen!«

»Und von wem weißt du es denn?«

»Von dem, der ihn jeheuert hat. Frag nu aber nich weiter, ick wollte dir das ja nich sagen, denn du weißt doch, wie Vater is. In Hamburg braucht bloß ein Vogel zu piepen, dann kriegt er seine jroße Sehnsucht, und alles kommt wieder man anders. ›Juvivallera‹, heißt es dann, das hat der auch jesagt, der mir's jesagt hat.«

»Und warum kommt der zu dir und nich zu mir?«

»Weil er dachte, mit Speck fängt man Mäuse!« –

Es hatte Kartoffelpuffer mit Apfelmus zu Mittag geben sollen, aber Frau Kranold erklärte, daß ihr der Hunger vergangen sei, daß sie erst am Abend essen könne. So machte sie die Mahlzeit nur für Lore zurecht, die dann in die Expedition des »Intelligenzblattes« gehen wollte, um zu sehen, ob heute vielleicht eine für sie geeignete Stellung darin zu finden sei. Gleich nach dem Essen machte sie sich auf den Weg.

Sie kam noch rechtzeitig zur Ausgabe der »Stellenangebote«, stand dann in einer zugigen Haustorecke und las die Inserate. Doch es wurden nur Lehrmädchen verlangt. Da überkam sie ein Gefühl der Mutlosigkeit, wie sie es noch nie gekannt hatte. Sie, die bisher geglaubt hatte, alle Widerstände überwinden zu können, kam sich nun wie verirrt vor, wie in einem großen, fremden Hause, in dem alle Türen verriegelt waren.

Was sollte sie jetzt daheim? Die Mutter durfte doch gar nicht merken, wie verzweifelt sie war!

So ging sie auf Umwegen langsam durch die Straßen zurück, blieb vor den Schaufenstern stehen und überlegte, ob sie Fräulein Lohr besuchen sollte, um zu sehen, wie es der eigentlich erging.

Und plötzlich erschrak sie: Das Fräulein, das ihr da jetzt in der Friedrichstraße entgegenkam, ja, das war doch Agnes Bertram!

Auch diese hatte Lore sofort erkannt und sah sie aufmerksam an.

Schon wollten sie stumm und fremd aneinander vorbei, da streckte Agnes ihr jäh die Hand entgegen und sagte: »Nanu, wir sind doch Schulfreundinnen gewesen – weißt du nicht, wer ich bin?«

»Jleich habe ick dir nich erkannt, denn du hast dir sehr verändert!«

Agnes überhörte den Nachsatz. »Wo willst du denn hin?«

»Nach Hause!«

»Da hast du also Zeit! Komm, wir haben uns eine Masse zu erzählen! Wir setzen uns wohin – ich spendier' was, wie früher!«

»Das brauchste nich, ick hab' auch Jeld!«

»Dann hast du dich auch sehr verändert, denn früher warst du mächtig fürs Spendieren! Weißt du noch, damals in der Konditorei, als wir den Zettel bei Lehrer Klaus in den Briefkasten gesteckt hatten? Und weißt du noch . . .?«

Es war Agnes, die die Erinnerungen aus der Kinderzeit erzählte – mit einer etwas heiseren Stimme und unter lautem Lachen. Nein, es war nicht behaglich, mit ihr zu gehen, denn sie war sehr geputzt, trug einen großen Federhut, und das Kleid hob sie bei jeder Gelegenheit so hoch, daß man die Kante des weißen Unterrocks sehen konnte. Und Lore fühlte, wie die Blicke der entgegenkommenden Männer von Agnes auf sie selbst glitten, wie man auch sie anlächelte und – mit der Zunge schnalzte . . .

»Wohin jehen wir eig'ntlich?«

»Komm man, wir wollen doch ein bißchen ungeniert sitzen. Hier, gleich um die Ecke 'rum, ist ein gemütliches Lokal, da sind um die Zeit keine Gäste.«

Sie bogen von der Friedrich- in die Jägerstraße.

»Siehste, da sind wir schon!«

Ein paar Treppenstufen führten zu einer dicht verhängten Glasfenstertür, über der eine rote Laterne mit der Aufschrift »Venusgrotte« hing. Auf der Glasscheibe über der Klinke stand: »Zweiter Eingang vom Flur«.

Und Agnes, die sich hastig nach allen Richtungen umsah, strebte dem Haustor zu: »Komm man hier, wir gehen hinten 'rum, da sind wir gleich in der gemütlichen Ecke!«

Sie traten in eine dämmerige Stube. Efeukästen mit Spalieren grenzten kleine Bezirke ab, in denen jeweils ein rotes Plüschsofa mit einem Tischchen stand. An den Wänden hingen goldgerahmte Öldrucke mit Göttinnen.

Aber während Lore sich noch ganz verblüfft in dem Raum umblickte, kam aus der Vorderstube eine sehr dicke Dame in roter Seidenbluse, das dichte dunkle Haar zu einer kunstvollen Frisur getürmt.

»Nanu?« fragte sie.

»Tag, Tante Aurora! Ja, staunen Sie man, is meine Schulfreundin, die ich nach langer Zeit getroffen habe. Also, zwei Tassen Kaffee und zwei Goldwasser. Ich komme nachher mal nach vorne.«

Die dicke Dame nickte und ging in die Küche.

»Gemütlich hier, was? Ja, ich bin schon oft hier gewesen. Sage mal, warst du nicht in dem Putzgeschäft am Molkenmarkt? Das ist doch jetzt weg und ein Barbier drinne.«

Während Lore erzählte, was sie für gut befand, brachte die dicke Dame den Kaffee und die beiden Liköre.

Agnes drückte ihr ein schon bereitgehaltenes Goldstück in die Hand. »Stimmt so, Tante!«

Die Dame ging wieder in das Vorzimmer.

Agnes setzte das Likörglas an den Mund. »Prost – auf unsere alte Freundschaft!«

Auch Lore trank, aber nicht in einem Zug, sondern in winzigen Schlucken. »Wo ist denn jetzt eure Drogerie?«

»Ach, Vater ist doch schon lange tot! Mutter auch!«

»Wo wohnst du denn da?«

»Möbliert, in der Kanonierstraße. Kannst mich ja mal besuchen, habe separaten Eingang, aber schreib mir lieber vorher.«

»Was bist du denn jetzt?«

»Gesellschafterin – meistens bei älteren Herren, die zahlen am besten.«

»Ich hab' dir mal mit so einen jesehen – Unter den Linden . . .?«

»Und du hast jetzt keinen Posten?«

»Nee, aber ick wohne bei Muttern, da jeht's also noch immer. Und ick werde auch schon was finden.«

»Na, wenn du mal nicht ein und aus weißt, kann ich dir was verschaffen. Meine Herren haben überall gute Beziehungen oder selbst große Geschäfte – da brauch' ich bloß ein Wort zu sagen.«

»Das wäre ja fein! Wenn man bloß nich . . .«

»Prüde darfst du natürlich nicht sein!«

»Wie meinste denn das?«

»Stell dich doch nicht dümmer, als du bist! Denkst du denn, ich hab' dich nicht gesehen damals? Mit dem Studenten, dem Vetter von der Lili Semper! Und was das für einer ist, weiß ich am besten, denn als er mit dir fertig war, hat er wieder mit mir angefangen! Und dann hat er geschwindelt, ich hätte ihn zum Schuldenmachen verführt, ich, die doch ganz reiche Herren haben könnte, nicht so'n grünen Jungen! Sein Vater hat mir die Polizei auf den Hals gehetzt, und der olle Kapitän hat damals einen Schlaganfall vor Wut gekriegt! Das weißt du alles nicht? Das war doch damals eine ganz dolle Geschichte! Und was er mir von dir nicht alles erzählt hat: Tag und Nacht bist du bei ihm auf seiner Bude gewesen! Da brauchst du dich also nicht so prüde zu stellen – ich weiß Bescheid, mein Frol'n, kannst mir nischt vormachen!«

Lore saß ganz still da, starrte Agnes nur an. Dann sagte sie schließlich: »Du weißt selbst, was dieser Johannes Perkholz für einer ist, wie er schwindelt, und da glaubste ihm das von mir?«

»Jott – det is doch eigentlich nischt Schlimmes. Ich hab's ja auch getan – und Lili Semper auch. Darum mußte sie nach dem Süden reisen. Gewiß, sie hat die Schwindsucht, aber das kam dann noch dazu. Mir hat's Marie Niclas erzählt, und die weiß Bescheid, denn selbst an die hat er sich rangemacht! Und ich mußte es tun, denn wovon sollte ich denn sonst leben? Gelernt hab' ich nischt, denn Mutter wollte nicht, daß ich als Lehrmädchen ging, und als sie dann starb, saß ich da, ohne einen Pfennig, denn was Vater hinterlassen hatte, war längst schon alle. Ja, denkst du denn, Lore Lorenzen, ich merke nicht, daß du mich heimlich verachtest? Darum will ich es dir gern mal erzählen, wie das so kommt. Und es kommt so, daß man eines Tages, genau wie du heute, traurig durch die Friedrichstraße geht und froh ist, wenn man einen Menschen kennenlernt, mit dem man sprechen kann und der gut zu einem ist!«

Und Agnes Bertram, deren Stimme immer leiser geworden war, weinte plötzlich.

Die dicke Dame kam herein, stemmte die Arme in die Hüften und fragte streng: »Nanu?«

Agnes fuhr sich mit ihrem Tüchlein über die Augen, lächelte und sagte: »Ich hab' eben an meinen toten Kanarienvogel gedacht.«

»Und ick«, sprach die dicke Dame, »denke immerfort an meinen toten Mops, aber desterwegen heulen? Nee, Agnes, det dulde ick nich in die ›Venusgrotte‹, det machen Sie jefälligst uff'n Kirchhof ab. Jeden Augenblick können Jäste kommen, und die wollen vergnügte Gesichter sehen!«

Lore sagte: »Ick will jetzt nach Hause!« Sie stand auf und wandte sich der Tür zu.

»Ich komme ja schon, warte doch den Augenblick noch!« Agnes flüsterte der dicken Dame etwas zu, die laut auflachte.

»So was können wir in die ›Venusjrotte‹ nich jebrauchen – denn lassen Sie ihr doch laufen!«

Aber Agnes eilte Lore schon nach. »Bloß bis an die Ecke komme ich noch mit, du brauchst dich also nicht zu genieren!«

9

Eine trübe Woche folgte, in der Lore völlig unter dem Eindruck der Begegnung mit der ehemaligen Schulfreundin stand. Hinzu kam, daß der Zettel an der Fensterscheibe, auf dem sie sich als »Putzmacherin in und außer dem Hause« empfahl, völlig unbeachtet blieb. Denn daß die Frau des Schiffskochs Martin ihren Filzhut zum Modernisieren gebracht hatte, war wohl nur aus Mitleid und zur Ermunterung geschehen. Um der Mutter ihre Bereitwilligkeit zu zeigen, zum Lebensunterhalt beizutragen, opferte Lore den Inhalt ihrer Sparkasse, ohne aber merken zu lassen, wie weh es ihr tat. Sie bestand auch darauf, daß Fleisch auf den Tisch kam.

»Wer kein Marks in die Knochen hat, kann auch nich arbeiten, Mutter! Hering und Kartoffel is ja sehr schön – aber als Abendbrot, wenn man mittags Eisbein und Sauerkohl jehabt hat.«

Dieses Gericht hatte es heute gegeben, und Lore fühlte sich kräftig genug, die fertige Plättwäsche fortzuschaffen. Auf dem Rückweg kam ihr der Gedanke, Fräulein Lohr endlich den versprochenen Besuch zu machen. So bog sie in die Petristraße ein und fand auch gleich das Haus. Am Parterrefenster hing ein Schild mit der Aufschrift »Damenhüte werden sauber und geschmackvoll zu billigsten Preisen angefertigt«. Und das Straußenei stand daneben, noch dazu mit dem Knick nach außen. Und so was sollte nun Glück bringen!

Das alte Fräulein, das am Fenster saß, hatte Lore gesehen und winkte ihr schon zu. »Komm rasch 'rein, Lore, daß das bißchen Wärme nicht rausgeht! Ich heize schon längst, die Wände sind ja wie aus Papier!«

Warm war es, aber auch recht dumpf, sonst jedoch ganz behaglich. Das Bett stand hinter einer spanischen Gardine, und das Rollpult diente als Speisekammer.

»Ja, da sitz' ich nun hier und hab' viel Zeit. Kundschaft kommt ja nicht, obwohl ich Karten drucken ließ und an alle Damen geschickt habe – sie wollen mich verhungern lassen!«

»Mir auch – denn Stellung habe ick bis jetzt keine!«

»Geh, Lore, hole ein Paar Gußzwiebäcke, ich mach' uns 'ne schöne Tasse Kaffee.«

»Meinetwegen aber nich.«

»Na dann meinetwegen, denn ich habe noch keinen getrunken.«

»Wenn er was Besseres hat als Jußzwiebäcke – soll ick's dann bringen?«

»Wie du willst – bloß nich zuviel!«

Der Wasserkessel hatte in der Ofenröhre gestanden, jetzt setzte ihn Fräulein Lohr auf den Petroleumkocher, und als Lore vom Bäcker zurückkam, roch es angenehm nach frisch gebrühtem Kaffee.

»So, nun hole dir den Stuhl da 'ran, und dann wollen wir denken, es ist so wie früher. Ich komme gar nicht mehr 'raus an die Luft, trau mich nicht mehr bei unserm Laden vorbei. Ach Gott, da fällt mir ja was ein: Es sind zwei Briefe für dich da, die noch nach dem Molkenmarkt, an das Geschäft, adressiert waren und hierher nachgeschickt worden sind. Der große Brief liegt schon länger, der kleine ist erst vor ein paar Tagen gekommen. Da – faß mal unter die Kommodendecke. Ja, die beiden sind es. Absender steht auch drauf: Joachim Lindner, das ist ja wohl einer von den beiden Stralauer Herren? Was will er denn jetzt noch?«

Lore hatte die Briefe schon in die Rocktasche gesteckt. »Wenn ich heute nich hierherjekommen wäre, hätten sie woll noch länger da unter der Decke jelegen?«

»Ich hätte sie dir schon mal gebracht, wenn du in den

nächsten Tagen nicht gekommen wärst. Wir haben doch aber keine Herrenartikel mehr – Gott sei Dank!«

»Nee, aber er wird sich wundern, daß er keine Antwort bekommen hat, denn wenn die Briefe nich an ihn zurückjejangen sind, weiß er doch, daß ick sie habe.«

»Ach, wie viele Briefe gehen verloren! Aber sieh mal nach, was drinnen steht – ob's überhaupt eine Nachbestellung ist!«

»Nee, die sind für mich privat, sonst hätte er ja an dir jeschrieben. – Na, Tante, is's nich janz jut, daß ich Streuselkuchen jebracht habe? Jußzwiebäcke waren sowieso nich mehr da.«

Lore war überraschend schnell mit Kaffee und Kuchen fertig geworden.

»Danke, Tante, nich mehr, trink du man! Ich wollte ja bloß mal auf'n Sprung reinkieken, und jetzt heißt es: dalli! Mutter wartet ja längst auf mir, wenn du mal Hilfe brauchst, vergiß mir nich! Adje!«

Ein scharfer Ostwind kam übers Wasser, und Lore eilte geschwind heim. Gut, daß sie einen Schlüssel mitgenommen hatte, denn die Wohnung war zugeschlossen, die Mutter wohl wegen der Einkäufe zum Abendbrot unterwegs.

Als die Petroleumlampe brannte, riß Lore den großen Briefumschlag auf.

»Liebe Lore!

Der Abschied in der Konditorei und das, was Sie mir gesagt, hat mir keine Ruhe mehr gelassen. Ich habe am anderen Morgen eine offene Aussprache mit meinem Freunde gehabt. Das Ergebnis war so, wie ich erwartet habe: Wir werden auch weiterhin Freunde bleiben, aber das bisherige Verhältnis ändert sich leider. Ich sage leider, denn es stimmt mich traurig, andrerseits kann ich jetzt ganz meinem Gefühl für Sie folgen. Ich wäre daher hochbeglückt, wenn Sie mir mitteilen wollten, wann ich Sie so bald wie möglich wiedersehen könnte, um Ihnen mündlich zu sagen, was ich auf dem Herzen habe. Bitte, schreiben Sie doch postwendend

Ihrem
Achim Lindner.«

Lore, deren Gesicht vor innerer Erregung brannte, schnitt nun mit einer Haarnadel den zweiten Brief auf. Er enthielt nur eine Visitenkarte, auf deren Rückseite – ohne Anrede – wenige Zeilen standen:

»Der Zufall wollte es, daß ich Sie gestern mit einer sehr anrüchig anmutenden Person in der Friedrichstraße gesehen habe. Sie verschwanden mit diesem Frauenzimmer in einem als ganz ›eigenartig‹ bekannten Lokal mit ›Bedienung von zarter Hand‹. Nach dieser Entdeckung sehe ich Sie nun in richtiger Beleuchtung und weiß, daß ich mich gründlich über Ihren wahren Charakter getäuscht habe. Mein erster

Brief gilt also als nicht geschrieben – Annäherungsversuche zwecklos, ich bin froh, daß ich Ihretwegen meinen treuen Jugendfreund nicht verliere.

D. U.«

Nun war das flammende Rot aus Lores Gesicht gewichen, sie war aschfahl geworden.

»Na ja, so sollte es kommen«, sagte sie laut – es klang seltsam in der leeren Wohnung. Dann ging sie zum Ofen und steckte beide Briefe ins Feuer.

Als die Mutter heimkam, merkte sie Lore nichts an, wunderte sich nur, daß die Tochter sich früher als sonst nach dem Bett sehnte.

»Hoffentlich haste dir bei den scharfen Wind nich erkältet, Lore? Das fehlte ja jrade noch, daß du mir krank würdest!«

Nein, krank wurde Lore nicht, aber nach ihrer Meinung war sie jetzt mit der Welt fertig, wenigstens an jenem Abend und in jener schlaflosen Nacht, die ihm folgte. Aber in ihrer grenzenlosen Verbitterung gegen die Menschheit war zugleich etwas, das sich gegen sie selbst richtete, was sie sich jedoch nicht eingestehen wollte, in der Hoffnung, daß der Stachel vielleicht seine Schmerzhaftigkeit verlieren würde: der Gedanke, daß sie selbst schuld war, weil sie etwas anderes hatte sein wollen als eben die »Spree-Lore«, die Lore Lorenzen, »geboren auf einer Zille an der Fischerbrücke«.

Und zum ersten Mal fühlte sie einen Groll gegen ihren »Juvivallera-Vater«. Hätte er damals die Mutter nicht verlassen, wäre sie das geworden, wozu sie durch ihre Geburt bestimmt war: ein Schifferkind, das, mit Wasser, Wolken und Wind aufgewachsen, sich nie dem Hochmutsteufel verkauft hätte. Mit dem Tulpentopf und den Goldkäferschuhen hatte es angefangen. Ach, hätte sie sich damals mit dem Beil nur gleich den ganzen Fuß abgehackt, daß sie ein Krüppel geworden und geblieben wäre! Zur Schiffersfrau auf einem Spreekahn hätte sie noch immer getaugt und das Steuer regieren können. Aber – sie hatte mit Agnes Bertram wetteifern wollen!

Was dabei herausgekommen war, sah sie nun, wo eine einzige Begegnung mit diesem Geschöpf sie so besudelt hatte, als wäre sie in ein Pechfaß gestürzt!

Doch war es wirklich so ein großes Unglück, daß sie diesen Achim nicht bekommen konnte, einen Menschen, der sie auf den Augenschein hin so behandelte? Hatte sie ihn denn nicht nur deshalb geliebt, weil er ein »besserer Herr« war, Ingenieur gelernt hatte und so gebildet aussah?

Wie damals von dem Tulpentopf, fiel in dieser Nacht ein Blatt nach dem anderen von jener Herrlichkeit ab, die sie ihrem Dasein verlieh, seit dem Tage, da sie die gutmütige Marie Niclas von sich gestoßen hatte, um nicht Dienstmädchen werden zu müssen ...

›Alles verpfuscht, verpfuscht, verpfuscht‹, dachte sie.

»Du hast dir gestern erkältet«, sagte die Mutter am anderen Morgen, »wie siehst du bloß aus, Lore!«

»Nee, ick hab' schlecht jeschlafen!«

»Heute jehst du mir nich 'raus, oder du machst dir mein warmes Tuch um die Schultern. Warum hast du denn schlecht jeschlafen?«

»Ick habe immerfort an den Plättkeller jedacht – vielleicht is das doch 'ne jute Idee von dir, Mutter!«

»Du bist zu pimplig zu, Lore, du kannst da nich mitmachen!«

»Ich möchte jleich heute schon anfangen – ich bin keine Pimpelliese, das kommt dir bloß so vor!«

»Und morgen die Sache dicke haben, nich wa? Nee, laß man, das ist nischt für dich, schwere Arbeit bist du nich jewöhnt!«

»Dann werde ick mir dran jewöhnen«, sagte Lore hart.

»Was is denn bloß mit dir los, Meechen, in dir steckt eine Krankheit. Ich werde dir Fliedertee kochen, und dann wirst du dir hinlegen und schwitzen. Später können wir ja noch mal drüber reden.«

»Nee, ick lege mir nich ins Bette, ick habe andre Arbeit vor!«

»Was denn?«

»Wirst ja sehen, Mutter!«

Gleich nach dem Frühstück nahm sich Lore eine Anzahl alter Blusen vor und begann die Ärmel auszutrennen.

»Biste verrückt jeworden . . .?« fragte die Mutter beinahe angstvoll.

»Beis Waschen und Plätten braucht man keine Ärmel, raufkrempeln is nischt, rutscht immer wieder 'runter! Wenn ick keute damit fertig werde, mache ick mir morgen weiße Schürzen, das jehört zu die Arbeit!«

Die Mutter schüttelte den Kopf, sagte aber nichts mehr, denn in Lores Blick war etwas, das ihr nicht gefiel. ›Hätte ich‹, dachte sie, ›bloß nischt von den Keller jesagt. Vorläufig geht es doch noch ganz gut hier in der Wohnung, erst wenn die Küche nicht mehr langt, brauchten wir an so was zu denken. Die Lore ist krank, ich werde ihr nachher ein weiches Ei und eine Schabefleischstulle zurechtmachen – hoffentlich hat sie Appetit, sonst muß sie eine Wermutpille nehmen, ich habe ja noch die ganze Schachtel voll von Kranolden. Ach ja, ach ja!‹

Am Nachmittag, Lore saß noch immer bei ihrer Näharbeit am Fenster, hob sie plötzlich den Kopf und blickte gespannt auf das Wasser. »Wahrhaftig, Mutter, Pelters haben anjelegt und werden jleich raufkommen!«

»Ach herrje – und nun sollte der Kaffee bis morgen früh langen!«

»Na, muß sie denn jedesmal Kaffee kriegen? Dann sollte sie wenigstens mal ein Pfund mitbringen!«

»Sage aber bloß nischt, Lore!«

Schon klopfte es, die dicke Frau kam herein, der dürre, kleine Mann wie immer wie ein Anhängsel hinterher.

»Ja, Lorenzen, da bin ich nu wieder mal! Wollte man erst 'n bißken Gras drüber wachsen lassen! War ja eine sehr schöne Leiche, so ein Bejräbnis kriegen wir alle nich. Jottejott, und da seh' ich ja auch wieder mal die Lore! Weiß schon, der Putzladen is zu! Und nu schneidern Sie woll, ja?«

»Bloß für mich!«

Herr Pelter übersah Lore.

Das hagere Männchen, das eine ganze Weile kichernd und händereibend dabeigestanden hatte, suchte sich einen Platz am Herd und steckte den kalten Pfeifenstummel in den Mund.

»Wir werden«, sagte Frau Pelter, »nächstens auch Winter machen müssen. 'ne Masse Kähne liegen schon im Heimathafen, die Schiffer kaufen an Land, und wir beide sind zu alt für das Jeschäft jeworden, haben auch Konkurrenz jekriegt! Ja – 'ne Tasse heißen Kaffee trinke ick jerne!«

Und dann, den Kopf eingezogen, saß sie da wie eine große aufgeplusterte Glucke, nur die Blicke gingen hin und her.

»Was werden Sie denn nu machen, Lore, was haben Sie denn nu so in petto?«

»Wir wollen ein Plättjeschäft aufmachen«, sagte Frau Kranold, »vorläufig hier in die Wohnung, vielleicht später dann in Kranolds Keller, aber der muß erst frisch jestrichen werden!«

»Ein Plättjeschäft?« fragte Herr Pelter und kratzte sich bedenklich hinter den Ohren.

»Laß mir mal sprechen, Vater, und red du nich immerfort zwischen«, fuhr ihn seine Frau an. »Kein Wort kann man hier ruhig sprechen, ohne daß du deinen Senf zujeben mußt. Rauch deine Piepe, die is dir schon wieder ausjejangen, weil du immerfort red'st! Das sind doch Frauenangelegenheiten, davon verstehste nischt! Nee, Lorenzen, jeben Sie ihm man zuerst Kaffee, sonst können wir uns nich ruhig unterhalten. Das is es ja, olle Männer, wenn die erst mal anfangen, hören sie nich wieder auf, das is wie 'ne kaputte Wasserleitung.«

Und nun bekam auch sie ihre Tasse und begann, das Zukkerstück im Mund, hastig zu schlucken. »Ja, das is doch wenigstens Kaffee, da wird einem jleich wieder warm! Also, ein

Plättjeschäft, soso! Daß Sie sich noch so abschinden müssen, Lorenzen, die Jüngste sind Sie ja nu auch nich mehr! Und dann is's doch sonderbar, daß Sie jar kein Fett ansetzen wollen! Wenn Sie nur man nischt haben – 'n Bandwurm oder so was! Kriegen Sie immer Bauchschmerzen, wenn Sie Hering essen? Den kann der Wurm nämlich nich vertragen, da dreht er jleich um und jeht mit'n Kopp nach unten! Davon kommen dann die Bauchschmerzen, und daran merkt man's, ob man einen hat oder nich. Dann müssen Sie meine Pillen nehmen, dann sagt er adje für immer! Also ein Plättjeschäft, soso! Und ich dachte immer, die Lore würde bald heiraten und für ihre Mutter sorgen!«

Herr Pelter räusperte sich, und seine Frau drehte sich ärgerlich nach ihm um. »Also ein Plättgeschäft, soso! Ja, Lorenzen, ick trinke janz jerne noch 'ne Tasse, wenn noch was drinne is! Und dann jeben Sie mal den Jrund her!«

»Nee, nee – lieber nich«, wehrte die Mutter ab. »Ich habe nischt zu erwarten, will auch nischt mehr wissen, mir is jetzt allens janz piepe, wie's auch kommt!«

Da nahm Frau Pelter selber die Kanne, goß etwas von dem schwarzen Satz in Frau Kranolds Tasse und betrachtete das Ergebnis. Und dann griff sie nach Lores Tasse und goß den Rest ein. »Was hab' ich damals jesagt?«

»Zweie werden kommen!« rief Herr Pelter aus der Ecke.

»Ja, das hab' ich jesagt. Wenn du man aber bloß nich immer zwischenreden wolltest, denn du bist ja nich jefragt worden. Daß zweie kommen werden, das sage ich auch diesmal, der eine früher, der andere später! Aber sie verteilen sich, der eine kommt aus'n Norden, der andere aus'n Süden!«

»Und der eine is jung!« rief Herr Pelter, schlug sich aber gleich selbst wegen seiner Schwatzhaftigkeit auf den Mund.

»'n Schloß müßtest du vors Maul vor haben«, sagte seine Frau, »und ich den Schlüssel in die Tasche, und wenn ich ihn verlieren täte, würde es auch nischt schaden!«

»Zwei?« fragte Frau Kranold erschrocken.

»Ja – aber sie verteilen sich!«

Und nach diesem bedeutungsvollen Ausspruch erhob sich Frau Pelter.

»Wir müssen jehen, es wird sonst zu dunkel aufs Wasser. Die Latichte is doch in Ordnung?«

Herr Pelter nickte, die Hand auf den Mund gedrückt, denn er wollte seine Frau mit seiner Redseligkeit nicht weiter reizen, zumal er nun wieder mit ihr allein war.

10

Mit dieser Prophezeiung schlugen sich Frau Kranold und Lore die nächsten Wochen herum.

Nicht mal einer kam, geschweige denn zwei. Wenn die Mutter auch erst an einen ganz Bestimmten gedacht hatte, den zweiten konnte sie sich überhaupt nicht vorstellen.

Jeden Morgen dampfte die Spree, aber dann schließlich, nach trübem Wetter, kam ein Tag hell und klar, die Dächer waren weiß bereift – nun war also wirklich der Winter da!

Ein Glück, daß man Arbeit hatte, sich's warm machen konnte, nicht zu hungern brauchte! Durch Marie Niclas war Frau Kranold angeregt worden, wieder die feine Plättwäsche bei Sempers zu übernehmen. Als die Mutter hinging, um sich zu bedanken, konnte sie gleich einen ganzen Korb voll mitnehmen. Frau Semper hatte die Mutter auch weiterempfohlen, andere Damen meldeten sich – ja, nun hatte man wieder von früh bis abends zu tun, um alle Aufträge pünktlich zu erledigen.

Lore half, mit einem Eifer und einer Ausdauer, die die Mutter in Erstaunen setzten. Auch das Wegschaffen der Wäsche besorgte sie gern, nur in das Sempersche Haus mußte die Mutter immer selbst gehen.

»Wenn du dir so wegen das Fräulein Lili hast – die is ja weg, und nach die Feiertage bis Neujahr jibt's dann wieder nischt zu tun. Weil keiner wäscht und was an die Leine hängt, als ob man dadurch den Tod abhalten könnte, daß er nich ins Haus kommt . . .«

Ja, Berge von Plättwäsche türmten sich auf.

Als Lore ein paar Tage später zum Besuch des Weihnachtsmarktes drängte, sagte die Mutter ärgerlich: »Na, du siehst doch, es jeht nich! Ich wenigstens kann nich weg, jeh du man alleine. Kauf jleich was ein, was wir brauchen: Lichter, Äppel, Nüsse! Und wenn du einen kleinen, hübsch puschligen Baum siehst, kauf ihn man auch, denn sie sind dieses Jahr knapp. Daß er aber nich in die Hutsche wackelt, da mußt du jut aufpassen!«

Als die Dämmerung hereinbrach, setzte Lore ihr Plätteisen ab und sagte: »So, mehr mach' ick heute nich, die Schulter tut mir schon weh. Ick ziehe mir jetzt an und jehe. Kommste also wirklich nich mit? Ick hatt's mir so schön jedacht – mit dir zusammen.«

Doch die Mutter, hochrot von der Anstrengung des Bügelns, machte nur eine Kopfbewegung zum Wäschekorb und arbeitete ohne Unterlaß weiter.

Schon von weitem war jener eigentümliche Duft des Weihnachtsmarktes von frischen Schmalzkuchen, blakenden Laternen und Tannengrün zu spüren. Dazu, fast wie Meeresbrandung, das Durcheinander von Menschenstimmen, Waldteufelbrummen und Knarrenknattern. Zuweilen, alles übertönend, das Schmettern von Kindertrompeten oder ein dumpfer Trommelwirbel.

Lore, das Kapuzencape fest um die Schultern gezogen, denn es war schneidend kalt geworden, ging wie im Traum durch die Budenherrlichkeit. Die alten, bärtigen Händler, aus deren groben Schuhen Strohbüschel ragten, kamen ihr wie Brüder vom Weihnachtsmann vor, und etliche Frauen in den Buden schienen ihr Hexen aus dem Pfefferkuchenland zu sein.

»Sechs Dreier das Schäfkin!« – »'n Jroschen der Hampelmann!«

Auf Schritt und Tritt verfolgte dieser Ruf aus Kindermund die Marktbesucher, die sich langsam durch die schmalen Gänge schoben und sich immerfort stauten. Von den Buden mit Honig und Pfefferkuchen ging ein süßer, aromatischer Duft aus. Hier stand Lore lange und studierte eifrig die weißen Zuckeraufschriften, aber keine war für die Mutter geeignet, keine gab es, die ihr wirklich Freude gemacht hätte.

Ein Zelt, vor dem große Säcke mit Äpfeln und Nüssen aufgestellt waren, erinnerte Lore an ihre geplanten Einkäufe. Sie zog das Netz aus der Tasche und kaufte ein paar Liter böhmische Äpfel, auch nach Nüssen schaute sie aus.

»So – und nu noch Lichter und dann den Baum«, sprach Lore zu sich selbst.

An den abgelegenen Stellen des Marktes hatten die Händler ganze Tannenwäldchen aufgestellt, nagelten Holzgestelle zusammen, sägten und spitzten die Baumstämme zurecht und setzten Zweige ein, wenn ein Bäumchen gar zu dürftig aussah, oder auch, damit das eine oder andere noch »baumähnlicher« wurde.

»Fumfzehn Silberjroschen, Fräuleinkin! Zu teuer? Denn malen Sie sich eenen mit Spucke und jriene Tusche! Der is dann billjer!«

Als sich Lore ärgerlich abwandte, prallte sie mit jemandem zusammen, der so dicht hinter ihr gestanden hatte, daß er offenbar mit diesem Zusammenprall gerechnet, ihn gewollt haben mußte.

»Jottedoch! Is doch hier keine Maikäberkiste, daß wir so dichte aufeinanderhocken müssen!«

Aber da sah Lore, daß es Gustav Holzer war, in dicker blauer Joppe, mit Schirmmütze, einen Schal um den Hals gewickelt.

»Ich hätte Ihnen beinahe nich unter der Kapuze erkannt«, sagte er. »Nu seh' ich Ihnen aber von vorne – und da sind Sie's also wirklich! Ich freue mir so, daß ich Ihnen hier jetroffen habe!«

»Seit wann sind Sie denn wieder hier?«

»Seit jestern erst. Wir haben noch einen Kahn mit Torf jebracht, ehe der aber ausjeladen is, wird Zeit verjehen. Sind ja keine Karrenschieber zu kriegen, arbeiten alle auf'n Weihnachtsmarkt. Und wenn das Wetter so anhält, frieren wir hier ein.«

»Na, denn feiern Sie ja mal Weihnachten hier. Aber jetzt muß ick jehen, Mutter wartet.«

»Ich denke, Sie wollen 'ne Fichte kaufen?«

»Die sind ja zu unverschämt mit die Preise!«

»Wollen Sie den da haben?«

»Ich krieg' ihn billiger bei mir in die Jejend und brauch' mir dann auch nich so weit mit das stachlige Dings zu schleppen, die Harzflecken kriegt man ja nich von die Finger los!«

»Aber der hätte Ihnen doch jefallen, nehmen wir ihn also!« Und Gustav hatte den Baum schon auf der Schulter. »Da«, er gab dem Händler das Geld. »Ick trag' Ihnen das Bäumkin jern nach Hause! Nach die Friedrichsgracht, n' wahr? An'n Molkenmarkt is ja jetzt ein Barbier! War woll kein Jeschäft mehr? Mutter sagt, sie hat sich bekauft mit den Hut, die Seide platzt an alle Ecken und Kanten!«

»Na, für Marienwerder is er noch lange jut jenug! Aber Ihre Schmisetts halten doch noch?«

»Ick hab' sie noch ja nich umjehabt und will sie Vatern zu Weihnachten schenken.«

»Ihr Vater hat ja auch mal bei uns jekauft.«

»Hm, er hat jesagt, Sie sind ein fixes Meechen. Er lobt sonst niemand, müssen Sie wissen.«

»Und da soll ick mir woll jeschmeichelt fühlen?«

»Brauchen Sie nich. Bloß ick habe mir sehr darüber jefreut.«

»Und Ihre Mutter hat 'ne Wut auf mir wegen die kaputte Kapotte! Na, Ihre Mutter hat doch zu Hause ooch die Hosen an, das hab' ick doch jleich jemerkt!«

»Auf das alte Fräulein is sie ärgerlich, nich auf Ihnen. Meine Mutter is 'ne sehr jute Frau, auf die laß ick nischt kommen!«

Sie liefen wegen der scharfen Kälte sehr schnell und standen nun an der Fischerbrücke.

»Die da, die jroße Zille is unse!« Gustav wies auf einen der im Spreebecken liegenden Kähne. »Hören Sie die Töle? Das is Minka, ick jlaube, die hat mir erkannt!«

Ein kurzer Signalpfiff, und der Hund verstummte sofort. »Das Biest macht ja sonst die janzen Köters unruhig!«

Vor dem Hause an der Friedrichsgracht nahm er den Baum von der Schulter. »Ick bringe ihn Ihnen auch 'rein, damit Sie keine Harzflecke kriegen!«

»Nee, nich 'rein! Danke schön fürs Hertragen! Die ausjelegten fumfzehn Silberjroschen muß ick Ihnen vorläufig schuldig bleiben!«

»Machen Sie sich deswegen nur ja keene schlaflose Nacht! Jehen Sie denn noch öfter mit die beiden Herren aus?«

»Machen Sie sich deswegen man auch keine schlaflose Nacht! Mit die beiden jehe ick nich mehr aus, weil's eb'n janz aus is mit alle beide!«

»Und ein anderer? Is da nich schon wieder ein anderer da?«

»Doch, aber mit den bin ick noch nicht ausjejangen, da brauchen Sie also keine Bange nich zu haben!«

Gustav Holzer reckte sich in seiner ganzen stattlichen Größe auf. »Ick habe mir noch nie nich vor einen jebangt! Is det auch einer von die hohe Schule?«

»Nee, det is man bloß so einer wie Sie! Aber nu muß ick endlich 'rein, denn sonst friere ick hier an, habe schon janz kalte Beine!«

»Sagen Sie mir bloß noch: Will der Sie heiraten?«

»Ja, das will er woll, aber ick muß mir's erst noch überlegen. Also – adje, Justav Holzer!«

»Adjes, Fräulein Lore!« Er hielt ihre Hand so fest, daß sie sie nur mit Anstrengung freibekam. Den Weihnachtsbaum nachschleifend, eilte sie die steinernen Stufen hinauf und verschwand im Haus.

Er wartete noch eine ganze Weile, in der Hoffnung, daß Lore vielleicht ans Fenster kommen und ihm zunicken würde, aber die Gardine bewegte sich nicht. Da zündete er sich schließlich seine Pfeife an und ging zum Hafenbecken, auf seine Zille ...

Lore hatte den Baum auf den winzigen Hof gezogen und neben den Hackeklotz gestellt. In der Küche schlug ihr dann ein feuchter, warmer Dunst entgegen. Die Mutter plättete noch immer, ihr Gesicht war hochrot.

Jetzt aber ließ sie das Eisen sinken. »Na, da biste ja! So, nu hab' ick für heute auch jenug, lieber steh' ick morgen um fünfe auf! Jetzt räume ick weg, und dann essen wir. Na, ick seh' ja schon, was du mitbringst! Mit'n Baum is woll nischt jewesen?«

»Doch, der steht draußen beim Hackeklotz. Dunnerslag, is det aber kalt jeworden!«

Sie half der Mutter, den Tisch frei zu machen. Dann briet sie die Kartoffeln und holte den Steintopf mit der selbstgemachten Sülze.

»Wenn ick jewußt hätte, daß noch so ville da ist, hätte ick den Justav Holzer ja einladen können, mitzuessen. Er hat mir nämlich den Baum bis vor die Tür jetragen!«

»Justav Holzer? Ach so, weiß schon! Na, der braucht unsre Bratkartoffeln nich, der hat Besseres! Den Baum hat er dir jetragen?«

»Ja – und auch bezahlt, weil er mir zu teuer war, fumfzehn Silberjroschen!«

Die Mutter sah sie verwundert an, aber Lore wich ihrem Blick aus.

»Was man jleich für App'tit kriegt, wenn man mal in die frische Luft war!«

»Na ja, dann eß man feste! Ein Jerippe hat jeder, aber wenn man jefallen will, muß man ooch Fleisch dranhaben!«

»Das sag dir man selber, Mutter! Bei mir jeht's nich nach's Jewicht, sondern noch nach die Fassong, und die is jut, das weiß ick!«

»Is dir denn, na ja, der, is er dir denn idjal jenug veranlagt?«

»Beinahe zu ville, Mutter, und das is auch nich jut!«

»Das verzieht sich«, sagte die Mutter, »bei manchem jleich nach die Hochzeit!«

»Da braucht sich nischt zu verziehen, denn davon is keine Rede nich!«

»Nee, det gloobe ick ooch, der darf kein armes Meechen nehmen, da is die olle Holzern jejen, obschonst sie selber ein janz armes Ding jewesen is. Aber so tun sich die Menschen ändern!«

»Die würde ick schon kleinkriegen, selbst wenn der Justav seine Mutter noch so sehr lieben sollte. Aber ick will ja nich!«

»Na, und bitten wird sie dir nich! Da kannste Jift drauf nehmen!«

»Wer weiß det, Mutter!«

II

Ehe die schmale Fahrrinne auf der Spree ganz und gar zufror, kam eines Tages im Dämmerlicht ein mächtiger Kahn, der das Eis krachend zersplitterte, in das Hafenbecken.

Die Schiffer beobachteten neugierig den Fremdling. Wer den Koloß durch die Schleusen, Brücken, Kanäle bis hierher gebracht hatte, war sicher einer, der das Elbschiffer-Patent besaß. Aber dann lasen sie mit Staunen den Namen »August Holzer, Marienwerder«.

Und nun wußten sie Bescheid: Dieser Kahn war die letzte Neuerwerbung des »ollen Holzer«, und die Führung hatte er nich mal seinem Justav anvertraut, sondern dem, dem ...

Und sie nickten einander zu und wußten, wen sie meinten.

Die beiden Holzerschen Kähne lagen nun nebeneinander. Ein Verbindungsbrett polterte, und Gustav, begleitet von dem aufgeregt kläffenden Spitz, ging hinüber; er verschwand in der Kajüte.

»Ich fürchtete schon, Sie würden unterwegs festfrieren, Lorenzen!«

Er hatte ihm die Hand geschüttelt und sah ihn forschend an.

»Kann mir doch nich passieren, Herr Justav!«

»Und alles jut jejangen, nischt jerammt? Na, dann wird sich Vater ja freuen. Er will mit Muttern über Weihnachten herkommen, wartet bloß, daß ich ihm telegraphiere!«

»Dann telegraphieren Sie man: ›Juvivallera!‹ Dann weiß er Bescheid, und Sie sparen Jeld! Ja, ja, Minka, reiß dir man kein Bein aus, ich bin's wahr und wahrhaftig – die kennt mir noch von Marienwerder!«

Er klopfte dem Spitz den Rücken, um das erregte Tier zu beruhigen.

»Wo sind denn die andern, Lorenzen? Ich möchte ihnen doch auch juten Abend sagen!«

»Ahoio!«

Auf diesen Ruf kamen vier wetterharte Burschen nacheinander die Treppe hinunter.

»Habt ihr jut jemacht, Leute, aber das hört ihr woll lieber von Vatern selbst! Macht jetzt 'n bißken fix, takelt euch an, und dann wollen wir an Land jehen, mal auf die jlückliche Fahrt anstoßen, wat, Lorenzen? Hier drüben im ›Joldnen Anker‹ jibt's 'n juten Happenpappen, ick hab' da jetzt immer jejessen. Meine beiden Jungs bringe ich auch mit, aber erst werde ich mal rüberjehen und bestellen, denn nun sind wir ja acht Mann und bringen den Wirt in Verlegenheit!«

Lorenzen lachte übers ganze Gesicht. »Denn nehmt man tüchtig weißen Sand und scheuert eure Knochen ab, zieht natürlich auch 'n reines Hemde an. Pomade auf 'n Kopp is nich nötig, Weiber jibt's da nich, wir sind nämlich nich in Sankt Pauli. Aber ihr könnt ja nachher noch auf'n Weihnachtsmarkt jehen, da is auch was jefällig!«

Die Leute grinsten vergnügt und kletterten die Treppe hinauf.

»Türe feste zumachen!« schrie Lorenzen dem letzten nach.

»Na, und nu werden Sie wissen wollen, wie's hier aussieht«, sagte Gustav.

»Ich kann's mir ja denken!«

»Nee, können Sie nich! Ihre arme Frau arbeitet sich krumm und schief ans Plättbrett, und Lore hilft ihr, denn das wissen Sie woll doch noch nich, daß das Meechen wieder bei Muttern is. Ick hab' ihr ein paarmal jetroffen, aber sie hat ja nie Zeit, bloß wenn sie wegtragen jeht, kann man ihr ein Stückchen bejleiten, Sie weiß nich, daß Sie kommen, jesagt habe ick nischt!«

»Es soll ja auch 'ne Überraschung sind . . .«

»Und ick wollte auch keinen Vorteil von haben, daß Sie jetzt bei uns sind!«

»Wenn das für Ihnen ein Vorteil wäre, Herr Justav, hätten Sie jetrost von Jebrauch machen sollen, denn für den Vater, den Lore damals kennenjelernt hat, wird sie keinen Dreier jeben! Ick jlaube also nich, daß es Eindruck auf sie jemacht hätte, wenn Lore jehört hätte, daß ich in Holzers Dienst bin!«

»Na, det weiß ick ja nu besser. Auf ihren Vater läßt sie ebensowenig kommen, wie ick auf meine Mutter!«

»Ick wollte eijentlich heute noch jleich hin, aber das wird nu woll doch zu spät werden?«

»Nee, nich! Ick bin manchmal nachts um Uhre zwölf ans Haus vorbeijejangen, aber da brannte dann immer noch Licht und wurde jeplättet!«

Der Schnee dämpfte Räderrollen und Schritte, hier aber, an der Friedrichsgracht, hörte man nicht einmal Menschenstimmen auf der Straße; das Ufer lag – um diese späte Abendstunde – völlig vereinsamt da.

Lorenzen war schon einmal an dem Häuschen vorübergegangen, hatte versucht, ins Fenster zu blicken, aber die Gardinen waren fest zugezogen.

Heute kam er ja anders als das erste Mal, heute war er etwas. Mit dem Elbschiffer-Patent, das er auf der Schifferschule in Hamburg erworben hatte. Mit peruanischem Balsam, Goldsand oder einem Ohrring brauchte er sich kein Ansehen mehr zu verschaffen.

Und doch fehlte ihm der Mut, dort an die Scheibe zu klopfen, denn sein »Juvivallera« würgte ihm in der Kehle. Er fühlte, daß er es nicht überzeugend genug herausbringen würde. Ja, wenn er nun heute als Retter aus aller Not kommen würde! Aber diese tapfere Frau da drinnen hatte sich durch nichts unterkriegen lassen, hatte sich stets selbst aus allen Widrigkeiten herauszuarbeiten versucht.

Aber da war jener heimliche Abschied von ihr – etwas, das sie mit ihm verband.

Wie damals stand er nun am Ufergeländer und starrte das Fenster an – jeden Augenblick konnte der Schimmer dahinter erlöschen, denn die Kirchturmuhr schlug schon die elfte Stunde.

Da wurde ganz plötzlich das vereiste Fenster aufgestoßen. Eine weiße Dunstwolke quoll heraus. Dahinter dann ein Mädchenkopf: »Sind Sie das – Justav?«

»Ich bin's, Lore – juvivallera!«

»Vater . . . Vater is da, Mutter!«

Ein Aufschrei in der Küche, aber niemand zeigte sich am Fenster, aus dem noch immer Dunst quoll. Doch da knackte das Schloß der Haustür, Lore sprang mit einem Satz die Treppenstufen hinunter, schlang ihre bloßen Arme um Lorenzens Hals und zog ihn ins Haus.

»Rasch, rasch, Vater – Mutter is eb'n lang hinjeschlagen, wenn sie sich man nischt jetan hat!«

Doch die Mutter hatte sich inzwischen schon wieder aufgerafft, hielt sich am Tisch fest, die Augen vor Schreck geweitet.

»Na, Anna – was is denn! Ick dachte, du würdest dir ein bißken freuen?«

Sie hob abwehrend die Hand. »Jeh, jeh«, stieß sie hervor, »wir haben ihm den Tod auf'n Hals jehetzt – nu is er tot, aber ich kann meines Lebens nich mehr froh werden.« Wimmernd sank sie auf den Stuhl.

»Hör nich auf Muttern«, sagte Lore, »sie hat sich zu sehr erschrocken. Komm in die Stube, Vater, ick mach' Licht! Komm doch schon, Vater!«

Aber Lorenzen rührte sich nicht. »Nee, Anna, die Schuld hab' ick nich und du ooch nich! Wenn uns der im Weg jewesen wäre, hättest du dir bloß scheiden zu lassen brauchen, und er hätte ruhig weiterschustern können. Int Jejenteil, daß ihr beide nich auseinandergehen solltet, hab' ick ihn ja selbst jeraten, ooch sich seinen Absalon-Kopp scheren zu lassen und sich nich als Heiliger dickezutun. Nee, Anna, das mach dir man ab – an den sein Tod sind wir beide unschuldig!«

»Mutter, freu dir doch, daß Vater wieder da is!«

»Anna, ick komme doch diesmal als ordentlicher Mensch – ick mach' dir keine Schande nich!«

»Ich will dir jewiß nich vertreiben«, sagte sie, sich die Augen mit der Schürze trocknend, »bloß . . ., bloß . . ., aber nu mach man Licht nebenan, Lore!«

Lore verschwand in der Stube, zündete die Lampe an.

»So, Vater, nu komm!«

Als sie aber keine Antwort bekam und in die Küche blickte, stand Lorenzen neben seiner Frau, den Arm um ihre Schulter. »Nee, ick laß dir nich mehr so abrackern, Anna, ich bin ja nich mehr tot – meine Papiere sind in Ordnung! Du brauchst dir also nich vor mir zu jraulen. Und Jeld verdiene ick auch jenügend!«

»Und zu mir sagste ja nischt, Vater?«

»Na, machste dir denn noch was aus mir, Meechen, uffjeblühte Rose? Ick kann ja bloß staunen, wenn ick dir ankieke. Aber is das die Funzel – oder was is? Ins Jesichte seht ihr nämlich beide so käsig aus wie Jespenster!«

»Bloß jejen dir, Vater!«

Er knöpfte die dicke Jacke auf und prustete. »Die Hitze hier vertrag' ick nich!« Dann trat er über die Schwelle und sah sich in der Stube um. »Hier schlaft ihr beide? Und was is denn da in die Kammer?«

»Alles voll Wäsche. Wolltest du denn . . .«

»Ja nischt wollte ick!«

»Aber ick werde dir rasch was zu essen machen!«

»Nee, Anna, ich bin fett, der Justav hat uns traktiert! Ich bin nämlich in Holzers Diensten, bei dem ollen Holzer in Marienwerder, und Justav is sein Sohn!«

»Ach nee, wahrhaftig?« staunte Lore.

»Ja – und er läßt dir schön jrüßen!«

»Wie sieht er denn jetzt aus? Ich kenne ihn – doch bloß als kleinen Jungen mit rote, jestoppte Wollstrümpfe . . .«

»Na, er wird dir schon jefallen, wenn du ihn jetzt siehst!«

»Jlaubste wirklich?«

»Du müßtest ja mit Blindheit jeschlagen sein, wenn's anders wäre. Aber es hat keinen Zweck nich, Lore. Seine Mutter will 'ne reiche Schwiegertochter und hat schon eine hier in petto! Weihnachten kommt sie mit den Ollen 'rüber – und dann soll's perfekt werden!«

»Von meineswegen . . .«

Lorenzen blinzelte der Mutter zu, und diese versuchte zu lächeln, obwohl sie gar nicht gehorcht hatte, was gesprochen worden war, und nur den Mann angestarrt hatte – diesen großen, kräftigen Mann mit dem wetterharten Gesicht. Denn sie hatte sich immer noch nicht von der »Überraschung« erholt, saß regungslos da und suchte zu begreifen, daß alles Wirklichkeit war.

»Wie biste denn herjekommen – wann denn?«

»Heute, von Hamburg, war aber lange unterwegs jewesen! Aber nu muß ick hin, auf'n Kahn. Wenn Lore nich das Fenster aufjemacht hätte und mir jesehn, wäre ick erst morjen jekommen. Was war denn das nu für'n Justav, den du meintest?«

»Das is einer, der mir immer Wäsche tragen hilft, hier aus unse Jejend. Siehste, Vater, das is mein Justav, dem jefalle ick, so wie ick bin!«

»Dann kannste ihn mir ja mal zeigen, vielleicht jefällt er mir auch. Hauptsache aber is, daß er dir jefällt.«

»Mutter, du sitzt ja noch immer da und rührst dir nich. Haste dir etwa vorhin was jetan, wo tut's dir denn weh?«

»Is schon jut, Lorekin, mir is's bloß so in die Jlieder jefahren, aber nu jeht's schon wieder. Bloß der Arm hier, da bin ick mit aufjehauen, da werd' ick mir nachher einen Umschlag machen müssen.«

Sie hatte sich erhoben und fuhr sich verlegen über die weiße Plättschürze. »Ja, kiek man«, sagte sie zu ihrem Mann, »ich bin nu eine olle Frau, Staat kannste mit mir nich mehr ville machen, und jraue Haare hab' ick auch jekriegt – und du siehst noch so aus wie damals, wo ick dir kennenlernte.«

»Das kommt dir jetzt bloß so vor, am Tag seh' ick anders

aus, denn am Äquator hab' ick damals einen ekligen Knacks jekriegt!«

»Am Äquator – Vater?« fragte Lore. »Den jibt's also immer noch?«

»Mein Äquator ist ein andrer wie deiner. Es jibt einen um die Erdkugel 'rum und einen um mein Leben 'rum. Der hat auch zwei Hälften, verstehste!«

»Nee, das is mir noch nich janz klar, aber laß man, Vater. Übermorgen is nu Heiligabend, da kommste bei uns. Einen Baum haben wir schon, den hat mein Justav spendiert.«

»Wie wäre es denn, wenn ick meinen Justav und du deinen einladen tätest und die beiden mal zusammenkämen, damit wir sie verjleichen könnten?«

»Nee, lieber nich, das könnte Verwechslungen jeben!«

»Dann wenigstens einen, dann bring' ick also meinen mit!«

Die Mutter schüttelte den Kopf. »Was redet ihr denn immer von zwei Justave? Det is doch ein und derselbichte!«

»Das wird sich ja aufklären, wenn ick mit meinen komme«, sagte Lorenz.

»Hier, Anna, daß du was Jutes einkaufen kannst.« Er warf ihr ein Portemonnaie zu.

»So'n dickes, jroßes hab' ick doch schon mal bei wem jesehen«, sagte Lore, »hoffentlich sind da auch lauter Joldstücke drinne?«

»Nee, Lore, aber Talers, und damit könnt ihr ja auch schon was anfangen!«

12

Der Weihnachtsbaum – nur so groß, daß er auf dem Tisch stehen mußte – war mit bunten Lichtern, Äpfeln und vergoldeten Nüssen geschmückt.

Lore hatte ihn geputzt und war damit gerade fertig geworden, als die Glocken von St. Nikolaus zur Christandacht zu rufen begannen.

»Nee, ick laß die Wohnung nich alleine«, hatte die Mutter gesagt, »ick jehe ja morgen früh mit Vatern in die Kirche – wir haben es so besprochen, weil wir doch da jetraut worden sind. Jeh du man also mit die Lohrsche, die sitzt ja ganz alleine und bläst sonst Trübsal. Is ja auch schwer für die, jetzt so ohne eine Menschenseele!«

Lore fühlte, daß die Mutter eine ruhige Stunde für sich haben wollte, um überhaupt erst einmal zur Besinnung zu kommen. In der Besprechung mit dem Mann war ja so viel Neues aufgetaucht, daß sie nicht gleich was dazu sagen konnte, sich aber jetzt schlüssig werden mußte. Morgen nachmittag kam Herr Holzer aus Marienwerder, und da sollte alles klar sein.

Wie Anna nun so allein dasaß, die Hände im Schoß, wurde ihr immer bänger ums Herz. Wie viele Jahre hatte sie hier in dieser Wohnung verbracht! Nun sollte sie sie aufgeben, um, wie Lorenzen es wollte, wieder auf den Kahn zu kommen, alle Fahrten mitzumachen, das Essen für die Leute zu kochen. Nein, am Steuer sollte sie nicht stehen. Dieser Koloß von einem Kahn brauchte immer einen Mann. Aber es gab genug anderes für sie zu tun.

Was denn dann aus Lore werden solle, hatte sie gefragt.

Lorenzen hatte nur gelacht. »Jott, Anna, du weißt doch ebenso jut wie ick, daß da längst wat im Jange is. Um das Morgen brauchste dir wahrhaftig keine Bange zu machen!«

»Ja, Lorenz, aber du weißt nich, was sie for'n Dickkopp hat . . . Zwingen läßt sie sich nich, sonst hopst sie wieder zum Fenster 'raus!«

Sie sann und sann. ›Nee, ick bin zu alt und marode, ick kann nich mehr auf's Wasser! Aber Lorenz braucht 'ne Frau, jewiß doch, aber die darf nich immer um ihn sein. Viel besser, er hat auch 'ne feste Bleibe, wo er wirklich zu Hause is, wenn er von Fahrt kommt! Nee, ick mach' da nich mit, nee, nee!‹

Das war ihr Entschluß, und nun stand sie auf und sah

nach dem Essen. Auf den Karpfen war verzichtet worden, weil Lorenzen gesagt hatte, daß sein Justav am liebsten Räucherfleisch mit Hirse und Sauerkohl äße ...

»Jeht's denn nach deinem Justav, Vater?«

»Einmal kann's ja woll auch nach ihm jehen, wenn er doch nu unser Jast sein soll!« Die Mutter hatte etwas von ihrer früheren resoluten Art, als sie dies sagte, und Vater und Tochter hatten sie ganz überrascht angesehen.

»Ick werde auch noch einen schönen Heringssalat machen, da kannst du dir dranhalten, wenn du so kiesätig bist, Lore!«

»Nee, ich esse mir an die Mohnpielen satt!«

»Und was trinken wir denn? Ich habe zwar 'ne Pulle Schämäkä-Rum aus Hamburg mitjebracht, aber die sollte eigentlich für Silvester sein!«

»Man bloß keinen Jrog am Heiligabend! Ich laß ein Achtel kommen, das reicht für die Feiertage, wenn uns der Heringssalat nich zu jroßen Durscht macht!« –

Die Mutter stand jetzt am Tisch, schnitt saure Gurken in Scheiben, um die Salatschüssel zu garnieren. Nun stopfte sie nochmals Torf in die Öfen und blickte zur Wanduhr. Erst jetzt kam ihr der Gedanke, daß auch sie sich etwas festlich anziehen müsse, Zeit genug hatte sie zum Umkleiden.

Aber kaum war sie damit fertig, kam Lore schon aus der Christmette heim, stampfte draußen an der Tür den Schnee ab und klatschte das Cape gegen die Wand.

»So muß Weihnachten sein«, sagte sie, »mit so ville Schnee! Fräulein Lohr war schon weg, als ich bei ihr kam. Na, es war mir auch so janz recht, denn man hat ja allerlei Jedanken in'n Kopp, und die Lohrsche tuschelt einem immerfort was ins Ohr. Schade aber, Mutter, daß du nich mitwarst. ›Vom Himmel hoch‹ haben wir jesungen, und zwei mächtige Christbäume mit janz joße weiße Lichter haben am Altar jebrannt. Ach, Mutter, wie wird einem da, wenn die Orgel so braust!«

Sie schlug die Hände vors Gesicht und weinte laut auf.

»Es hätte alles anders kommen können. Es is nich so jeworden, wie ick früher immer jedacht habe!«

»Lore – hast du denn einen andern jern?«

»Laß man, Mutter, nich von sprechen, denn dann wird es erst janz schlimm. Und ick will doch nich heulen – nee, det will ick nich! Vorbei is vorbei, und is auch am besten so für mich! Schade bloß um das schöne, reine Schnupptuch, denn ich habe ja schon so in die Kirche jeweint, daß ick mir jetzt ein andres nehmen muß!«

»Ach, Meechen, du machst mir's Herze schwer! An so was habe ick ja ja nich jedacht. Du hast mir doch auch nie nich das jeringste jesagt. Aber es zwingt dir doch keiner! Ick jebe die Wohnung hier nich auf, da kannste also bei mir bleiben und ruhig warten, bis einer kommt, der dir verhext!«

»Nee, det is vorbei! Ick laß mir nich mehr verhexen, ich weiß jetzt, wohin ick jehöre – ja, jetzt weiß ick's! Bloß ick hatte mal sonne jroße Sehnsucht jehabt, Mutter! Ick dachte, mir würde einer in die Mache nehmen, aber wenn man auf die Zille jeboren is, soll man woll dadrauf auch sterben!«

»Was verbiesterst du dir denn in solche Jedanken, heute, Heiligabend. Nu haste dir so aufjeregt, daß du jlühst, kiek man bloß mal in'n Spiegel!«

»Brauch' ja nich, ick fühl's schon!« Sie hatte den Handrücken prüfend an die Backen gedrückt. »Ick werd' mir schnell noch mit kalt Wasser waschen, denn sie müssen doch jleich kommen!«

»Kannst du den Justav denn überhaupt nich leiden?«

»Doch – doch, is ja 'n janz juter Junge, und wenn ick ihn erst in die Mache haben werde, wird er ja auch Fassong kriegen. Und dann is auch janz jut so von wejen Vater, mit den kann der olle Holzer nich so umspringen wie mit'n andern.«

»Vaters wegen brauchst du nich, Lore, der is jetzt über seinen Äquator!«

»Kann ja sein, Mutter, aber sicher is sicher! Da kommen sie wahrhaftig schon – das is doch Vaters Stimme!«

»Also – das is nu mein Justav«, sagte Lorenzen. »Wo is nu deiner, Lore?«

»Der Tisch hat doch bloß vier Seiten, da könnten also bloß viere sitzen!«

Lore reichte Gustav Holzer die Hand. »Freut mir, Ihre werte Bekanntschaft zu machen. Platzen Sie sich jefälligst hier an die breite Seite, auf die andre kommst du, Vater. Ja, wir essen hier in die Küche, da is am wärmsten, und Mutter kann jleich aus die Töppe auftun!«

»Und das is meine jute Olle«, stellte Lorenzen vor und klopfte seiner Frau auf den Rücken. »Na, nu können wir unsere Jacken und Halstücher mal da an die Türe hängen und 'n bißken auftauen, an sonne Kälte und so viel Schnee zu Weihnachten kann ick mir ja ja nich mehr erinnern. Und dann wollen wir uns man setzen, sonst laufen wir Muttern mang die Beene und kriegen die heiße Hirse uff'n Kopp.«

»Wo haben Sie denn Ihre Minka?« fragte Lore.

»Woher weißte denn det, daß er 'ne Minka hat?«

»Hat mir heute nacht jeträumt, Vater!« Sie hatte sich ein weißes Schürzchen umgebunden, nahm der Mutter die gefüllten Teller ab und stellte sie auf den Tisch. »So, Mutter, nu komm auch rasch her – die fangen ja schon an, wo wir noch nich mal sitzen –, wartet doch, ihr kriegt ja noch Fleisch!«

»Wenn man so'n Appetit hat und es so jut riecht«, verteidigte sich Lorenzen. »Bier . . .? Ach so, da in die Fensterecke, ick seh' es schon!«

»Sie bleiben nu bis Neujahr?« fragte die Mutter.

Gustav nickte. »Wir sind ja einjefroren, da is vorläufig nischt zu wollen. Werden wohl hier sojar überwintern müssen. Aber das schadet ja nischt, ick hab' ja allerlei in Berlin vor!« Sein Blick glitt zu Lore hinüber.

»Ja, ick hab' jehört, Sie wollen 'ne reiche Partie machen!«

Er schüttelte den Kopf in aufrichtiger Verwunderung. »Ich brauch' keine reiche Partie zu machen, ick kann die nehmen, die mir jefällt, wenn sie mir auch liebt. Nee, ick brauch' nich auf Jeld zu sehen!«

»Aber Ihre Mutter will doch bloß 'ne Reiche!«

»Meine Mutter is eine sehr jute Frau und liebt mir und will bloß, daß ich jlücklich mit die werde, die ich mir aussuche!«

»Aber es müßte doch eine sein, die das Leben auf'n Kahn aushält, und das kann nich jede«, behauptete die Mutter. »Und daß ick's dir man jleich sage, Vater, mir is det zu schwer! Ick hab' mir die Sache hin und her überlegt und bleibe hier ins Haus!«

»Det hat mir schon so jeschwant, Mutter, sonst hättste jleich ja jesagt. Und ick hab' mir das so schön jedacht, so wie früher, wenn du so hübsch auf's Wasser jesungen hast, daß die Leute ans Ufer stehenjeblieben sind.«

»Ja nu, Lorenz, bedenk doch mal die Zeit zwischen! Ick bin doch nich mehr die von damals. Da war ick 'ne junge, stramme Frau!«

»Na, sehen Sie, Herr Justav, da hab' ick nu alles wie früher machen wollen, und da jeht's nich mehr. Bloß jut, daß ick schon jejessen habe, denn jetzt hätte es mir nich mehr jeschmeckt!«

»Ja, Vater, und weil Mutter nu hier weiter wohnt, kann ick doch bei sie bleiben!« Lore atmete auf, als sei ihr ein Stein vom Herzen gefallen.

»Mach, was du willst!«

Lorenzen stand auf und reckte sich. »Wollen wir uns 'n Piejatz anstecken, Herr Justav?« Er hielt ihm seine Ledertasche mit Zigarren hin.

Auch Gustav stand auf. »Nee, ick rauch' lieber meine Piepe, aber jetzt noch nicht.«

»Na, denn wollen wir rinjehen und mal den Baum anbrennen, oder soll der bloß so in die dunkle Stube stehen?«

»Jeh, Lore, zünd' die Lichter an. Ick stelle alles ins Faß, dann komme ick auch 'rein! Nee, brauchst mir nich zu helfen, abwaschen tu ick erst morgen früh!«

»Vater – ick hab' doch vorhin jesehen, daß du deine Harmonika mitjebracht hast!« Lore öffnete die Tür, blickte auf den Flur hinaus. »Ja, da steht sie!«

»Laß ihr man stehen!« sagte Lorenzen.

»Nee, wir wollen ›O Tannenbaum‹ singen! Herr Justav, können Sie nich auch spielen? Hier.« Sie reichte ihm das Instrument. »Donnerslag, kommt da jleich ne Kälte 'rin! Das sind morgen mindestens zwanzig Jrad. Is auch dann das Bier nich zu kalt?«

»Ja, wir hätten jut 'n steifen Jrog trinken sollen, aber Mutter wollte ja nich! Na, Herr Justav, wir trinken nachher auf'n Kahn noch einen und ersaufen das janze Elend!«

Lore zündete die Lichter an. »Mutter, biste soweit, na denn komm 'rein, jetzt is Bescherung, aber erst muß Vater ein Weihnachtslied spielen, und wir singen zu. Hier habt ihr jeder noch 'n Jlas Bier – nu mach man los, Vater!«

Aber Lorenzen rührte sich nicht, stand da und starrte die flackernden Lichtchen an.

Lore war zu ihm getreten. »Vater, spiel doch!«

»Ich kann nicht«, sagte er, »ich kann keene Weihnachtslieder spielen, das soll der da tun! Mir wär's am besten, ich wäre an'n Äquator jeblieben, da gibt's keene Weihnachtsbäume, die ein'n bloß traurig machen . . .«

»Vater, es is janz jut, wenn man auch mal traurig is. Es jeht nich immer im Leben mit Juvivallera!«

»Det brauchst du mir nich zu sagen, Lorekin, ich hab' mir ausjejuvivallerat!«

Gustav Holzer, mit dem Rücken an den Kachelofen gelehnt, hatte die Harmonika genommen. Unerwartet begann er zu spielen:

»Es ist ein Ros' entsprungen
Aus einer Wurzel zart . . .«

und sang dazu die Verse des alten Weihnachtsliedes. Er tat es so selbstverständlich, den Blick auf den Lichterbaum gerichtet, als sei er allein auf seinem Kahn.

Lore hatte sich überrascht umgewandt und sang dann – zuerst noch befangen – mit ihrer hellen Sopranstimme mit.

»Das Lied haben wir immer zu Hause jesungen an'n Heiligabend. Mutter wird woll an mir denken, was ick heute mache, es is das erste Mal, daß ick an den Tag nich zu Hause bin. Ick hätte ja hinfahren können, dem Kahn kann nischt passieren, und dann is ja nu auch Ihr Vater da, aber ick wollte . . .«

Er begann wieder zu spielen, nun »O Tannenbaum«. Lore sang mit, der Vater brummte etwas, das wohl die zweite Stimme zu der Melodie sein sollte, und die Mutter kramte in der Kommodenschublade.

»Ja, Vater«, sagte sie, als das Lied zu Ende war. »Die Bescherung is ja nich sehr jroßartig. Man bloß'n Paar warme Socken.«

»Aber ick, Vater, hab' dir noch rasch was jemacht: 'n Tabaksbeutel aus 'ner Schweinsblase – der hält ewig!«

Lorenzen stand da, die Socken in der einen, den Beutel in der andern Hand, als wollte er abwägen, welches das gewichtigere Geschenk sei.

»Ick hab' doch auf nischt von euch jerechnet. Es is rührend von euch beide. Aber ich hatte Muttern doch Jeld jejeben, daß sie . . .«

»Nee, Vater, ick hab' das Portemonnaie nich mal aufjemacht, das wäre ja noch schöner, dir von dein Jeld Jeschenke zu kaufen. Ich hab's in die Kommode jelegt, und sowie du's brauchst, kannst du's kriegen!«

»Na«, sagte Lorenzen, »ick hab' euch ja nu auch was mitjebracht – aus Hamburg! Aber vielleicht schmeißt ihr mir's an'n Kopp, denn hier jeht ja allens janz anders zu wie bei andre Leute!« Er fischte in seiner Joppentasche: »Da, Mutter, das is hier deine, und das hab' ick Lore zujedacht!«

Aus der Schachtel der Mutter kam eine goldene Brosche, aus Lores ein Medaillon zum Vorschein.

»Ach Jottejott, Lorenz! Und die is woll noch echt?«

»Is jestempelt, deins auch, Lore, beides is echtes Jold!«

»Ich dank' dir ooch schön, Lorenz, aber nu sonne Ausjabe! Ick traue mir das Ding ja ja nich anzumachen, wenn ick's nu verliere!«

Lore schlang den Arm um den Hals des Vaters und küßte ihn: »Ick freu' mir mächtig, sieht aus wie Dukatengold!«

»Is auch welches!«

»Na, denn bin ick ja nu 'ne reiche Partie! Ich mache meins morjen jleich um, mit'n schwarzet Samtband. Ein Bild is ja nich drinne, na, wird schon mal eins reinkommen, Vater, wenn du dir photographieren läßt!« Sie wandte sich an Gustav, der abseits gestanden hatte: »Ja – für Ihnen hab' ick man bloß 'n Pfefferkuchen mit Zuckerjuß: ›Schiffe ruhig weiter, wenn der Mast auch bricht!‹«

»Dank' schön, Fräulein Lore, dank' schön! Von mir kriegen Sie aber auch was, wenn Sie's haben wollen, bloß es jeht nich zu essen. Da, hoffentlich paßt es!«

In der Seidenpapierhülle steckte ein Armband mit böhmischen Granaten.

»Das wollen Sie mir schenken, Herr Justav?« Lore sah ihn fassungslos an. »Ick weiß nich, Herr Justav, wie komme ick denn zu so ein kostbares Jeschenk, nee, das kann ick nich annehmen!«

Lorenzen nahm das Armband und besah es mit Kennermiene.

»Ich schätz' es auf zwei Taler, was?«

Gustav zuckte die Achseln. »Ick weiß nich, ick hab's nämlich nich jekauft. Es hat Muttern jehört, und sie hat jesagt: ›Schenk es die, die es wert is!‹«

»Dann kannste es ruhig nehmen, Lore, so ville bist du noch wert!« Die Mutter trat hinzu, nahm das Armband und sagte: »Wollen mal sehen, ob's auch nich zu jroß is. Heb mal den Arm hoch! Wie is denn das mit dem Schloß – ach, ick sehe schon: so! Paßt wie nach Maß! Und nu bedank dir man, verstehste!«

Lore reichte Gustav die Hand. »Ich hatte an'n Marzipanschwein jedacht oder was anders vom Weihnachtsmarkt – auf so'n Jeschenk war ick wirklich nich jefaßt. Also ick bedank' mir schön, aber ick weiß schon, Ihre Mutter wird's wiederhaben wollen!«

»Nee, was jeschenkt, bleibt jeschenkt, kommt nich wieder ins Haus jerennt! Mutter wußte janz jenau, wem ich's jeben würde. Meine Mutter is 'ne jute Frau, schade, daß Sie ihr nich besser kennen!«

»Was nich is, kann ja noch werden . . .«, sagte Lore.

»Dadrauf wollen wir mal alle anstoßen, wo is denn mein Topp? Jieß mal allen ein, Mutter«, sagte Lorenzen. »Und nu können Sie sich Ihre Piepe anstecken, Herr Justav, nu sind wir durch alle Schleusen durch, nu hoch mit'n Mast und Segel 'ran!«

13

Als Lore am anderen Tage am Kochherd stand, klopfte es. Herein trat Gustav Holzer, ganz atemlos vom raschen Lauf.

»Is Lorenzen, ick meine, is Ihr Vater nich da?«

»Nee, der is doch mit Muttern in die Kirche! Sie wissen doch!«

»Ach so, is ja bloß, weil meine Eltern eben anjekommen sind und der Vater jern Bericht jehabt hätte! Wenn Sie ihm das bestellen wollen, Fräulein Lore . . .«

»Jewiß doch! Sowie er jejessen hat, kommt er!«

»Nee, lieber jleich! Vater is immer 'n bißken kribblich, wenn er auf was warten muß!«

»Na, denn fangen Sie Vatern doch lieber jleich vor die Kirche ab und nehmen Sie ihn jleich mit, wenn es so pressiert!«

»Warum sind Sie denn so unfreundlich?«

»Bin ick unfreundlich? Ach so, nu muß ick woll immer so sein, wie Sie wollen?«

»Sie meinen wegen das Armband? Schmeißen Sie doch das Ding jleich ins Feuerloch, denn sind Sie's wieder los . . .«

»Nee, das wäre nu schade drum!«

»Ick hätt' Ihnen also wirklich bloß ein Marzipanschwein schenken sollen?«

»Ja, was Süßes«, sagte Lore. Sie hatte im Kochtopf gequirlt, aber jäh drehte sie sich um, denn Gustav stand dicht hinter ihr.

»Was Süßes wollen Sie?«

Sie versuchte, vor diesem Blick zurückzuweichen, aber der Herd hinderte sie. Und plötzlich fühlte sie, daß sie widerstandslos war, denn es war ja nicht mehr der Gustav Holzer, den sie von klein auf gekannt hatte, das war ein großer, starker Bursche mit braunem Gesicht, leuchtenden Augen und einem Mund voll prachtvoller weißer Zähne.

Und dieser hier, der so gar nichts Schüchternes und Ungeschicktes an sich hatte, sagte jetzt: »Was Süßes? Hier haste was Süßes, mein Meechen!«

Sie fühlte seinen Arm um ihre Taille, seine Küsse auf den Lippen.

»So, haste jenug?«

Sie seufzte nur matt.

»Jibste mir nu auch einen?«

Sie küßte ihn wieder und sagte schelmisch dabei: »Warum biste nich jleich so jewesen, dann wäre es schneller jejangen!«

»Jetzt wird es sehr schnell jehen, Lore! Nu biste meine Braut, was?«

»Ja ... Aber wie is denn das nu auf einmal so jekommen?«

»Es war wohl der richtige Momang: den mußte ick bei dir abpassen. Und jetzt jeh' ick 'rüber und sag's Muttern – heute wird Verlobung jefeiert!«

»Und hier brennt's Essen an!« Sie riß erschrocken den

Topf vom Feuerloch. »So, bloß jut, daß das noch mal so abjejangen is!« Lore schlenkerte die Hand, die sie sich am heißen Topf verbrannt hatte. »Nu verschwind aber, und jrüß deine Mutter von mir, sag ihr aber jleich, ick laß mir nich von ihr karressieren!«

»Meine Mutter is 'ne jute Frau . . .«

»Ick jlaube's schon, das haste mir schon oft jesagt!«

»Ja, und das sag' ick immer wieder, die wird dir nich karressieren!«

»Na, denn is ja jut, aber nu adje!«

Als Lorenzen mit seiner Frau heimkam und hörte, daß Herr August Holzer nach ihm gefragt hatte, setzte er gleich seine Mütze wieder auf und sagte: »Denn muß ick sofort hin, wartet nich mit's Essen auf mir, denn das kann lange dauern mit die janzen Abrechnungen!«

Doch schon nach einer knappen Stunde war er wieder zurück. »Is jlattjejangen – der Olle is sehr zufrieden. Für die Jungs jibt's Freibier auf'n Abend, und dir, Mutter, und Lore hat Frau Holzer zum Kaffee einjeladen – um viere sollen wir allesamt im ›Joldnen Anker‹ sein!«

»Ick hab' aber ja nischt anzuziehen«, sagte die Mutter abwehrend, »kann ick nich lieber zu Hause bleiben?«

»Nee, du mußt mit, Anna! Zieh dir das Schwarze von heute früh in die Kirche an, steck dir aber die joldne Brosche vor. Und du, Lore, machst dir das Armband von Herrn Justav um. Sie soll sehen, wem sie's jeschenkt hat. Habt ihr denn noch was von's Mittag übrig, oder . . .?«

»Du kriegst schon, Vater – jleich, jleich!«

»Denn ich hab' noch keinen warmen Stiel im Bauch!«

Während er dann aß und die Mutter und Lore im Kleiderschrank kramten, sagte er: »Anna, mir war's doch so, als hätte ich meinen ollen Freund Jens jesehen – was wollte denn der in die Kirche?«

»Jottejott, das is doch wie'n Lauffeuer 'rum, daß du wieder da bist, und ick hatt's im Kartoffelkeller erzählt, daß ich ersten Feiertag mit dir in die Kirche wollte.«

»Na ja, det kann ick mir ja denken, bloß was wollt' er in die Kirche?«

»Ach so, na, seit Kranold tot is, hat das uffjehört. Die machen keine Versammlungen mehr, die jehen alle wieder zum richtigen Paster. Es war kein Zug mehr in die Kolonne!«

»Und was macht der Martin, der Schiffskoch?«

»Der is wieder auf Fahrt!«

»So! Na – und Pelters? Leben denn die ooch noch?«

»Jewiß doch, sie hat mir doch prophezeit, daß du wiederkommen würdest. Und dann sollte noch einer kommen, aber das is nich einjetroffen!«

»Doch, Mutter, bloß – er is bei mir jekommen . . .«

»Hast ihn woll unters Bette versteckt?«

»Nee, der is bei seine Mutter, und det is 'ne sehr jute Frau!«

»Was heißt denn das, heißt das etwa . . .?«

»Ja, das heißt's! Ick bin mir heute mit Justav einig jeworden, und der Kaffee – na, das is der Verlobungskaffee.«

»Und damit kommste so jelejentlich 'raus, als wenn das ja nischt wäre? Mutter, weißte denn, was das für uns bedeutet?«

»Lore macht ja bloß Spaß!«

»Nee, Mutter, jlaub's man, is wirklich so! Aber ick weiß auch nich, wie das so jekommen is!«

»Ja – wollen denn aber auch die Ollen?«

»Sonst hätten sie uns doch nicht einjeladen!«

»Ick möchte Juvivallera sagen, bloß, wenn ick sonst Juvivallera jesagt habe, war's allemal Essig!«

»Kannst's ruhig noch mal sagen, Vater!«

»Aber, wie is dir denn nu so, Lore?«

»Ja nich, Mutter, aber vielleicht kommt's noch!«

»Uffjeblühte Rose, um den beneidet dir manche! Ick weiß, was der für ein juter Kerl is!«

»Ja, das is er woll, und wenn ick ihn nich aus die Zeit jekannt hätte, wo er mit rote, schwarzjestoppte Wollstrümpfe rumjelaufen is, dann wäre es vielleicht ooch janz jut jewesen.«

»Lore, wenn du's bloß Vaters wejen jetan hast ...«

»Nee, aus Jefühl tu ick's!«

»Na, denn werd' ick mir doch das jute Schwarze anziehen. Bloß ick muß mir 'ne andre Borte annähen. Wir haben ja aber noch Zeit!«

»Massig, Mutter, ob ich mir das Haar brenne ...?«

»Nee, nee, laß nur, so siehste besser aus!«

Eine Stunde später ging die Familie Lorenzen in den Gasthof zum »Goldnen Anker«.

Die große Stadt singt ihr lautes Lied vom Morgen bis in die Nacht hinein. Über viele Brücken tost das Leben Berlins. Unten, auf der Spree, gleiten große Frachtkähne dahin, werden ausgeladen, ziehen weiter ...